# Maar buiten is het feest

Arthur Japin

# Maar buiten is het feest

Een roman

Uitgeverij De Arbeiderspers · Utrecht

Amsterdam · Antwerpen

Deze roman staat los van de werkelijkheid. Voor zover de roman al gebeurtenissen bevat die zijn terug te voeren op het verleden, zijn deze door de auteur geheel naar zijn hand gezet en tot fictie gemaakt. Hetzelfde geldt voor in het boek voorkomende personen en plekken.

MIX
Papier van verantwoorde herkomst
FSC® C013683



Omslagontwerp: Mijke Wondergem
Omslagillustratie: Shutterstock/Jack Q.

ISBN 978 90 295 8492 0 / NUR 301

www.arbeiderspers.nl
www.arthurjapin.nl

*De beste camouflage is je eigen persoonlijkheid omdat niemand zal willen geloven dat die echt is.*

Fjodor Dostojevski

# Inhoud

# Vaders

*Er zijn maar twee plekken waar je niets kan overkomen. Wij hebben dat al jong geleerd. Helemaal veilig ben je óf weggeborgen in het donker, zodat geen mens je zien kan, óf in het volle licht van de schijnwerpers, waar niemand je kan missen.*

*Het is dat schemergebied daartussen, het leven van alledag, waarin je vogelvrij bent; de rest van de tijd, waarin je nooit weet of je nou wel of niet te kijk staat, altijd onzeker vanuit welke hoek je nu weer zal worden bekeken.*

*'Daarom is plankenkoorts zo'n tragische vergissing,' zegt Zonne altijd. 'Zolang alle ogen op je zijn gericht, kan juist niemand je iets maken.'*

*Verdwijnen of tevoorschijn komen, er is een moment geweest waarop wij moesten kiezen. Ik heb mij, zou je kunnen zeggen, toen onder haar rokken verstopt. Zij heeft zich over mij ontfermd, mij afgeschermd. Zonne is voor me gaan staan om alle blikken op te vangen. Als een vogel in het nauw heeft zij haar veren opgezet, oogverblindend. Dit was voor ons de enige manier.*

*Wij dachten dat dit voor altijd zou zijn.*

*Het is ook al die jaren goed gegaan.*

*Tot nu.*

*Er heeft zich iemand anders aangediend die zij in veiligheid moet brengen. Iemand die akelig veel op mij lijkt. Een meisje dat hetzelfde gevaar loopt. Het is die ander of ik. Er zit niets anders op. Vanaf vandaag komt alles naar buiten.*

*Jaren heb ik in een donkere kamer doorgebracht. Letterlijk. Dag in dag uit heb ik staan kijken hoe schimmen zich ontwikkelen op de bodem van het bad met chemicaliën. De figuren wellen op. Langzaam komen ze tevoorschijn, alsof ze met de grootst mogelijke tegenzin opdoemen.*

*Nu weet ik hoe dat voelt.*

# Zonne

Voor de zoveelste keer deze ochtend loopt ze eraan voorbij, badkamer uit, kledingkast in – straal erlangs! –, inloopkast uit, slaapkamer binnen, te druk met wat een mens bij zo'n gelegenheid nou aan moet, verdiept in een hele vlucht gedachten, alles om maar niet stil te hoeven staan bij de vragen die zo meteen op haar zullen worden afgevuurd, alle beelden die daardoor zullen opdoemen, de antwoorden die zij zal moeten formuleren, te opgewonden nu om even te gaan zitten met een croissantje en de krant.

Toch ligt die op de mat, een tijdbom die om half zeven door de krantenjongen is bezorgd. De eerste van een dagelijkse reeks. De komende week zal er geen voorpagina zijn waar zij niet op staat. Zelf heeft Zonne er nog geen letter van gezien, maar de impact die het ochtendblad zo meteen op haar zal hebben, is zo zeker en onafwendbaar alsof het lag te tikken op de mat.

In de keuken staat haar vriend in zijn badjas en zet koffie.

'Wat denk je?' Ze houdt eerst het ingetogen grijze setje dat ze in haar linkerhand heeft voor haar lichaam, dan met haar andere hand een fleurige jurk.

'Kleur natuurlijk,' zegt Sander, 'het is geen begrafenis.'

'Ik wil vooral niet te vrolijk.' Ze bestudeert de stof. 'Is kleur wel geloofwaardig?'

'Nee, dat jij iets grijzigs in de kast hebt hangen, dat zal iemand geloven!'

Hij ziet haar niet vaak twijfelen, zeker niet over zoiets onbenulligs, maar ze houdt de kleren nu op armlengte en blijft ze om en om bekijken.

'Maakt niet uit, lief.' Hij slaat zijn armen om haar heen en kust haar. 'Elke ruimte die jij binnengaat krijgt kleur.'

Kou vult de kamer. Hij heeft de tuindeuren opengeschoven, gooit zijn badjas over een ligstoel, neemt een aanloop en duikt het zwembad in.

Blauw is een kleur en toch voldoende ernstig.

Zonne heeft haar keus gemaakt. Ze pakt de zijden jurk uit de kast: kobaltblauw, driekwart net over de knie, geen tierelantijnen en, vandaag belangrijk, hooggesloten. Als dit een rechtbankdrama was, zou de costumière met niets beters zijn komen aanzetten.

Ze staat voor de spiegel, trapt haar pyjama uit en wil het tenue al aantrekken als ze een kreuk ontdekt.

Wachtend tot het strijkijzer op stoom is kijkt ze uit over de tuin.

Sander trekt zijn baantjes. Door de nevel die boven het verwarmde bad hangt ziet zij dat lichaam, dat haar geleerd heeft lief te hebben, door het water glijden. Wanneer hij keert verdwijnt hij telkens heel even uit zicht, zinkt naar de bodem en duikt dan met dubbele kracht op uit de golven, schouders, billen, benen in één vloeiende beweging, zodat het even lijkt alsof hij zweeft. Dan schiet hij in de andere richting weg.

Een mannenlijf.

Zij kan ernaar kijken en ervan genieten.

Dat is op zich een wonder.

Hij hijst zich op de rand, komt even op adem met zijn handen in zijn zij, loopt dan het terras over naar de schuur, zet daar de golfslag uit en bedient de schakelaar van de afdekkap, die uit de vloer tevoorschijn klapt en langzaam over het bad begint te schuiven. Zo staat hij daar, die man van haar, naakt in een kale februarizon, te wachten tot het water onder het plastic is verdwenen. Warm is hij in de koude lucht, omhuld door kleine, goudgeel oplichtende wolkjes die van zijn armen en zijn dijen slaan.

Lang heeft Zonne gedacht dat dit haar grootste overwinning was, plezier te kunnen hebben in de liefde. Dat dit haar strijd was, met een ander samen ongeremd te kunnen zijn, dat ze die slag had geleverd en daarmee had gewonnen. En ineens, na zoveel jaren, blijkt dat de eigenlijke krachtmeting pas staat te beginnen.

De damp die van zijn huid slaat. Zij wil niets liever dan die wolk binnengaan, ze zou zich erdoor willen laten omhullen, er helemaal in opgaan en alles verder laten zitten en afbellen, en dat zou ze doen ook als er geen ander leven mee gemoeid was.

Van het ene moment op het andere lijkt Sander afgekoeld. Hij rilt, rent naar zijn badjas, slaat hem om, en haast zich naar binnen.

Het lichaam dat zij in de spiegel ziet is iets bijzonders. Lang was het een oorlogszone, nu is het een monument.

Zonne laat haar blik erover glijden. Tegenwoordig kan zij dat. Het is haar lichaam. Zij heeft geleerd afstandelijk te kijken naar dingen die je in een spiegel ziet.

'Het is mooi.'

Dit zegt ze in zichzelf. Tégen zichzelf. Af en toe doet ze dat. Hiermee is zij op een dag begonnen. Omdat het nodig was om dat een keer te horen. Dat lichaam had weleens iets liefs verdiend. Sindsdien herhaalt zij deze woorden af en toe. Wanneer het nodig is.

Het is niet zomaar een vrouwelijk lichaam. Het is daar een uitvergroting van, en de essentie. Wie erin slaagt dit lichaam te ontcijferen, zou eraan kunnen aflezen wat het betekent om een vrouw te zijn.

Op een dag in een museum ergens in Zuid-Frankrijk, waar zij op een camping stonden, had Sander haar in een ruimte vol prehistorische vondsten die in de buurt waren gedaan, gewezen op twee vruchtbaarheidsgodinnen, pronkstukken uit de collectie, stenen beeldjes, amper tien centimeter hoog. Het was lief bedoeld, hij vond dat Zonne op hen leek. Daarbij ging het hem natuurlijk om de overdreven rondingen waar hij zo van houdt, de voluptueuze borsten, dijen als sferen, maanvolle billen, al die geprononceerde geslachtskenmerken. Hij aanbad haar, zei hij, en hij kon zo'n volk wel navoelen dat dertigduizend jaar geleden had besloten een hele cultus om een dergelijk lichaam heen te bouwen.

Zonne was voor de vitrine door haar knieën gezakt om oog in oog met de voorwerpen te zijn. Sander was ervan uitgegaan dat het zijn woorden waren die haar zo emotioneerden dat zij zweeg.

De tijd had de stenen vrouwen flink toegetakeld. Door hoeveel handen zouden die in de loop der eeuwen zijn gegaan? De uitdrukking was erdoor van hun gezichten gesleten. Mond en ogen waren weggevaagd. Zij hadden ook veel te lijden gehad van de natuur. Door zuren in de grond waren ze aangevreten, het sijpelen van regenwater had ze afgestompt. Jaar na jaar hadden ploegen ze geraakt voordat ze iemand eindelijk waren opgevallen. Groeven liepen als littekens over hun buik. Hun dijen leken door vandalen bekrast. Hun huid was gaan brokkelen. Hier en daar staken er verraderlijk fijne, glasachtige greinen uit. Aan hun zachtste delen zou je je nog lelijk open kunnen halen.

Meer dan al hun stenen wonden raakte het Zonne dat de godinnen geen armen hadden. Die waren er niet afgesleten, ze waren er nooit geweest. Deze vrouwen hadden geen armen, alsof niemand geïnteresseerd geweest was in hun aanraking. Dit was geen onkunde of slordigheid, want om de lichaamsopeningen haarfijn aan te geven hadden de makers genoeg kennis en vaardigheid in huis gehad. Deze lijfjes waren er enkel geweest om te worden vastgehouden. Zij waren bedoeld om in de hand te worden genomen en betast. Méér betekent aanbeden worden niet. Evenmin hadden de kunstenaars van de oertijd de moeite genomen om de benen van de vrouwen behoorlijk af te werken. Stompjes waren het die onder de knie uitliepen in een punt. Alsof de maker bang was geweest dat ze zouden opstaan en weglopen, had hij ervoor gezorgd dat ze nooit anders konden dan achteroverliggen, met hun gigantische borsten in de lucht en hun vulva goed in het zicht.

Zonne had een paar minuten nodig gehad om het op zich in te laten werken.

'Er is één belangrijk punt waarop ik van ze verschil,' had ze tegen Sander gezegd, terwijl ze voor de vitrine overeind kwam. 'Ik kan staan. Ik sta. Ik val niet om.'

Sander heeft zich gedoucht en aangekleed. Terwijl hij op zijn horloge kijkt, grist hij de krant van de mat, vouwt hem dubbel, steekt hem onder zijn arm, pakt een croissant uit de oven en valt neer aan de ontbijttafel.

'Denk je om de tijd?' roept hij naar boven. Hij neemt een hap en legt de krant voor zich op tafel.

Dat lichaam van haar is ook haar handelsmerk. Zodra het doek op gaat is de eerste klap meteen al binnen. Mensen zijn blij als het verschijnt. Van de parterre tot het schellinkje zitten ze vanaf de eerste glimp die zij van Zonne opvangen op het puntje van hun stoel.

Dat is niet om wat zij *zien*, dat silhouet dat zo bekend is dat zij niet meer zomaar over straat kan, het is vooral om wat zij *voelen*: het lijkt op zo'n moment wel of het tintelt, dat lijf. Dit is écht en voor iedereen tastbaar, en tegelijk is het een truc. Het is een van de vele technieken die een performer op een podium gebruikt. Zonne beheerst die als geen ander. Je open durven stellen, meer is het niet, maar ook niet minder. Als Zonne alleen is, gebruikt ze deze vaardigheid normaal nooit, alleen nu voor de spiegel even. Vanochtend heeft zij dit nodig om zichzelf moed te geven, want je openen is ook een pantser.

Eerst met één been, dan het andere stapt Zonne in de blauwe jurk en trekt hem omhoog. Koel streelt de zijde langs haar huid. Terwijl zij probeert de schouderbanden gladjes op hun plaats te krijgen, vangt ze iets op van Sander in de keuken: een vloek, lijkt het, die net te laat gesmoord wordt. Het is niets, laat hij weten, hij heeft zijn koffie omgestoten.

Misschien speelt ook wel mee dat mensen dat lichaam herkennen. Niet alleen in de zin dat ze het regelmatig op televisie zien of omdat Zonne in een menigte nou eenmaal opvalt als een koningin in een bijenkorf, maar wezenlijker, dat ze in dat lichaam iets herkennen van zichzelf. Zoals je in een steenklomp uit de prehistorie een menselijke figuur herkent. Niet zozeer door hoe die is gevormd, als wel door hoe zij is aangetast.

Juist daarom is het zo'n sprekend lichaam. Het stáát. Het is nog jong maar het draagt sporen. Al is zijzelf nog steeds de enige die het volledige verhaal erachter kent, met dat lijf heeft zij zich goed verstaanbaar leren maken. Dit is niet vanzelf gegaan. Jarenlang, voordat zij mondig werd, kwam alles wat ermee te maken had haar voor als een vreemde taal. Anderen spraken hem met haar, dagelijks, luid en grof en ongeduldig, maar ze begreep niet goed wat al die klanken betekenden die zij in haar bijzijn uitstootten. Zij was te jong. Zij beheerste zulke lichaamstaal nog niet en kon onmogelijk iets terugzeggen. Er zat niets anders op, ze móest hem zich wel eigen maken. Uiteindelijk heeft ze hem doorgrond.

Dat was het moment waarop de rollen omdraaiden.

Zonne ritst de jurk dicht, controleert zichzelf in de spiegel en tilt haar borsten tussen de baleinen een voor een behendig op hun plaats.

Zo dan maar, denkt ze, en ze probeert zich voor te stellen hoe het eruit zal zien, zo meteen, wanneer zij daar ten overstaan van iedereen de hele geschiedenis van dat lichaam luid en duidelijk zal moeten oprakelen.

Denk je dat je alles gehad hebt, krijg je dit. Zij zucht. Vandaag wordt dat lijf dus opnieuw inzet van de strijd.

Als ze beneden komt staat Sander klaar.

'Zal ik de auto vast uit de garage halen?'

Hij draagt een jasje en een das.

Hij draagt nooit een jasje en een das.

'Je dacht toch niet echt dat ik jou alleen zou laten gaan?' Hij lacht. In de hoop haar achterdocht af te leiden, pakt hij haar handen en drukt er een kus op. 'Op een dag als vandaag? Natuurlijk ga ik mee.'

'Dat was je anders niet van plan.'

'Plan, plan. Ik denk over die hele heisa anders dan jij, dat is nou eenmaal zo, maar als het erop aankomt zijn wij samen.'

Zonne vertrouwt het niet en kijkt over zijn schouder rond in de keuken.

'Jij en ik,' zegt Sander nog, 'daar gaat het juist om. Ik ben als de dood dat daar iets tussenkomt.'

Alles is aan kant, aanrecht leeg en schoon, tafel verdacht zorgvuldig afgeruimd, stoelen op hun plek. Dan ziet Zonne wat er mis is aan dit plaatje.

'En de krant?'

'Gooi net zó mijn koffie eroverheen,' zegt Sander.

Eigenlijk begrijpt ze op datzelfde moment al ongeveer hoe dat zo is gekomen en waarom; niet wat en hoe precies, alleen dat het een onhandigheid uit liefde is geweest en dat hij in een opwelling moet hebben gehandeld, uit lichte paniek en om haar te beschermen.

'Waar heb je hem gelaten?'

'Stom, zenuwen zeker. Alles papperig, zompig, helemaal onleesbaar.' Hij doet zijn best, maar weet dat het geen zin heeft. Voor iemand voor wie het zoveel jaren noodzaak is geweest andermans gedachten te raden, houd je niets verborgen.

Zonder omhaal loopt Zonne naar de vuilnisbak en plukt het ochtendblad onder het koffiefilter en wat sinaasappelschillen vandaan. De voorpagina en het showbizzkatern liggen helemaal onderop weggepropt. Nog voordat ze die heeft gladgestreken ziet ze de kop.

'BETRAPT!'

Het staat er in letters die een fatsoenlijk blad bewaart voor het uitbreken van een oorlog. Daaronder is een grote kleurenfoto van Zonne afgedrukt, genomen met een telelens en daarna uitvergroot, waardoor alles door de grove korrel meteen schimmig oogt, en vaag, zodat het eruit ziet alsof zij iets geheimzinnigs aan het doen is, iets wat misschien zelfs wel onoorbaar is.

In feite is het een volstrekt onschuldige pose. Ze loopt met haar arm om Lotte heen geslagen, haar nichtje, het meisje beschermend tegen zich aangedrukt. En zij kijkt om, alsof iemand haar zojuist geroepen heeft. Misschien was dat ook het geval. Zo werken die lui.

Wanneer is dit geweest, waar liepen ze toen die prent door een of andere paparazzo werd geschoten, ergens op straat? Zonne moet drie keer kijken en haar ogen samenknijpen voordat ze in wat vlekken op de achtergrond de potplant herkent die op het terras aan de muur hangt, de geranium, en de rug van een van de ligstoelen bij het zwembad.

'We zetten een schutting neer,' zegt Sander sussend.

Zonne loopt naar het raam en kijkt over de weilanden. Het uitzicht is vrij naar alle kanten. In de verte, je ziet hem bijna niet, loopt een snelweg. Daar moet die kerel zijn auto hebben neergezet, gewoon op de vluchtstrook.

'We maken hem zo hoog als maar nodig is en dan kijkt geen hond hier ooit meer binnen. Rustig maar, ik bel vandaag nog iemand. En die krant bel ik ook. Ik eis dat ze me de naam van die schoft geven!'

'Mijn eigen tuin,' mompelt Zonne, alsof het nog niet helemaal tot haar doordringt. 'Wat betekent dat? Ik loop door mijn eigen tuin. Hier, in mijn hand, kijk dan, dat is een van deze glazen hier, gewoon uit de keuken.'

Sander probeert haar tegen te houden, maar ze trekt de deuren open en stormt naar buiten met de verfrommelde krant nog in haar handen.

Die kerel moet zijn telelens langs de kant van de weg hebben opgesteld en scherp gesteld, een jager met zijn geweer, en doodgemoedereerd hebben zitten afwachten tot zijn prooi een keer naar buiten kwam. Rustig achteroverleunend, omdat hij wist dat als het zover was hij háár wel zou kunnen zien door zijn vizier, maar zij hém op die afstand nooit.

Ze grijpt Sander, die haar is achterna gekomen bij zijn schouders.

'Waar hebben ze mij dan bij betrapt? Leg het me uit. Hoe kan je iemand betrappen die over zijn eigen terras loopt met een glas limonade om dat aan een kind te geven?' Ze begint te huilen. 'Ik dacht alleen maar: het is lekker weer, wie weet kan Lot haar huiswerk buiten maken. Misschien dat wat warmte en wat rust haar goed doen, dacht ik, na alles wat dat kind heeft meegemaakt! "Betrapt", ik snap het niet, waarbij betrapt, hoezo betrapt?'

Als ze de krant openslaat om te zien wat ze over Lotte hebben geschreven, merkt ze dat haar handen zo trillen dat ze het artikel amper kan lezen. Een aantal woorden springt in het oog, maar in haar paniek lukt het haar niet er hele zinnen mee te vormen.

Alles ligt dus op straat, is het enige dat tot haar doordringt. Zo meteen bij de rechtszaal zal het zwart zien van de mensen. Hoe heeft ze ook ooit kunnen denken dat zij zoiets uit de pers zou kunnen houden? Elk detail, alle intimiteiten, die ze de komende dagen naar boven zal moeten halen, zullen nu publiek worden.

'Dat arme kind!' Ze schreeuwt het uit en scheurt de krant in stukken. 'Dat arme kind, dat arme kind!'

Ineens verstart ze. Van het ene moment op het andere laat ze alles vallen en kijkt om zich heen.

Als die kerel met die camera daar al wie weet hoe lang gestaan heeft, dan staat hij daar nu misschien ook wel. Om te kijken hoe zij reageert. Om eens te zien hoe erg hij haar te pakken heeft. Op dit moment zou hij een mooie serie kunnen schieten voor de krant van morgenochtend. Dit is zijn grote kans een keer fortuin te maken en zij, stommeling, geeft hem precies waar hij op hoopt. Waarschijnlijk is het een van die ratten die ze wel van gezicht kent omdat ze bij elke première langs de rode loper staan en die haar, wanneer zij langsloopt, toeroepen of ze alsjeblieft even voor hen wil poseren.

Wie zegt trouwens dat hij alleen gekomen is? God weet staan ze daar allemaal wel, verdekt opgesteld in de omgeving, dat erf daar in de verte zou een goede plek zijn of langs de sloot daarginds tussen de wilgen. Overal zijn plaatsen waar ze kunnen staan zonder dat je het van hieruit ziet. Hoe heeft ze ooit blij kunnen zijn toen ze deze woning vonden en zich er onbespied kunnen wanen?

Ze rent terug naar binnen, schuift de terrasdeur met een klap in het slot, trekt de gordijnen dicht en laat zich op de grond zakken. Daar blijft ze zitten, weggedoken achter de bank, want er is een levensgroot verschil tussen jezelf aan iemand tonen of ongevraagd worden bekeken.

Dit verschil heeft ons bepaald. Zolang ik me kan heugen is het dat onderscheid geweest waar het in ons leven om draaide.

# Weijntje

In de jaren dat mijn vader nog bij ons woonde heb ik me nooit bekeken gevoeld.

Zoiets kan ik me tenminste niet herinneren. Toegelachen, ja. Met die open blik van hem kon hij je aansporen en opvrolijken, je geruststellen en belonen. Ik moet altijd oppassen dat ik hem niet idealiseer, want dat was ook bepaald geen heilige, maar dit weet ik wel: wanneer mijn vader zijn grote, heldere kijkers op je liet rusten kon je jezelf daarin weerspiegeld zien. Die gaven je weer zoals je was.

Niet dat ik daar op dat moment bij stilstond. Ik dacht dat iedereen in staat was om zo liefdevol te kijken, in elk geval degenen om je heen, de mensen die je liefhad. Pas toen hij uit ons leven verdween en zijn plaats werd ingenomen, kwam ik erachter dat er ook andere ogen bestaan. Ogen die je zo gretig kunnen opnemen dat je erin verdwijnt, verslindende blikken waarin je jezelf nooit meer terugvindt.

Het is op een dag allemaal begonnen met een vlaag kou. Ik liep nog half in pyjama, ik was net opgestaan. Omdat ik enthousiast was en onstuimig en gewend zes dingen tegelijk te doen, zocht ik, terwijl ik bezig was me aan te kleden, alvast mijn viltstiften en tekenblok bij elkaar en propte ze in mijn schooltas, toen er een rilling door me heen ging.

Het tochtte ineens in mijn kamer. Het was een oud

pand waarin wij woonden met alle mankementen van dien, er was veel om over te mopperen en dat deden we ook, maar het had ons altijd warm gehouden.

Eerst dacht ik dat er ergens een bovenlicht was opengewaaid, en controleerde alle ramen, maar het bleef trekken. Ik stak een kaars aan om te zien uit welke hoek de wind wakkerde, maar de vlam draaide en sloeg alle kanten uit.

Mijn zusjes, Isa, de kleinste, en Laura, die vijf jaar ouder was dan ik, waren al beneden in de keuken bij mijn moeder. Wij plaagden elkaar altijd met het idee dat ons huis een spookhuis was. Soms lieten zij mij schrikken, soms ik hen. Vandaag was ik aan zet. Ik zag al voor me hoe Isa zo meteen mijn hand zou grijpen en zou kirren van opwinding wanneer ik haar zou influisteren dat de lucht op onze verdieping in beweging werd gezet door de dolende zielen van de koperslager en zijn vrouw, van wie volgens het liedje, dat iedereen in ons dorp met de paplepel kreeg ingegoten, in het atelier hieronder ooit door een ontevreden klant de koppen waren ingeslagen.

Net toen ik op het punt stond haar te roepen, vond ik de opening waardoor de luchtstroom werd veroorzaakt. Het was niks, gewoon een gaatje in de schrootjeswand, keurig rond, groot genoeg om er mijn pink doorheen te steken, maar te klein voor een volwassen vinger.

Niet iets wat een of andere tor zou kunnen knagen, leek me, ook geen houtknoest die pardoes was losgekomen. Het leek te zijn geboord. Zaagsel lag er niet. Dat had iemand zorgvuldig opgeveegd.

Rare plek om iets te boren. Ik vroeg me af of er soms door dat gaatje iets te zien was. Ik weet niet wat ik verwachtte, zoiets als de kijkdozen misschien waarin wij elke herfst een heel landschap van mos en paddenstoelen maakten. Ik keek, maar alles was donker.

Mijn moeder riep van beneden dat ik me haasten

moest als ik voor school nog een boterham wilde, dus schoot ik mijn kleren aan en rende naar beneden.

Mijn stiefvader zat aan tafel, als altijd aan het hoofd, de plek waar mijn vader altijd had gezeten, op diezelfde stoel, zijn ellebogen op dezelfde leuningen.

Hij zal toen nog niet eens zo lang in huis zijn geweest, hooguit een half jaar.

Het verschil met mijn echte vader had niet groter kunnen zijn. Dat laat ik me in het hiernamaals nog eens uitleggen, hoe mijn moeder eerst op de een en daarna op de ander heeft kunnen vallen. Ik geloof dat de smaak van veel vrouwen nogal te lijden heeft onder hun angst om over te schieten.

Sijmen had de donkere huid en het ravenzwarte haar dat je veel ziet bij mensen uit de mijnstreek. Zijn ogen leken op glimmende kooltjes, zo donker dat je niet weet waar de pupil ophoudt en de iris begint, waardoor je er niets uit kunt lezen en maar raden moet wat er daarachter omgaat.

Hij was lang en slank, dat wel, en daarbij, hij was er goed in de mensen hier, die doorgaans hun best doen zo min mogelijk op te vallen, te overdonderen met zijn trotste houding, met de manier waarop hij elk woord benadrukte met weidse handgebaren. Er waren dan ook vriendinnen van mijn moeder die het een knappe vent vonden, 'een echte Romeo', zoals zij op de theevisites fluisterden. Hun eigen mannen, die zij binnen onze kleine gemeenschap hadden opgedaan, begonnen tegen te vallen, zoals mijn vader tegengevallen was, en deze Sijmen had nu eenmaal alle charmes van een marskramer, altijd bezig potentiële klanten in te pakken, op zoek naar slachtoffers voor wie hij op een dag zijn waren zou kunnen uitstallen.

'Dan zou je hem thuis moeten meemaken,' heb ik eens

gezegd toen haar vriendinnen weer over hem aan het kakelen waren als kippen over een haan, 'dan was je gauw genezen', waarop mijn moeder me onder de keukentafel venijnig tegen mijn schenen schopte.

Aan diezelfde tafel zat Sijmen toen ik die ochtend beneden kwam.

De regel was dat mijn zusjes en ik, voordat wij aan het ontbijt mochten aanschuiven, hem eerst kwamen begroeten. Daarbij moesten wij hem een kus op zijn wang geven, liefst ieder aan een kant, en zeggen: 'Goedemorgen vader.'

Ik had liever mijn tong afgebeten, maar vanaf de eerste dag dat hij in huis was, stond hij daarop. De beste manier om het verdriet om onze echte vader weg te nemen, beweerde hij, zou zijn dat hij de plaats van zijn voorganger op alle fronten innam. En mijn moeder, voor wie diezelfde remedie uitstekend werkte, protesteerde niet.

Al snel had ik een scala aan strategieën ontwikkeld om onder die kus uit te komen. Later binnenkomen dan mijn zusjes bijvoorbeeld, zodat de ceremonie al voltrokken was en het gesprek op gang, daarmee kon ik weleens aan de aandacht ontsnappen. Of juist met veel misbaar verschijnen, met iets dringends wat de dagelijkse routine zou overstemmen.

'Wat ik nou heb,' riep ik dus die bewuste ochtend terwijl ik binnenstormde, 'er zit een gat in mijn kamer!'

'Ach,' zei Laura, die een fase doorliep waarin ze van ieder woord iets dubbelzinnigs maakte, 'beter dan andersom.'

'Wel ja, toe maar,' zei mijn moeder met een schuinse blik naar Isa, die het nu al uitproestte. 'Wat een onzin.' Ze stond op en liep naar het aanrecht om boterhammen voor me af te snijden. 'Je moet ook elke dag alles goed opruimen, Weijn, hoe vaak moet ik dat zeggen. Die troep op jouw kamer, dat is vragen om muizen.'

Ik keek rond, verbaasd dat niemand mijn opwinding wilde delen, en maakte de fout steun te zoeken bij mijn stiefvader. Hij ving mijn blik en hield hem even vast.

Ik dacht dat hij op zijn wang zou wijzen en alsnog zijn dagelijkse tol zou eisen. In plaats daarvan smolt zijn strenge blik en voor het eerst in al die maanden verschenen er wat kraaienpootjes, zijn mondhoeken krulden op en hij lachte naar me, heel innemend, overrompelend, alsof ik een van mijn moeders vriendinnen was.

Toen Laura zich even over haar schooltas boog, tussen haar boeken een haarborstel zocht, en mamma nog steeds met haar rug naar ons toe stond, gaf hij me vrolijk een knipoog.

Mijn moeder en Sijmen hadden elkaar ontmoet op de kermis, waar hij aan het werk was. Wij waren erbij, mijn zusjes en ik. Mijn vader was nog maar amper het huis uit, nog geen twee weken, dus wij waren geen van allen in de stemming, maar in de stad werden zoals elk voorjaar de wagens neergezet, de tenten opgebouwd, en er trok een cavalcade door de straat alsof er niets aan de hand was. De hele dag hoorden wij in de verte de muziek en de kreten van de uitbaters van de Hully Gully en de Roly Poly.

Op een avond kwamen de vriendinnen van mijn moeder langs en drongen erop aan, misschien om zich minder schuldig te voelen over hun eigen plezier, dat wij met ons gezin, of wat daarvan over was, met hen zouden meegaan.

'Ik ga met jou in zo'n karretje,' zei Berthe goeiig, terwijl zij mijn moeder bij de arm greep, 'al is het het laatste wat ik doe.'

'En laat je portemonnee maar rustig hier want wij houden jou vrij,' riep Sanne.

'Meiden, kom op,' spoorde Tessa ons aan. Ze wiegelde met haar schouders en schudde haar rode krullen alsof ze alvast de samba aan het dansen was, 'kam je haar, pak je jas, binnen zit je veilig, maar buiten is het feest. Op naar de gebrande pinda's en de noga.'

Het is nu eenmaal makkelijker om pijn te overstemmen dan ernaar te luisteren. Als je verdriet hebt denken mensen dat het wel over gaat als je maar genoeg anderen vrolijk ziet zijn.

'Naar de trappisten en de bittertjes!' riep Sanne.

'En vergeet de boerenjongens niet.' Berthe knipoogde terwijl ze met mijn moeder naar buiten liep. 'Alsjeblieft, je gunt het zo'n kerel toch zeker niet dat hij je hele leven lamlegt!'

Het ging hierom: mijn vader was in het geheim iets begonnen met een of andere sloerie, een schoolmeid die bij ons aan de overkant woonde en op een dag zijn kleermakerij was binnengestapt met de vraag of hij niet een jurk kon ontwerpen voor haar diploma-uitreiking. Ik was te jong om te snappen wat dat voor iets zou kunnen zijn waartoe zij hem in de paskamer verleid had, en toen ik daarachter kwam, niet eens zoveel later, leek mij dat geflikflooi van hem, vergeleken bij alles wat ik inmiddels had uit te staan, een peulenschil.

Mijn moeder voelde zich door hem verraden, maar meer dan wat ook schááḿde zij zich. In een eerste opwelling van woede had ze hem de deur uitgezet en was diezelfde dag nog naar een advocaat gestapt, maar het idee dat de scheiding die zij had aangevraagd ook definitief zou worden, verlamde haar van angst.

Zelf was ik die eerste weken laaiend op mijn vader omdat ik zag wat een verdriet zij om hem had. Mijn moeder at niet meer. Zij wilde liever niets meer zeggen en als je toch iets vroeg staarde ze je aan met zo'n lege glimlach.

Iets dergelijks had ik eerder bij mijn oma gezien nadat die in een brief van het ziekenhuis haar doodvonnis te lezen had gekregen. Ik werd bang. Voor het eerst begreep ik dat een vrouw als mijn moeder zich inderdaad zou kunnen dóódschamen.

Laura en ik namen het huishouden over en uit zichzelf begon Isa ook haar steentje bij te dragen. Op een ochtend verscheen mijn kleine zusje aangekleed en wel en glunderend van trots met zelfgestrikte veters. Voortaan smeerde zij haar eigen boterhammen en drukte zij de tomaten voor de tomatenpap, die zij zo lekker vond, eigenhandig door de zeef.

Met ons drieën kregen wij mama weer aan de praat en terug aan tafel, maar wat wij ook deden of zeiden, zij durfde nauwelijks nog naar buiten, alsof iedereen haar als mislukte echtgenote na zou wijzen. Alsof mijn vader overspelig geworden was omdat zij niet goed genoeg bevonden was.

In die zin is het geen wonder dat zij de eerste de beste heeft gegrepen die bereid leek om haar zelfvertrouwen te herstellen.

'Foto dames?'

Ik was aan het worstelen met een suikerspin toen wij op de kermis werden aangeklampt door een man in een piratenpak met een papegaai op zijn schouder. Zijn camera stond op een driepoot voor een linnen doek waarop iemand een tropisch zandstrand had geschilderd. Er stond een losse kokospalm bij van bordkarton met daaraan bij wijze van noten een tros ballonnen.

Om mij heen begon iedereen te giebelen en gillen als een stel bakvissen aan de rand van het zwembad. Hoe dat dan moest, vroegen ze tipsy van de tequila, wat dat dan ging kosten en of ze zoiets voor thuis wel konden maken. Of ze er toch zeker wel hun kleren bij aan mochten houden, vroeg er een, of had de fotograaf die kiekjes misschien nodig voor eigen gebruik? Ze gierden het uit alsof een stel jongens ze aan hun enkels het water in probeerde te trekken.

'Alleen de zusjes dan,' probeerde de piraat. Hij pakte mijn hand en trok mij het zandstrand op, wenkte Laura, die Isa op haar arm droeg, en zette de papegaai op haar schouder. 'Dit wordt zo'n machtig knap plaatje, vooruit, zoiets moois schiet ik gratis en voor nop.'

De helft van de club was alweer verderop en na wat getouwtrek stond ook mijn moeder op het punt om door te lopen.

'Alle zusjes op een rij, doe mij nou een plezier. Het is zo gebeurd en het kost je niks. Kom, zus,' riep hij naar mijn moeder, 'enkel even jullie met zijn vieren!'

'Ik?'

'Je kunt wel zien dat jullie zussen zijn. Wat een pracht, vier van die mooie koppies bij mekaar.'

Zij lachte verlegen, maar keek toch snel om zich heen of de anderen hem wel hadden gehoord.

Een week of drie later stond mijn vader op een zondagochtend voor de deur. Hij had zo'n ellendig verdriet en zo'n spijt en wilde zonder ons niet verder leven, zei hij, dat kon hij niet.

Ik wilde dat graag geloven, maar inmiddels had mijn moeder boven haar bed in een zilveren lijstje onze foto hangen met de papegaai en het kokosstrand en alles.

Ieder ander die zich door Sijmen op de kermis liet fotograferen kreeg een bewijsje mee waarop de volgende dag na tweeën bij de plaatselijke drogist een afdruk, 10 bij 15 mat afgewerkt, in kartonnen passe-partout, kon worden opgehaald, maar bij ons had hij erop gestaan het kunstwerk persoonlijk te komen langsbrengen. Het bleek glimmend te zijn gelakt en was zo groot als de voorbeelden die rond zijn handeltje stonden tentoongesteld.

Mijn moeder had haar gebroken hart en haar geknakte trots niet duidelijker aan Sijmen kunnen laten zien, al was ze onder een reclamebord gaan staan waarop er in neonletters mee werd geadverteerd.

Zij had de foto, die hij haar met een zwierig gebaar overhandigde, heel voorzichtig beetgepakt alsof het iets van waarde was en mogelijk breekbaar. Een tijdlang had ze de afbeelding alleen maar bestudeerd. Toen knikte ze een paar keer, sloeg haar ogen op en keek de man aan die haar zo volledig had begrepen dat hij haar deze bevestiging was komen brengen, dit harde bewijs, 30 bij 45 glans, van hetgeen waarvoor zij in dit leven had gevochten, alles wat zij ondanks haar teleurstelling toch maar voortgebracht had en bereikt: een heus gezin bestaande uit een vrouw die er nog altijd wezen mocht, met drie bloedmooie dochters.

Nou ja, en een papegaai.

Die zat wat wezenloos op Laura's schouder en paste aanvankelijk nou niet zo in het plaatje, maar binnen een paar dagen al kwam daarin verandering, toen Lorre bij ons introk in een grote koperkrullerige kooi, die in de bijkeuken werd neergezet. Een oosters paleisje leek het, met drie afzonderlijke ruimtes, ieder bekroond met een sierlijke uivormige koepel.

En zijn eigenaar kwam met hem mee.

Mijn moeder bloeide zienderogen op. Door alle aandacht van haar kersverse bewonderaar leek zij de slag die mijn vader haar had toegebracht in één klap te boven.

Dit was schijn.

Diep vanbinnen veranderde natuurlijk niets, maar het simpele feit weer een man aan de arm te hebben, en dan zo'n romantisch zuidelijk type, en aan de buitenwereld te kunnen laten zien dat zij dus wel degelijk begerenswaardig was en voor zo'n knappe vent een ideale vrouw kon zijn, bracht in elk geval de kleur terug op haar wangen en het veren in haar tred.

De aanblik van mijn vader en hoe de hele affaire hem gebroken had, heeft haar die zondagochtend waarop hij aan de deur kwam aan het wankelen gebracht, dat zag ik wel, want mijn zus en ik hingen over de balustrade. Mijn moeder brak twee van de nieuwe lange rode nagels die zij net had laten opplakken, zo moest zij zich vasthouden aan de deurpost om hem niet onmiddellijk om de hals te vliegen.

Maar zijn verdriet deed haar op dat moment ook goed, en zijn laffe excuses wakkerden haar smeulende woede alleen maar aan.

Zij dacht aan de liefde van de kermisfotograaf en aan de onvermoeibare passie waarmee Sijmen haar die dagen elke avond en ochtend en meestal 's middags dan nóg eens beminde, en vroeg zich af of haar echtgenoot die slet van de overkant ook wel eens zo had bereden. Daarop vermande zij zich, lachte de spijtoptant vierkant uit en smeet de deur voor zijn neus dicht.

Wij zijn hem nog achternagerend, maar konden niets meer doen.

Knipogen, hoe dat ooit populair heeft kunnen worden!

Een tijdlang heb ik geloofd dat het zo'n knipoog was die mijn vader noodlottig was geworden. Ik had hem er op straat een keer eentje zien geven aan een juffrouw die de weg vroeg, en ook eens een aan de assistente van de apotheker, zomaar als aardigheidje, joviaal, en aan een conductrice in de trein en nog zo hier en daar.

Ik herinner me dat sommige vrouwen daarop een scheve blik op mij hadden geworpen, alsof ik te veel was, maar zocht daar verder nooit iets achter. Nadat mijn vader uit huis was gezet, hoorde ik echter een van mijn moeders vriendinnen zeggen, waarschijnlijk om haar op te beuren, dat hij nou eenmaal een van die kerels was geweest die het niet konden laten en dat hij op straat zelfs ook naar háár gelonkt had.

Ik stelde me dit voor zoals ik het van hem gezien had. Omdat ik op dat moment nog niet kon vermoeden wat er tussen twee mensen nog meer kan voorvallen, ging ik ervan uit dat zijn hele overspel en alle smeerlapperij waar iedereen het over had, bestaan had uit zo'n knipoog.

Kortom, ik had het er niet op.

En nu ineens, diezelfde ochtend waarop ik erachter kwam waarom het in mijn kamer tochtte, kreeg ik er aan de ontbijttafel een van Sijmen, een knipoog!

Voor het eerst ervoer ik de kracht en macht die van zo'n moment uitgaat, één tel, niet langer dan een sluiteropening, waarin niet jíj buiten wordt gesloten, maar de rest.

'Wat nou dan weer?' verzuchtte mijn moeder. Zij stond nog aan het aanrecht en had twee boterhammen voor me klaargemaakt, toen ik plotseling van tafel rende en de trap op stormde.

'Pak ze maar voor me in,' zei ik. 'Neem ik ze wel mee.'

'Ik ga niet wachten, hoor,' mopperde Laura, die elke dag met mij op fietste naar school, 'dan weet je dat.' Zij pakte haar jas en liep al naar de schuur.

'Kleurstiften vergeten,' riep ik van boven. 'Kom eraan.'

Ik stond in mijn kamer en keek naar het gat dat in de loop van de nacht tussen de schrootjes was verschenen. Het zat er toch echt.

Ik liep de gang op, die net als de rest van ons oude huis vol hoeken en nissen zat en zocht daar tevergeefs naar een opening in de muur. Toen viel mijn oog op een van de oude voorraadkasten van de kruidenier die hier tot in de jaren veertig had gewoond. Ik opende hem en ontdekte in de hoek een lichtvlek. Ik schoof een oude zeepdoos opzij en vond het gat. Ik ging de kast binnen, sloot de deuren achter me, kneep één oog toe en gluurde.

Daar stond mijn bed.

Als ik een beetje schuins keek, kon ik net mijn wastafel zien met de spiegel daarboven.

Ik weet niet wat ik anders had verwacht, toch zeker geen herfstlandschap van mos en bospaddenstoelen, maar mijn hart zat in mijn keel.

Aan díe kant bevond zich dus de kijkdoos. Ik wóónde erin.

# Zonne

'Laat mij maar.' Sander pakt de contactsleutel en gaat achter het stuur zitten.

Ze zijn aan de late kant.

Ze zijn nooit aan de late kant.

Zonne zorgt ervoor overal op tijd te zijn. Vroeger maakte het minder uit, dan schreven mensen een eventuele vertraging toe aan overmacht. Tegenwoordig noemen ze het sterallures. Daartoe moet je zo min mogelijk aanleiding geven.

Het heeft even geduurd, maar zij heeft het voorpaginanieuws van vandaag naar de achtergrond kunnen drukken, ergens onder in haar bewustzijn, waar ze het voelt gisten te midden van andere vage onrust.

De pers is er dus achter. Dat is een gegeven. Het is een extra complicatie, waarvan zij de gevolgen op dit moment niet kan overzien. Dan heeft het ook geen zin om erover te speculeren en allemaal scenario's te verzinnen, tenzij je jezelf gek wilt maken.

Zij is achter de bank vandaan gekomen, heeft zich vermand, heeft haar haren weer in model gebracht, is in de auto gestapt en controleert in het spiegeltje boven haar stoel of haar mascara niet is doorgelopen.

'Geen mens bij het hek,' stelt Sander haar gerust, 'ik heb net nog gekeken.' Hij drukt op de afstandsbediening van de garagedeur, die in beweging komt.

Langzaam stroomt met het daglicht de buitenwereld binnen. Goddank, denkt Zonne, dat we toch hebben gekozen voor het duurdere model met de geblindeerde ramen, alleen voor vandaag zijn die hun geld al waard, en voor de zekerheid voelt ze nog eens of de portieren zijn vergrendeld.

Afgelopen nacht heeft ze haar glazen droom gehad. Niet bepaald een verrassing, ze droomt hem regelmatig. Als het te wild wordt, maakt Sander haar wakker. Een paar woorden, eventjes de lamp aan wil soms helpen, of een pot thee zoals vannacht.

Hij is gestopt met vragen hoe haar nachtmerrie eruitziet. Daar geeft ze toch geen antwoord op. Nou ja, één keer heeft ze zich laten ontvallen dat het dan is alsof de hele wereld van glas is. Sindsdien doet ze het af door te zeggen: 'Ik had weer mijn droom, gewoon, mijn droom van glas.'

Zij gaat naar de wc, zo begint het. Ze doet de deur achter zich op slot, altijd op dezelfde manier, en trekt haar broek naar beneden. Als ze een tijdje zit, beginnen de wanden op te lossen. Ze ziet het gebeuren maar kan het niet stoppen, langzaam worden ze doorschijnend. De muren veranderen in ramen en ook de deur, handgreep en al, blijkt ineens van glas gemaakt. Ze wil haar broek optrekken en graait ernaar, maar ze kan hem nergens vinden. Dan ziet ze de omgeving. Waar ze precies zit wil nog weleens verschillen, maar altijd is het een publieke ruimte, een groot plein, een museum, vaak ook in een winkelcentrum of op een kade in een handelshaven. Dan verschijnen de eerste voorbijgangers. Om te beginnen zijn het er altijd maar een of twee. Ze schrikken, durven nauwelijks te kijken en lopen gelukkig snel door, maar dan worden het er allengs meer, mensen die hondjes uitlaten, politie te paard, voetballende kinderen, in drommen verzamelen ze zich. Zonne roept uit alle macht, maar zonder geluid te maken. Ze slaat met haar vuisten op het glas alsof ze hem weg wil jagen, ontsnappen wil ze, ze wil eruit!

Niet alleen omdat de droom zo voor de hand liggend is, wil Zonne er niets over kwijt – te intiem ook en lachwekkend – maar vooral omdat zij de verlammende schaamte die zij in haar slaap ervaart niet met open ogen nóg eens wil beleven. Laat die beelden lekker blijven waar ze zijn. Ook met een dokter wil ze er niet over spreken. Waarom zou ze er een wildvreemde bij halen om uit te zoeken waar zo'n droom vandaan komt? Nergens goed voor, ze weet precies waarmee die is begonnen.

Dit is waarom ze besloten heeft het gevecht aan te gaan.

Opdat Lot een dergelijke droom nooit zal hoeven hebben.

Lot!

Zonne kijkt op haar horloge: het tweede uur is al begonnen; na het derde begint de pauze. Het ochtendblad zal rondgaan op het schoolplein. Er zijn vast en zeker leerlingen die het van huis hebben meegenomen en nu zitten te popelen om het aan iedereen te laten zien. Sommigen zullen haar desondanks met rust laten, uit piëteit, omdat het kind dit jaar al zo veel te verstouwen heeft gehad, maar er zit altijd een stel etters tussen.

'We moeten haar daar weghalen!' roept ze. 'We moeten langs school, nu meteen, en haar uit de klas halen voordat iemand erover begint.'

'En dan?' vraagt Sander. 'Haar thuishouden en helemaal afschermen? Voor iedereen wegstoppen en verbergen? Je kunt haar moeilijk voor de rest van haar leven binnenhouden.'

'Dacht je?' sniert Zonne. 'Wat ken jij me toch slecht.'

'Bovendien, Lotje weet donders goed waar het vandaag

om gaat. Je hebt het allemaal uitgebreid met haar besproken.'

'Dat klinkt wel even heel anders wanneer het je achternageroepen wordt over het schoolplein. En wie zegt me dat dit de enige krant is? Wie weet zijn er andere, die meer weten, de echte vuiligheid, moet zij daarachter komen doordat iemand het haar zomaar naar haar hoofd slingert terwijl ze met wat vriendinnen staat te elastieken?'

'Er wordt niet meer geëlastiekt,' zegt Sander in een poging haar af te leiden. 'Je moet je wel beter op de hoogte stellen van de laatste rages, hoor, als jij een kind wilt opvoeden.'

Met een zucht wendt zij zich af.

Ze moet zichzelf voor de gek hebben gehouden door te denken dat zij haar nichtje buiten schot had kunnen houden, dat zij haar zonder verdere kleerscheuren door dit hele proces zou kunnen loodsen. Wie zegt dat het uiteindelijk, als alle vuiligheid op straat komt, nog steeds het beste voor Lot zal blijken te zijn om bij hen te komen wonen? En ineens, voor het eerst, deze twijfel: was het wel echt zuiver om de bestwil van het meisje dat Zonne dit allemaal in gang heeft gezet? Hoeveel van die nobele daad zou onbewust ook ingegeven kunnen zijn door wraak?

Uit die mijmering wordt ze gewekt door muziek die schalt uit de radio van een auto die naast hen voor het stoplicht stopt. Het zijn de laatste maten van een nummer van haar nieuwe cd, die onlangs is verschenen. Zodra de deejay het begint af te kondigen, geeft Sander gas hoewel het licht nog niet op groen staat.

'Vergis je niet,' zegt hij, 'die meid heeft iets verschrikkelijks meegemaakt, ja, maar ze is erdoorheen gekomen. Zo jong als Lot is, zij is sterker dan wij met zijn allen bij elkaar.'

Sander heeft lang gehoopt dat Zonne van het hele plan zou afzien. Hij wil liever geen kinderen. Laat staan die van een ander. Hij is te jong voor een gezin, vindt hij. Wat hij bedoelt is: ik ben niet toe aan zo'n zware verantwoordelijkheid.

Daar moet ze hem gelijk in geven. Hij is niet toe aan wat voor verantwoordelijkheid dan ook. Sander is een lief, zacht mens, echt een zoon van alternatieve ouders, kunstenaars, hippies die met hun kinderen in een oude Volkswagenbus de wereld introkken om hun stukjes van het paradijs te laten zien en daar dan weken achtereen met zijn allen in hun blote kont over het strand te hollen. Zijn ouders en hij begrijpen heel erg goed wat het is om lief te hebben en je hart te volgen, minder dat zoiets niet altijd vrijblijvend is.

Direct na de brand ging alles heel vanzelfsprekend. Zodra zij aan kwam zetten met Lotte, die niets meer bezat dan haar pyjama, gewikkeld in een deken, was het Sander duidelijk dat er geen levende ziel was die haar beter kon opvangen. Zonder dat Zonne iets hoefde te vragen had hij samen met haar de zorg voor het meisje op zich genomen. Uit zichzelf had hij zijn spullen uit de slaapkamer gehaald en was hij op de bank gaan slapen, zodat Lot zich onbelemmerd in de armen van haar tante in slaap kon huilen. Zo hoefde het meisje geen moment alleen te zijn wanneer zij roepend om haar moeder en haar broertjes wakker schrok.

In de chaos en het peilloze verdriet waarvan het huis die eerste dagen overliep en dat alles vertroebelde wat niet direct te maken had met liefhebben en overleven, had Zonne met vertedering gezien hoe Sander zijn best deed om een vaderrol te spelen, onhandig en op de impulsieve, warrige manier die hij van zijn eigen ouders afgekeken had, maar toch.

Zonne, die zich in die periode eigenlijk moest voorbereiden op een groot concert dat zij zou geven in het nationale stadion, had de hele promotie, alle interviews en televisievraaggesprekken afgezegd, maar het evenement zelf, dat maanden van tevoren al was uitverkocht, kon onmogelijk worden opgeschort.

Om zo veel mogelijk bij Lotte in de buurt te kunnen zijn, liet zij een repetitor komen en studeerde zij de nummers thuis in. Naar de orkestrepetities nam zij het meisje mee en benoemde haar tot souffleuse, wat inhield dat zij het draaiboek woord voor woord moest volgen en haar tante diende voor te zeggen wanneer die iets vergat of zich versprak. Zonne, tekstvast als altijd, deed af en toe alsof ze haperde om maar te voorkomen dat haar nichtje zich zou vervelen en ging malen.

Alleen op de dag zelf kon zij haar niet onder haar vleugels houden. Voor het eerst sinds Lotte haar familie had verloren, moest zij het meisje die ochtend thuis achterlaten om licht- en soundchecks te gaan doen, maar als vanzelf stond Sander klaar en nam de zorg naadloos over.

Het was een mooie dag. Zij hingen met zijn tweeën een tijdlang rond het zwembad en keken een dvd, waarna hij haar de stad mee in nam om iets feestelijks te kopen dat zij die avond aankon naar de voorstelling. Hij had geen idee hoe meisjes winkelen, hoe lang dat duurt en wat een redeloos getwijfel dat in hen losmaakt. Ook was hij verbijsterd door haar smaak, de manier waarop zo'n kind zich op die leeftijd al helemaal liet inpakken door de commercie en liever afging op merknaam dan op kwaliteit, maar hij zei niets en liet haar zelf kiezen. En toen bleek dat zij niet kiezen kón, mocht zij van hem zonder morren alles hebben, zowel die twee jurkjes als alle drie de topjes met een kort rokje erbij, en ook nog maar die pantalon, de schoenen én de zilveren laarsjes, want af en toe wanneer hij Lot zo besluiteloos en in haar eentje voor de passpiegel zag ronddraaien, meende hij te weten hoezeer een meisje op een moment als dit een moeder nodig heeft om raad te geven en wist dan gewoon niet wat hij doen moest om haar te laten voelen dat zij ondanks alles nooit bang hoefde te zijn dat zij er in het leven volstrekt alleen voor zou staan.

Die avond ging hij met haar het stadion niet via de vipingang binnen, maar mengden zij zich tussen het publiek. Als door een wonder had de pers de slachtoffers van de uitslaande brand in het centrum, van wie zij de verminkingen enkele weken tevoren toch tot in detail hadden beschreven, niet in verband gebracht met Zonne. Om hen niet alsnog op een idee te brengen hadden Sander en Lot voor staanplaatsen gekozen, onopvallend, anoniem in de massa, maar wel in het beste vak recht voor het podium.

Tussen de duizenden die van alle kanten binnenstroomden, was het stijgen van de stemming bijna tastbaar. De collectieve vrolijkheid en eendrachtige verwachting brachten een energie op gang die de enorme ruimte vulden met een tinteling. Lot keek haar ogen uit, gaf zich over aan de algehele opwinding en voor het eerst in weken keerde de flonkering terug in haar ogen, er verscheen kleur op haar wangen en een lach op haar gezicht.

Het idee dat het Zonne was, zíjn Zonne, die bij iedereen zo'n vrolijke verwachting wekte, vermengde zich met de ontroering die Sander voelde en de bewondering over de manier waarop zij haar nichtje eigenhandig uit de puinhopen van haar leven had opgetild. Een golf van liefde overspoelde hem op het moment dat hij zag dat het meisje haar verdriet even leek te vergeten, en hij gaf haar eens een lekkere dikke zoen en drukte haar tegen zich aan alsof het zijn eigen dochter was.

'Wij houden ontzettend veel van jou,' zei hij met brekende stem, 'zul je dat nooit vergeten?'

Het meisje keek op, niet helemaal zeker wat ze hiermee aan moest.

'Weet ik,' zei ze zo zachtjes dat het nauwelijks was te horen in het geroezemoes. Het leverde haar nog een dikke kus op, dit keer boven op haar hoofd. Ze plukte even aan haar haren om ze terug te brengen in het model dat ze er met veel moeite in geföhnd had. 'Daarom vind ik het heel fijn wat tante Zonne heeft gezegd.'

'O ja, schat?' Hij slikte geraakt door zijn ontroering. 'Dat ze wat gezegd heeft?'

'Dat ik nu ook voor altijd blijven mag.'

Sander liet haar los, want de bigband was begonnen, eerst een paar luide scratches op basgitaar, toen het lange intro tot het openingsnummer. Om hen heen begon iedereen te klappen en te joelen, terwijl zoeklichten van alle kanten over de menigte zwenkten.

Hij wist niet zeker of hij het goed gehoord had. Misschien kwam het door al het lawaai en had hij Lots woorden gewoon verkeerd begrepen.

Op dat moment verscheen Zonne. In een uitzinnige hoepelrok van zeven meter doorsnee met een hoog opstaande kanten kraag van glimmend goudlamé rees ze op uit het podium.

Nu zit ze naast hem in de auto in de kobaltblauwe jurk, stilletjes, en overdenkt iets wat ze hem daarnet heeft horen zeggen: 'Je moet je wel beter op de hoogte stellen als jíj een kind wilt opvoeden.'

Hij bedoelde er niets mee, iets goeiigs hooguit, iets lolligs om haar op te beuren, maar het lijkt ineens de essentie te verwoorden van iets wat sinds de avond van haar concert in het nationale stadion tussen hen staat.

'Ik vind het wel heel lief van je,' zegt ze, 'dat je met me mee wilt komen, maar misschien is het toch beter dat je me alleen voor de deur afzet en weer naar huis gaat. Ik red me wel.'

Toen zij die nacht na alle pers en plichtplegingen eindelijk van het optreden was thuisgekomen, klaar om haar bed in te rollen, bleek Sander nog op te zitten.

Een paar uur tevoren, nadat hij Lot had ingestopt, had hij pen en papier gepakt, een joint gerold en alle verwarring die hij voelde bij het idee dat hij mogelijk ineens ongevraagd vader zou worden van het kind van een ander, omgezet in een gedicht, dat alles kernachtiger moest uitdragen dan hij het ooit kon zeggen. Toen hij het haar in de vroege uurtjes voorlas, bleek er echter geen touw aan vast te knopen en waren ze maar gaan slapen.

Ook later, wanneer Zonne haar voornemen ter sprake bracht om de opvoeding van haar nichtje ook officieel volledig op zich te nemen, kon Sander geen enkel tegenargument bedenken dat steek hield.

Hij had zich zijn leven alleen zo nooit voorgesteld, was doodsbenauwd zijn onbezorgdheid te verliezen en zijn vrijheid, en hij wilde nog zo veel van de wereld zien, maar hij begreep ook dat zoiets geen enkel gewicht in de schaal legde vergeleken bij de veiligheid van een jong meisje dat in verkeerde handen dreigt te vallen.

Naarmate duidelijk werd dat de redding van Lot niet zonder slag of stoot zou gaan en dat Zonne nog hard voor de voogdij zou moeten vechten, raakte Sander verder verscheurd: diep vanbinnen borrelde de hoop op dat zij deze zaak weleens zou kunnen verliezen zodat alles weer zoals vroeger zou kunnen worden, maar tegelijk leek hem dat scenario voor het meisje zo bedreigend dat hij vond dat hij zoiets niet mocht laten gebeuren. Beschaamd over zijn eigen twijfels schaarde hij zich dus, zo ondubbelzinnig als hij kon, achter Lot en Zonne in de strijd.

Bij het eerste het beste gesprek had de mevrouw van de kinderbescherming daardoorheen geprikt. Sander had haar verzekerd van zijn toewijding aan Lotte en zijn beste bedoelingen te vuur en te zwaard verdedigd, maar zij had er toch iets over aangetekend en kwam even later met de vraag wat er zou gebeuren, mocht, hoe onwaarschijnlijk ook, de relatie tussen hen beiden geen stand houden. Zulke dingen gebeurden nu eenmaal, en zou Zonne dan wel de kracht, de wil en de mogelijkheden hebben om de opvoeding van het kind van haar omgekomen zuster in haar eentje voort te zetten?

Kort hierna had Zonne hem voor het blok gezet en voor de eerste en enige keer had Sander zijn bindingsangst verwoord, direct gevolgd door de verklaring dat het háár beslissing was en dat hij, omdat hij van haar hield, zich daarbij neer zou leggen.

Lot een betere jeugd bieden dan zijzelf had gehad, dat had Zonnes hoogste prioriteit. De eenzaamheid en teleurstelling die zij over Sanders weifelende houding voelde, drukte zij naar de achtergrond en zij focuste op de juridische procedures die moesten worden doorlopen. Ieder 'gezinsgesprek' repeteerde zij van tevoren met hem alsof het een optreden betrof. Zij legde hem alle mogelijke vragen voor, souffleerde hem de antwoorden en gaf aan hoe hij daarbij met een simpel gebaar of een suggestie van emotie op de juiste momenten zijn betrokkenheid kon accentueren. Uiteindelijk ging dit zo vanzelfsprekend dat het hem lukte niet alleen advocaten en consultants te overtuigen van zijn goede wil, maar ook zichzelf. Alles wat overbleef waren kleine signalen. Zoals dat van daarnet: 'Als jij een kind wilt opvoeden...'

Wat zou het hem nou helemaal hebben gekost om 'wij' te zeggen?

'Onzin!' roept Sander. Hij neemt de afslag en rijdt de wijk in met de departementen van financiën, zorg en justitie. In de verte torent het gerechtsgebouw. 'Samen uit, samen thuis. Niks hoor, ik ga gewoon mee naar binnen. Ik hoef toch niets te zeggen, voor mijn part blijf ik op de gang zitten, maar als je me nodig hebt dan ben ik er.'

'Liever niet,' zegt Zonne. 'Rij jij naar de school van Lot. Vraag of de rector vandaag in de pauzes een oogje in het zeil houdt. Sta op het plein klaar als de school straks uitgaat, kijk hoe ze onder alles is, en ga samen iets leuks doen. Echt, daar help je me meer mee.'

Sander haalt zijn schouders op en wil iets zeggen, maar net op dat moment draait hij de straat in en valt stil. In de verte, voor de ingang, hebben zich cameraploegen verzameld. Journalisten staan vol verwachting op de uitkijk.

Hij mindert snelheid en kijkt haar aan.

'Weet je het zeker?'

Zij knikt.

# Weijntje

Wat ik ook probeerde om het gat dat was ontstaan te stoppen, steeds weer werd het opengepulkt. De watten die ik erin gepropt had, vond ik de volgende ochtend op de grond. Een spiegeltje dat ik ervoor had gehangen, viel midden in de nacht in scherven.

Met de komst van Sijmen stond sowieso het hele huis binnen de kortste keren op zijn kop.

Het eerste wat de deur uit moest, waren mijn vaders kleren. Mijn moeder deed haar roze huishoudhandschoenen aan alsof ze drek verwachtte, zette de deuren van haar slaapkamerkast wijd open, plukte alles wat van hem was geweest eruit en wierp het met een grote boog voor ons op de grond.

Het was de bedoeling dat Laura en ik door alle zakken zouden gaan op zoek naar munten en sleutels, waarna we de doorzochte jasjes en broeken in de kartonnen dozen moesten gooien die zij op bed had gezet. De hangertjes verdwenen in een teil met sop, dat Isa met een afwasborstel mocht opkloppen. Mijn moeder had namelijk in een damesblad gelezen dat het voor kinderen van gescheiden ouders het beste was zelf een duidelijke streep te zetten.

Zonder een woord te zeggen zaten wij in kleermakerszit op het zeil tussen het goeie goed dat op ons neerdwarrelde. Al die wapperende mouwen en pijpen en pandjes roken naar hem, de zware geur van leer en pijptabak, die zich door de kamer verspreidde en nog een tijdlang om ons heen bleef hangen.

Hierna waren de kledingontwerpen van mijn vader aan de beurt. Zijn tekeningen en patronen gingen ongezien de allesbrander in. Het uithangbord 'MODEATELIER SOLOMON VAN SON' werd van de pui gehaald om als brandhout te dienen en mijn moeder schraapte met een scheermesje de naam van haar eerste man hoogstpersoonlijk van de winkelruit. Stoffen die nog op de rol zaten gingen retour groothandel.

Voltooide creaties die op het rek hingen, bracht mijn moeder in de hoop op een paar jaar aflaat naar 'de Geilige Orde der Paters Pederasten', zoals mijn vader, die op kostschool was geweest, de missiepriesters noemde, waarna ik nog maanden, wanneer er een documentaire over Afrika op televisie was, heb opgelet of ik niet een nomade in een mantelpakje van mijn vaders hand zag rondtrekken, of yam stampen in een van zijn lichtbeige cocktailjurken met paillettenstiksel.

Garen en gereedschap werden verkocht en ook mijn vaders administratie moest eraan geloven. De laden uit het bureau in zijn atelier werden op het werkblad omgekieperd, waarna mijn moeder er zorgvuldig doorheen ging. Overal wierp ze een blik op en las een paar zinnen, misschien in de hoop op een vergeten spaarkaart of een loterijbriefje.

De dichtbundels die hij verzameld had, werden in één haal van de plank geschoven en aan de deur gezet. De archiefkast ging open, de kastjes die hij op zolder in gebruik had, de hoedendozen uit de gangkast en het middelste deurtje van het dressoir, dat hij altijd gesloten hield omdat hij er brieven van zijn jeugdvrienden bewaarde. Soms, wanneer een van ons wat grieperig was en een dag of twee thuis mocht blijven van school, had hij er weleens spullen uit tevoorschijn gehaald: een doopkaars, wat diploma's en de insignes die hij meekreeg na zijn diensttijd. Daarmee kwam hij op de rand van je bed zitten en vertelde dan over vroeger.

Sijmen schepte alles op een kruiwagen en reed het naar de tuin om daar een vreugdevuur te bouwen, maar dat vond mijn moeder uiteindelijk toch verkwisting; bovendien zou het aandacht van de buren trekken. De papieren belandden ten slotte in de koperen kit die naast de haard stond, zodat we nog wekenlang bezig waren boekjes en schriften van mijn vader, onbeschreven bankwissels en visitekaartjes aan de vlammen te voeren.

'Geloof me, lieverd,' zei ze nadat ze het papierwerk had ontdekt dat ik stiekem gered had uit het afval en in mijn kast bewaarde achter mijn gymspullen, 'uiteindelijk is het veel gezonder niet te blijven hangen in het verleden.'

Zij nam een van de notitieblokjes waarop mijn vader tijdens het bellen fantasieontwerpen voor ons tekende met veel struisveren en hoeden met vogelnestjes en pluimen. Op sommige had hij onder aan elke pagina een poppetje gekrabbeld, telkens hetzelfde, net even in een andere houding, zodat het, wanneer je de velletjes op juiste snelheid door je vingers liet glijden, bewoog als figuren uit een tekenfilm.

'Uit elkaar gaan doet evenveel verdriet als iemand aan de dood verliezen.' Zij legde haar hand op mijn middenrif. 'Hier voel je dat, hè, heb jij dat ook, dat het hier de hele tijd zo knaagt? En hier, en hier.' Ze durfde me niet lang aan te kijken, want ze had zich voorgenomen om zich goed te houden, maar ik voelde haar hand op mijn hart en tegen mijn voorhoofd. 'Dat is wat wij nu voelen, jij en ik. En Isa en Laura ook natuurlijk, wij allemaal. Weet je, wanneer iemand in de rouw is zoals wij, dan is het maar beter zo snel mogelijk onder ogen te zien dat de mensen die weg zijn niet meer terugkomen, nooit meer. En dat wij vooruit moeten kijken. Anders knaagt het daarbinnen verder en vreet het je helemaal op. Ik zou ook wel anders willen, engel, maar wij hebben geen keus, wij moeten door met ons leven. Dóór! Die pijn die jij nu voelt moet zo snel mogelijk weer weg, hoe eerder hoe beter. Wij zijn te jong.'

Op het schrijfblokje dat ze in haar hand had stond onder aan de pagina zo'n figuurtje, een klein rond mannetje. Hij hield een vlag vast. Toen zij met haar nagels langs het papier ritste, begon hij ermee te zwaaien.

Als de dood dat het verdriet zou aankoeken, ging ze verder met haar grote schoonmaak. Op een namiddag vond ik het grote fotoalbum open op tafel met de schaar en de lijmpot er nog naast. Alle familiefoto's waar mijn vader op stond waren losgehaald en, nadat hij er af was geknipt, opnieuw ingeplakt. Gek genoeg leek het geen moment alsof hij nooit bestaan had. Integendeel, alle aandacht ging nu uit naar de afwezige. In de speeltuin of het bos, aan zee en op vakantie stonden wij, met een glimlach even breed als tevoren, voortaan hand in hand met een gat in het karton, een lege contour.

Om uit deze kaalslag te redden wat ik redden kon, besloot ik mijn moeder niet te laten vallen en mij niet, zoals ik Laura zag doen, tegen haar te keren. Van alles en iedereen in huis was het tenslotte mijn moeder die het sterkst herinnerde aan hoe ons leven was geweest. Hoe meer aandenkens aan die tijd verdwenen, hoe meer zij het laatste leek wat ervan over was.

Hierna ging het snel.

De muren van de woonkamer, die mijn vader eigenhandig had behangen, werden wit geschilderd en vervolgens, toen bleek dat het patroon dat hij had uitgekozen door de verf heen zichtbaar bleef, alsnog bespannen en bepleisterd. Allerlei spullen die hij bij hun huwelijk had ingebracht gingen naar de missiewinkel, van de ingelijste merklap van mijn oma tot de encyclopedie van vijf eeuwen Europese kunst. Zijn luie stoel werd bij het grofvuil gezet en vervangen door een bank van zwart skai.

Er verscheen een container voor de deur, waarin het meubilair verdween uit het atelier op de begane grond, de opslag van de oude kruidenierswinkel, inclusief de tekentafel waarop mijn vader zijn ontwerpen gemaakt had, uren achtereen, elke zaterdag en zondag, terwijl ik onder het werkblad in mijn eigen wereld verkeerde met mijn poppen en hun nieuwe kleertjes die hij tussendoor vaak even stikte van wat afsnijdsels.

Deze schoonmaak bleek het begin van een verbouwing, waarbij de oorspronkelijke indeling van de winkelruimte uit de jaren dertig weer tevoorschijn werd gebracht. Er werd een moderne toonbank neergezet en vitrinekasten met tl-licht. De pui werd weer geopend en winkelruiten werden aangebracht, waarop in krullende witte letters Sijmens naam geschilderd werd.

Van de opening van zijn fotohandel wilde Sijmen iets bijzonders maken. Een zijden lint moest er komen, en drie grote scharen, waarmee Laura, Isa en ik het dan konden doorknippen, en er zou voor de hele buurt gratis sangria worden geschonken. Een accordeonist werd ingehuurd en de wethouder van financiën bleek, in ruil voor een blanco enveloppe, bereid te komen vertellen over de impuls die deze nieuwe zaak zou geven aan de hele regio.

Op de dag zelf bleken de meeste buurtbewoners verstek te laten gaan, waarschijnlijk omdat mijn moeder en Sijmen toen nog in zonde leefden. De weinigen die wel kwamen maakten alle sangria soldaat, zodat iedereen al in de lorum was voordat mijn zusjes en ik kwamen aanzetten met onze scharen plechtig op een kussen.

Voor de pui hing een veelkleurige guirlande met een grote strik, die mijn moeder zelf had gemaakt. Wij zetten de scharen in de stof, maar mochten pas knippen nadat de foto was gemaakt.

Zoals gevraagd zetten wij een brede glimlach op, terwijl Sijmen onze rokjes nog wat schikte en de losse haren uit ons gezicht streek. Pas toen hij terugliep om af te drukken viel mijn oog op het lint. Het bestond uit losse, glimmende stukjes stof.

Die stoffen herkende ik.

Dit lint was gemaakt van mijn vaders zijden stropdassen.

Mijn ongeloof is op de foto vastgelegd. Ik aarzelde, maar toen de camera eenmaal had geflitst begon iedereen ineens te klappen ter aansporing voor het grote moment.

Alle ogen waren op ons gericht.

Laura knipte al. En Isa.

Ik had geen keus en deed dat ook.

Die zomer was er veel aanloop van toeristen die het kasteel kwamen bezoeken. Twee keer vroeg iemand om een nieuwe lens en eenmaal naar een statief, maar voornamelijk kwamen ze voor batterijen en rolletjes film. Wanneer zij langere tijd in de buurt op een camping stonden, kwamen ze soms terug om hun vakantiekiekjes ook te laten ontwikkelen. Verder verkochten we ansichtkaarten en, na een korte onderhandeling met de wethouder, ook ijsco's.

Wij hadden vrij van school en het was allemaal nog nieuw en weer eens iets anders, dus mijn zusjes en ik vonden het geen ramp dat wij op drukke dagen in de winkel werden ingezet. Dit zou ook weer heilzaam werken, volgens Sijmen, en ons afleiden van het piekeren over onze vader, die al enkele maanden niets meer van zich had laten horen.

Laura werd die zomer dertien en mocht als eerste met hem mee de doka in. Dit was een kleine ruimte onder de trap naar de tweede verdieping, waarvoor een kast was doorgebroken en het raam van de oude badkamer in het voorhuis lichtdicht werd getimmerd. Daar kreeg zij uitleg over het ontwikkelingsproces en vooral over de chemicaliën, die angstvallig buiten mijn bereik werden gehouden. Ik kon niet uitstaan dat mijn oudste zus daar wel naar binnen mocht en ik nog niet, maar hoe ik ook zeurde, de ruimte was altijd op slot, ook als zij en Sijmen binnen waren.

Met de herfst keerde, zoals ieder jaar, de stilte in de oude straten terug. Zodra de toeristen waren vertrokken, bleef er nauwelijks klandizie over. Twee bruidjes vroegen Sijmen om reportages van hun trouwerij, de slager en zijn vrouw kregen een baby die zij graag op een lamsvacht vereeuwigd zagen, en de zoon van de archivaris had een pasfoto nodig omdat hij de grote vaart op ging. Verder stond het etalagemateriaal te verkleuren en de cassettes voor de directklaarcamera begonnen uit te drogen. Nog voor geen lenzendoekje kwam er iemand langs.

Sijmen had gehoopt dat hij, door bij ons in te trekken, zijn oude leven er volledig aan zou kunnen geven, maar er zat niets anders op: hij moest, zoals hij het noemde, weer 'op jaarmarkt'. Dit hield in dat hij afreisde naar iedere stad en ieder dorp waar een circus zijn tenten opsloeg of een kermis werd gehouden.

Behalve het tropische eiland, zoals te bezichtigen boven mijn moeders bed, had hij nog een aantal decors waarvoor feestgangers zich konden laten portretteren. Deze bestonden altijd uit een beschilderd achterdoek en 'omwille van de dieptewerking' een los zetstuk. Zo bungelde boven de spiegelzaal van Versailles een kroonluchter aan een nylondraadje. Voor de Egyptische piramides stond een dadelpalm (dezelfde van het eiland, maar dan zonder opblaasnoten) en bij de skyline van New York hoorde een gele taxi van bordkarton, waarvan je de deur kon openhouden alsof je zojuist was uitgestapt.

Soms mochten Laura en ik mee om klanten te vertederen. Voor elk stelletje dat wij wisten te strikken voor een 'blijvend aandenken aan deze mooie dag' vingen we een kwartje, dat we mochten besteden aan iets lekkers of aan een van de attracties. Onze dagen met Sijmen brachten dat najaar in korte tijd meer muziek, kleur en ballonnen in ons leven dan wij in alle jaren daarvoor bij elkaar hadden gezien. Als we de kans kregen trokken wij erop uit met de kinderen van de vaste exploitanten, die in beschilderde woonwagens woonden, nooit naar school leken te hoeven gaan en van iedere stad de spannendste buurten wisten te vinden.

Zwierend en zwevend langs alle attracties begon het ons langzaam te dagen dat onze nieuwe vader, nu dat zo'n vrolijke kermisklant bleek te zijn, toch ook bepaalde voordelen bood boven de vorige, van wie wij hooguit eens per jaar een suikerspin kregen en wat ritjes mochten maken in de rupsbaan.

Misschien dat ik daarom zo werd overrompeld door de streek waarmee de laatste herinnering aan ons oude gezin moest worden uitgewist. Alsof het iets heugelijks was, werd die met veel bombarie afgekondigd tijdens het diner op de dag dat mijn moeder met Sijmen in het huwelijk trad. Er was niets meer aan te doen, alles was al opgetekend, vastgelegd en inmiddels officieel ingeschreven bij de burgerlijke stand: Isa, Laura en ik verloren onze achternaam.

Onze familienaam was het laatste geweest wat mijn moeder nog herinnerde aan de kerel die haar had verraden, maar voortaan zouden wij, net als zijzelf, die van haar tweede echtgenoot dragen. Zij huilde toen ze de papieren toonde, 'eindelijk weer gewoon met zijn allen één gezin'.

Iedereen applaudisseerde en onze stiefvader werd door zijn broers gefeliciteerd met zijn nieuwe kroost. Ons heetten ze welkom in hun familie.

Aangespoord misschien door al dit enthousiasme greep Sijmen, die flink aangeschoten was, mij ineens bij mijn middel, tilde mij op en zette me tussen het stokbrood en de schalen huzarensalade voor iedereen te kijk.

'Dit is d'r dan zo een,' bazuinde hij alsof dit zijn tafelrede was, 'een van jullie nieuwe nichtjes. Dat belooft veel moois, nietwaar, beeldjes stuk voor stuk. Beetje verbeelding en je kunt al zien wat er van deze gaat worden.' Hij frummelde ondertussen aan mijn kniekousen en de zoom van mijn feestjurkje. Even was ik bang dat hij hem op zou tillen zodat ik ten overstaan van iedereen in mijn ondergoed te kijk zou staan. 'Paar jaartjes geduld nog, mensen, en ook dit hier wordt een vrouw, jawel, dat regelt de natuur voor ons vanzelf, en verdomme, dat zal me straks een machtig exemplaar zijn, nietwaar?' Omdat hij om zichzelf moest lachen, lachten de anderen mee. 'Wat een godvergeten prachtstuk!'

'Sijmen, toe,' probeerde mijn moeder tevergeefs, terwijl ze glimlachend rondkeek om aan te geven dat haar nieuwe echtgenoot het niet allemaal zo meende.

'Een lekkere, stevige meid ga jij me worden, hè?' zei hij tegen mij.

De gruwelijkste misvatting onder grote mensen is wel dat een kind het aangenaam zou vinden dat zij alvast toespelingen maken op zijn of haar volwassenheid. Lollige ooms die op een feestje aan schoolgaande kinderen vragen of ze – knipoog – al verkering hebben, waarom mogen die gewoon verder leven? De tantes die daarom lachen! Waarom tilt een moeder op zo'n moment haar kind niet gewoon op en wandelt ze, om het in veiligheid te brengen, niet voorgoed van haar familie weg?

Alles liet ik me liever noemen. Sijmens achternaam was wel de laatste die ik aan zou nemen. In mijn hoofd zwoer ik hem af. Voortaan hoorde ik, wanneer ik aan mezelf dacht, vooral mijn vaders stem die mij weer noemde bij de koosnaampjes die hij altijd bedacht.

Dit zat zo: volgens mijn geboorteakte heet ik Weijnanda. Dit heb ik te danken aan de gelofte die mijn moeder tijdens de zwangerschap deed aan het sterfbed van haar moeder, opoe Weijnie, de oma die ik nooit gekend heb. Toen de oude vrouw een laatste maal het leven wilde voelen en haar hand tegen de buik legde waarin ik lag te schoppen, heeft mijn moeder in haar zenuwen gezegd dat zij het kind naar haar vernoemen zou.

Mijn vader, die al lang iets heel poëtisch voor mij in gedachten had, was woedend. Laura, zijn eerste, heette naar het liefje van mijn vaders favoriete dichter en na mij werd Isa, Isolde, gedoopt naar de heldin uit een oud Frans gedicht. De poppenkastnaam van zijn schoonmoeder vond hij volstrekt niet in dit rijtje passen, maar er was geen ontkomen aan, hij zat vast aan Isolde, Laura en Weijntje.

Het gebruik van mijn naam vermeed hij waar hij kon. Zolang ik me herinner sprak hij me aan met sprankelende fantasienamen. 'Licht van mijn Leven!' kon hij roepen als ik zijn kamer binnenliep, 'Straaltje Geluk! Doel van mijn Bestaan!' Als ik iets uitgevreten had en hij streng moest zijn, werd het: 'Straal!', plagend was het: 'Hé, Schijntje', maar meestal schalde hij uitbundig door het huis: 'Zonnepracht! Bloem van de Natie! Gloed van mijn Dagen!'

Dat hele arsenaal aan troetelnamen had de herinnering aan mijn doopnaam vrijwel verdrongen totdat Sijmen mij ten overstaan van alle huwelijksgasten, klinkend met champagne, ineens een glanzend nieuwe identiteitskaart overhandigde met daarop de naam van ene Weijnanda – roepnaam Weijntje – Kabouw.

Geen wonder dat ze je zo'n naam met geweld opdringen, vrijwillig zou geen zinnig mens er ooit naar luisteren. Ik in elk geval niet. Geen denken aan. Dat nam ik me ter plekke voor: zoals mijn echte vader mij noemde zou ik heten!

Het was rond deze zelfde tijd dat ik de gewoonte ontwikkelde heel erg lang op de wc te zitten. Ik had ten minste één vierkante meter nodig waarvan ik zeker wist dat ze er geen van allen kwamen, dus verrichtte ik mijn intiemste handelingen voortaan op het gastentoilet in de logeerkamer, naast het schuurtje aan de binnenplaats. Niet alleen kon niemand mij daar vinden, ook hing er een aandenken dat aan ieders opruimwoede was ontsnapt: het handdoekenrekje met de hondenkopjes dat mijn vader ooit voor onze kinderkamer met zijn figuurzaag had gemaakt. De deur had een sleutelslot én een haakje, die ik allebei gebruikte, waarna ik vaak voor de zekerheid nog even aan de deurgreep voelde of ik de hele wereld goed buiten had gesloten.

Ik had er een stapel strips heen gebracht. Overdag bekeek ik die bij het daglicht dat door het hoge raam viel, altijd wat diffuus doordat het uitkwam op de schuur en niet rechtstreeks in verbinding stond met buiten, 's avonds las ik het kindermagazine uit de leesmap bij een zaklantaarn, wat mij nog meer het idee gaf dat ik daar in het geheim zat. In dat huis, waar ik zo veel terrein verloren had, was dat mijn plek.

Daar zat ik op een ochtend te mijmeren in mijn hemd, onderbroekje op mijn enkels, toen me een verandering opviel in het licht. Ik dacht dat het misschien een omslag in het weer was, ineens een wolk voor de zon. Toen zag ik uit een ooghoek iets bewegen.

Ik keek op.

Het was Sijmen.

Hij keek door het raampje.

Hij stond voor het raampje en keek mij aan.

Hij moest stilletjes de schuur in zijn gegaan en op een ladder of een krukje zijn geklommen om mij goed te kunnen zien.

Van schrik sprong ik overeind. Daar stond ik, halfnaakt. In paniek graaide ik naar mijn broek, die eerst nog even achter mijn knieën bleef haken en hees hem zo snel mogelijk op.

Wat mij pas echt verlamde was zijn grijns.

Mijn stiefvader leek echter allerminst van slag.

Integendeel.

Terwijl ik met mijn ondergoed worstelde, deed hij zijn best vooral geen glimp van mij te missen. Ook toen ik aan de deur rukte en als een krankzinnige aan de sloten morrelde om weg te kunnen vluchten, bleef hij mij maar aanstaren met diezelfde verlekkerde blik.

# Zonne

Het hoort erbij, zeggen ze. Zonne heeft de argumenten allemaal al honderd keer gehoord: zodra je in de schijnwerpers gaat staan word je publiek bezit. Ga je het toneel op, dan lever je je over. En mensen leveren zich over aan jou. Zij projecteren hun dromen op je, logisch dat ze alles van je willen weten. Hebben ze daar goedbeschouwd niet ook gewoon recht op? Kom je af en toe op televisie, dan kies je er tenslotte zelf voor om bij de mensen thuis te komen; hoogstpersoonlijk verschijn jij in hun huiskamer, geen wonder dat zij jou als familie gaan beschouwen. Ze zijn nou eenmaal bezorgd en begaan, zoals goede familie hoort te zijn, en willen graag weten hoe het met je gaat. Hoe kan het ook anders: ze draaien jouw muziek en putten er hoop uit. Op het moment dat zij de liefde van hun leven ontmoeten klinkt jouw stem ergens uit een luidspreker, jouw lied wordt hun lied. Ze komen hand in hand naar een concert, schenken elkaar elke nieuwe cd en is het allemaal voorbij, dan zwijgen ze samen, maar naar jou blijven ze luisteren omdat jij voorgoed verweven bent geraakt met hun herinnering. Moet dat dan allemaal alleen maar van één kant komen? Tot alle facetten van hun levens dring jij door, maar als het om jouw eigen leven gaat, wil je ineens een grens trekken? Denk je nu echt dat je al die emoties zomaar kunt losmaken zonder dat daar iets tegenover staat, dat je de gevoelens van de mensen ongestraft kunt bespelen en dat je hen dan, wanneer het jou toevallig zo uitkomt, kunt buitensluiten en de deur achter je dichtdraaien? Jij hebt zelf besloten zichtbaar te worden. Jouw publiek houdt van je en fans zouden jouw leven het liefst van dag tot dag bijhouden. Zodra daarover iets te melden is, is het dus de plicht van de journalistiek daarover te berichten. Het persoonlijke is nu eenmaal van publiek belang geworden.

Tot vandaag heeft Zonne de belangstelling van de pers altijd redelijk benaderd. Nooit heeft zij de fout gemaakt zelf de bladen in te schakelen wanneer zij ergens publiciteit voor wilde vragen, zodat zij hun niets verschuldigd is en niemand te woord hoeft te staan tenzij zij daarvoor kiest. Desondanks leest ze met grote regelmaat dingen over zichzelf in de krant die ook voor haar nieuws zijn.

Zij is er lang geleden mee opgehouden zich druk te maken over 'geciteerde uitspraken' die zij nooit gedaan heeft, of affaires met mannen die ze nooit heeft ontmoet. Het meeste wat over haar verschijnt, staat zo ver van haar echte leven af dat het haar tegenwoordig soms zelfs lukt er een heimelijk genoegen in te scheppen. Ieder verkeerd beeld dat over haar ontstaat, doet immers ook dienst als masker. Achter elk verzonnen verhaal dat door de bladen wordt verspreid, gaat haar echte leven verder schuil. Elke loze roddel leidt alleen maar af van het ware verhaal. In die zin staat het journaille zonder het te weten eigenlijk aan haar kant.

Dit betekent niet dat zij immuun is voor hun woorden. Staat er weer iets smerigs, dan is zij dagenlang van slag, maar uiteindelijk krabbelt zij overeind. Vooruit maar, jongens, denkt ze bij zichzelf, bouw maar aan die mythe. Hoe groter die is, hoe makkelijker ik daarachter kan verdwijnen. Want in hun ijver om haar aan hun lezers te tonen, liefst elke week in dikke vette koppen, trekken ze in feite een rookgordijn op. Verhuld door hun onzinnige

'onthullingen' kan Zonne ongezien zichzelf zijn.
Dat is vandaag anders.
Dit keer zijn ze het verleden op het spoor.

Daarom staan ze daar zo hijgerig op haar te wachten voor de trappen van de rechtbank, ze ruiken dat het wild is aangeschoten. De moeilijkheid is dat Zonne niet weet wat het nu precies is waarvan ze op de hoogte zijn. Toch zeker niet van het hele verhaal, dat is onmogelijk, wie zou hen op dat spoor moeten hebben gezet?

Zij is op de hoek uit de auto gestapt en aarzelt of het zin heeft om een achteringang te zoeken. Nee, stelt zij zichzelf gerust, het enige waar ze op dit moment achter zijn, is Lotte. Ze weten nu dat zij haar nichtje is en dat zij de voogdij over haar probeert te krijgen. Dat zij als enige overlevende uit de brand gekomen is, daar zijn ze achter, en nu willen ze Zonne zien huilen om haar zuster.

In dat geval kan zij hen nu beter maar meteen te woord staan. Niet dat ze hen het plaatje zal laten schieten waar ze zo op hopen, geen denken aan, maar wanneer zij de meute nu een verklaring voert over haar persoonlijke verlies, is er grote kans dat ze daar met zijn allen bovenop springen. Terwijl ze daarmee aan de haal gaan, is hun aandacht afgeleid van wat zich zo dadelijk daarbinnen werkelijk zal afspelen.

Tijd om het plan verder uit te werken is er niet, want de ploeg van *Sterrennieuws* heeft haar als eerste ontdekt en komt, met de anderen op de hielen, toegesneld.

Zonne strijkt met vlakke hand over haar donkerblauwe jurk, voelt of de stof nergens is opgekropen en controleert de neklijn. Camera's lopen, microfoons worden haar voorgehouden en een batterij flitslichten gaat af.

Wat is het toch aan gefotografeerd worden dat zo vermoeiend is? Je staat gewoon te staan en iemand anders doet het werk. Er is geen redelijke verklaring voor het feit dat het Zonne steeds zwaarder valt. Een dag vol interviews, het ene na het andere, zoals ze er bij iedere nieuwe cd en elke theatertournee een aantal heeft, waarbij de journalisten elkaar in de hotelsuite, die door de platenmaatschappij is afgehuurd, zo snel opvolgen dat zij amper tijd heeft om te eten en te drinken, en zij zichzelf honderd keer hetzelfde hoort vertellen tot ze niet meer weet of zij de persoon tegenover haar – en God alleen weet tegen die tijd nog wie het eigenlijk is – het hele verhaal nu al wel of niet verteld heeft, doet ze tegenwoordig liever dan één enkele fotosessie. Maar met één sessie is ze er niet van af, want elke krant wil graag zijn eigen prentje.

Vermoeidheid is niet eens het woord. Eerder is het moedeloosheid, een groeiende leegte.

Lang geleden, nadat de dochter van de poelier uit hun straat was gevonden met haar hoofd in de oven, heeft haar moeder eens uitgelegd dat mensen nu eenmaal levensmoe kunnen worden. In de oren van Zonne, nog te jong om te verzinnen dat een mens zijn eigen leven zou willen beëindigen, had dat geklonken alsof het kind niet zomaar gewoon moe was geweest, maar 'heel erg' moe: 'levens' zoals in 'levensgroot'. Het kon niet anders of het meisje, dat haar altijd een plakje kippenbloedworst of een toastje met paté liet proeven, was zo plotseling gestorven aan een levensgevaarlijke, levensgrote moeheid.

Dit is het soort moeheid dat Zonne tegenwoordig overvalt wanneer er weer een nieuwe lens op haar gericht wordt. Professioneel als zij is, zal geen mens het aan haar merken, maar achter haar glimlach voelt zij soms het leven uit zich wegzakken als zand door een tijdglas.

Afgelopen zomer, op vakantie in Mombasa, was Sander op het heetst van de middag, toen zij voor de open deuren naar het terras in haar badpak op bed lag, de slaapkamer binnengekomen met zijn Hasselblad. Hij hield hem beet zoals zo'n blondine op een Pirelli-kalender een boortol kan bepotelen, en met eenzelfde wulpse blik keek hij haar aan.

Misschien was het ook wel gewoon verdriet, de oververmoeidheid die haar op dat moment overviel, en teleurstelling, omdat zij hem toch ooit haar leven had verteld en hij beter had moeten weten; eenzaamheid ook, alsof ze sindsdien langs elkaar heen hadden geleefd.

Zij had geen woord gezegd terwijl hij op haar scherp stelde, en had niet geprotesteerd toen hij fluisterde dat ze het zweet nu niet meer van haar huid mocht wissen omdat juist dat glimmen van haar lijf zo suggestief was. Integendeel, ze wist precies hoe zij deze rol moest spelen, ging wat verliggen en kantelde, zoals hij vroeg, haar bekken.

Na een paar kiekjes waren zijn vingers onder het elastiek gegleden en begon hij de stof op te schorten, lager over haar borsten, iets opzij tussen haar liezen, telkens ietsje verder. Het is toch werkelijk geen moeite, hield zij zichzelf voor, ook nadat hij haar alles had afgestroopt en vroeg of ze misschien nu geen behoefte voelde om wat met zichzelf te spelen.

Ze had het gedaan zonder tegen te stribbelen. Sterker, ze spande haar spieren, liet zich achteroverzakken en wist zich eraan over te geven. Een glimlach speelde rond haar lippen en haar ogen werden vochtig. Het plezier dat Sander op zijn gevoelige plaat dacht vast te leggen, had echter een andere oorzaak dan hij vermoedde.

Zonne genoot ervan dat zij genieten kón. Dat zij haar genoegen niet liet bederven door de situatie. Diep in zichzelf had zij zich teruggetrokken, een plek die zij van vroeger kende, en daar telde zij, ongehinderd door het klikken van de camera, haar zegeningen. Dat zij zich haar lust niet had laten afnemen. Dit was iets wat zij zich op een dag had voorgenomen. Dat ze haar er niet onder zouden krijgen. Dat zij gewoon van haar lijf zou genieten zoals ieder ander. En met de ijzeren discipline die haar zo van pas kwam in het theater, had zij dit voorrecht vervolgens van het leven afgedwongen. Dat zij haar lichaam lief kon laten hebben.

Dit kon zij.

Dat zag je nu maar weer.

Haar genot had wilskracht nodig, dat is alles.

Het is eigenlijk ook helemaal niet waar dat een geportretteerde niets hoeft te doen. Hij laat zijn foto nemen. Dit zegt genoeg. Als er iemand is die neemt, moet er iemand zijn die geeft.

Meer dan jezelf valt er niet te geven. Wat is daar zo moeilijk aan: je moet het leven in je ogen houden, en een gedachte achter je lach. De truc, dit geldt zowel voor foto als voor film, is door de lens heen te kijken. Niet náár de lens, zoals de meeste mensen doen, maar juist naar iets daarachter. Alsof daar iemand is te zien die je graag mag.

Maar dat is het probleem. Zonne mag ze niet, mensen die zich achter hun camera verschuilen. Je kunt hen nooit helemaal zien, ze verblinden je met hun flitslichten.

Er is een verhaal dat Zonne ooit heeft gelezen of gehoord over een echtpaar dat ergens in een ver land op reis is en daar een foto neemt, zomaar, zonder erbij na te denken, een van hun honderden vakantiekiekjes, van een jongeman die met zijn ezel over een bergpad loopt. Hij leeft afgelegen en heeft zoiets niet eerder meegemaakt. Als de toeristen teruggaan naar Europa, reist hij hen achterna omdat ze hem hebben beroofd. Hij mist een deel van zijn wezen, en rust niet voordat hij de beeltenis die ze hem hebben ontstolen, weer in handen heeft.

Zonne stelt het zich soms voor, hoe ze al die redacties

afgaat, waar zij overal verspreid ligt over bladen en burelen; hoe ze er de bureauladen opentrekt, archieven plundert en bestanden kraakt om haar foto's terug te halen; hoe zij zichzelf bijeenraapt, in tassen propt en mee naar huis zeult.

Want zo is het natuurlijk ook nog eens: zodra er iemand is die neemt, is er een ander wie iets wordt afgenomen.

Net op tijd onderschept Zonne een van de fotografen. In zijn ijver om haar vast te leggen struikelt hij over een rozenperkje en was bijna languit aan de voeten van Vrouwe Justitia beland. Het zwierige gebaar, de zorgzame manier waarop zij vraagt of hij zich niet verzwikt heeft, en haar lach van opluchting zetten het groepje journalisten subtiel op het verkeerde been.

'Wat een rare manier om op te vallen!' Ze lacht en geeft de man op theatrale toon een reprimande. 'Dit kan ik echt niet toestaan, hoor, dat soort capriolen leidt veel te veel de aandacht af van míj!'

Ze persifleert met groot gebaar een diva en zodra ze hiermee iedereen aan het lachen heeft, neutraliseert ze het mogelijke venijn in de vragen waar zij op zinnen door te doen alsof zij samen aan één kant staan en ook zijzelf belang heeft bij een zo gedegen mogelijke verslaggeving.

'Dit is voor jullie ook een vroegertje vanochtend, hè jongens,' gaat ze amicaal verder. 'Zeg, zullen we daarginds gaan staan, daar hebben we beter licht.'

Naar buiten treden om te voorkomen dat mensen binnendringen, het is een tweede natuur geworden. De regie houden. Iets vertonen voordat je wordt bekeken. Geven voordat je iets wordt afgenomen.

'Dus de berichten kloppen?' brandt iemand los. 'U bent vandaag partij in een voogdijzaak?'
'En gaat het daarbij, zoals het ochtendblad ook suggereert, inderdaad om uw eigen nichtje?'
'Het oudste kind van uw overleden zuster?'
'De enige overlevende van een grote brand en zij heet Lotte, is dat correct?'
'Hoe oud precies?'
'En u wilt nu de voogdij, betekent dit dat u ook van plan bent haar verder eigenhandig op te voeden?'
'Is zoiets wel te combineren met een carrière als die van u?'
'Zelf hebt u geen kinderen, wat geeft u het idee dat u een dergelijke verantwoordelijkheid aankunt?'
'Dat betekent waarschijnlijk dan geen buitenlandse tournees meer, minder optredens in het land, minder televisie, meer tijd voor het thuisfront?'
'Is het een bewuste keus geweest, geen kinderen, en zo ja, zou u de opvoeding van Lotte dan nu willen beschrijven als overmacht?'
'Hoe is zij eigenlijk aan de vlammen ontsnapt?'
'Waardoor is het vuur ontstaan?'
'En de overige slachtoffers, behalve uw zuster, zijn haar echtgenoot en de twee broertjes van Lotte, nietwaar, of waren er nog andere mensen in de woning?'
'En er zijn geen andere broertjes of zusjes?'
'Werd u meteen op de hoogte gesteld?'
'Door wie werd u gealarmeerd, door de politie?'
'En u hebt haar diezelfde nacht nog opgevangen?'
'Hoe help je zo'n jong meisje bij een dergelijk verlies? Kunt u dat alleen? Krijgt zij ook professionele hulpverlening?'

Mooi zo, denkt Zonne, ze hebben geen idee.
De ene na de andere vraag pareert zij met een passend

antwoord, zonder omhaal, kort en eerlijk is het beste. En openhartig, dat verwachten mensen niet. Laat je gewoon zien. Laat zien wat zo'n antwoord je kost, en ze denken dat ze raak hebben geschoten. Zo simpel is het. Zodra ze merken dat hun vraag jou raakt, geloven ze dat de buit binnen is. Daarna zullen ze minder geneigd zijn door te vragen.

Ondertussen hervindt zij ook innerlijk wat rust. Haar gedachten zijn bij Lotte. Met een beetje geluk is Sander bijna bij haar school. Hij kan de leerkrachten inlichten. Die kunnen die schat afschermen als dat nodig is. Haar zijn ze dus op het spoor. Geen nood, vanavond zal hier en daar het bericht verschijnen dat Zonne en Lot familie zijn, iets over de voogdijzaak, maar niet veel meer. In *Sterrennieuws* zal het verhaal van de brand breed worden uitgemeten, foto's van de slachtoffers, archiefmateriaal, rook, geluidseffecten, alles, maar de televisie kunnen ze vanavond uit laten. Waar het om gaat, is dat ze met zijn allen op het verkeerde spoor zijn. Ze blaffen tegen de verkeerde boom. Als het meezit, komt er niets naar buiten wat Lotte zelf niet al weet.

'Waarom vindt er vandaag een getuigenverhoor plaats?'

Voor het eerst blijft Zonne even stil.

Ze twijfelt of ze de vraag wel goed verstaan heeft. Hij werd gesteld door een jonge man die zijn stem niet eerder heeft laten horen. Tot nog toe is hij op de achtergrond gebleven en doet nu een stap naar voren.

'John Jaspers, stagiair bij het ochtendblad,' stelt hij zich voor en omdat ze hem nog steeds alleen maar aankijkt, gaat hij door: 'De zaak lijkt zo eenvoudig: een kind schiet alleen over, haar tante krijgt de voogdij, simpel nietwaar?'

'Dat zou ik denken.'

'In dat geval zou ik van u graag willen weten: wat zijn

er dan voor complicaties dat er moest worden overgegaan tot het horen van getuigen?'

Zonne, die de hele tijd tegen de zon in heeft gekeken, schermt met een hand haar ogen af tegen het licht. Tot nog toe heeft ze de verzamelde pers te woord gestaan zoals ze een zaal toespreekt, alsof het één man is, maar ineens onderscheidt ze de gezichten. Ze staat de hele tijd ook al iets hoger dan zij, met de tweede trede van de monumentale trap als een klein podium. Vol afwachting kijken ze naar haar op, sommigen licht verbaasd over de stilte, anderen met al een glimlach om de mond omdat ze haar ervan verdenken dat dit de aanloop is tot weer een goed getimede kwinkslag.

Die wil haar echter dit keer niet te binnen schieten.

Ze blikt over de hoofden heen in de verte, alsof ze hoopt dat het juiste antwoord daar zal komen aanwaaien, maar het enige wat ze ziet is een taxi die de hoek om komt. Eén tel sluit ze haar ogen en stelt zich voor wat er zou gebeuren als ze nu gewoon haar hand zou opsteken om hem aan te houden en dan zonder iets te zeggen zou instappen en wegrijden.

'U getuigt vandaag zelf, klopt dat?'

'Daar kan ik helaas niets over zeggen.' Zonne hoort hoe zwak zij klinkt.

'Kunt u niet of wilt u niet?'

'Beide.'

'U wilt niet en daar is een goede reden voor, nietwaar?' De journalist is jong en ambitieus. Er is iets zelfgenoegzaams aan die ogen.

'Wat dacht u van de bescherming van het kind?' antwoordt ze. 'Dat lijkt mij reden genoeg.'

'Absoluut, haar bescherming lijkt mij van het grootste belang, vandaar mijn vraag. Vandaar dat ik hier sta. Bij een eenvoudige familiezaak was het kind volledig buiten schot gebleven, maar hier is iets anders aan de hand.

Deze zaak wordt behandeld door een meervoudige kamer, drie rechters in plaats van één, hoogst ongebruikelijk, en ik zou van u graag horen waarom.'

De taxi is bezet. Hij is in alle rust aan komen rijden en stopt iets verderop, ter zijde van de trap. Vanuit een ooghoek houdt Zonne hem onwillekeurig de hele tijd in de gaten, alsof dit maar een film is en zij misschien op het laatste moment nog zal kiezen voor een spectaculaire ontsnapping. Op de achterbank zit een lange man, nogal in het donker, die naar voren leunt om de ritprijs te vragen.

'Als de bescherming van Lotte u dan zo belangrijk lijkt...' uit verontwaardiging hervindt Zonne haar kracht. '... vraag ik me af waarom u vanochtend haar foto op de voorpagina plaatst. Dat is nou iets wat ik van u graag eens zou horen.'

'Dat is een keuze van de fotoredactie.' De jongeman steekt zijn handen in de lucht ten teken van zijn onschuld.

'Sterker nog...' Tegenover zo veel lafheid herneemt Zonne haar overwicht. '...ik zou willen weten hoe u eigenlijk aan dergelijke informatie komt.'

De man op de achterbank opent de deur van de taxi, strekt alvast één been naar buiten en trekt zijn portefeuille.

'Die informatie?' De lach die over het gezicht van de stagiair trekt, ontneemt Zonne in één klap alle hoop. 'Die informatie is ons verschaft door de tegenpartij.'

'Tegenpartij?' vraagt een andere journalist. 'Wie is de tegenpartij?'

'Hoe kan dat?' wil een derde weten. 'Als de ouders zijn overleden, wie is er dan nog om uw voogdij aan te vechten?'

'Ah, maar dat is het juist, nietwaar?' vraagt John Jaspers triomfantelijk. 'Uw omgekomen zwager wás niet de vader van het meisje.'

De passagier is uit de taxi gestapt. Hij leunt met zijn lange lijf voorover door het raampje van de bestuurder om zijn wisselgeld in ontvangst te nemen en draait zich om.

'Lottes vader leeft,' verklaart de stagiair zelfvoldaan in de wetenschap dat een vaste aanstelling hem nu niet meer kan ontgaan, misschien na een tijdje een redacteurschap en dan uiteindelijk een dagelijkse column met zijn foto erboven. 'Lottes vader heeft ons zelf benaderd om het onrecht dat hem aangedaan wordt aan te kaarten. Want is het niet zo, Zonne,' vraagt de jongen op een toon alsof zij in de beklaagdenbank zit, 'dat u om de voogdij over uw nichtje te verkrijgen haar vader uit de ouderlijke macht wilt laten ontheffen? Dat u haar échte vader, haar eigen, biologische vader, zijn kind wilt ontnemen?'

'Of dat zo is?' Ze denkt na en zegt dan kalm: 'Nee. Nee, zo is het niet.' Nu het hoge woord er dan toch uit is, voelt ze onverwacht een onverzettelijke rust. Een zekerheid dat zij in haar recht staat en er alles voor overheeft om deze zaak te winnen. Een geconcentreerde woede ook, over zo veel brutaliteit. 'U moet wel uw feiten checken. Een onthéffing uit de ouderlijke macht zou maar voor een bepaalde tijd zijn. Waar ik op uit ben, is om hem voor altíjd uit haar buurt te houden. Daarom zal ik de rechter niet vragen hem uit zijn macht te ontheffen, maar om hem uit zijn macht te ontzétten. Voorgoed.'

'En op welke gronden dan wel?'

'Aangezien Lottes vader degene is die zijn verhaal graag in de krant wil hebben, stel ik voor...' Ze wijst op de man die uit de taxi stapte en nu achter de ruggen van de pers naar binnen probeert te glippen. '...dat u het hem zelf vraagt.'

De journalisten, die zelfs in steno de laatste ontwikkelingen nauwelijks kunnen bijhouden, draaien zich naar hem toe, dankbaar dat er wat richting komt in hun verwarring.

Hij was vast liever ongezien gebleven, maar laat zich niet kennen, recht zijn rug en kijkt hen aan.

'Jazeker.' Zijn eerste antwoord klinkt onverschrokken, luid en duidelijk. 'Ik bén de vader van Lotte.'

Ogen als glimmende kooltjes, wat grijs tussen het ravenzwart en niet meer zo slank, dat is het enige, maar verder is het onmiskenbaar Sijmen.

# Weijntjes opkomst

*De fotograaf wordt net zomin bij toeval fotograaf*
*als de leeuwentemmer leeuwentemmer.*

Dorothea Lange

*IJsbloemen, ik kon me niets mooiers voorstellen. Elke nacht opnieuw groeiden ze vroeger tijdens de lange winters, op de hoge ramen van het onverwarmde huis.*

*'s Ochtends was ik dan als eerste uit bed. Met één arm nog half gevangen in mijn ochtendjas trok ik de gordijnen van mijn kamer open om het wonder te aanschouwen. Ieder bevroren boeket was anders dan het vorige. In kleine tuiltjes konden ze verschijnen, of als overvolle bossen. Soms was het glas tot in de hoeken overwoekerd met een woeste wildgroei, alle kanten uit pluimend als varens, soms was hier en daar enkel een toefje opgekomen in een voor de rest als matglas zo egaal bevroren ruit.*

*Het was mijn eigen adem waaraan ze ontsproten, had mijn vader mij eens verteld, zoals ik was ontsproten aan een zucht die hij samen met mijn moeder had geslaakt.*

*Die eindeloze variatie aan duizelingwekkende patronen bestond eigenlijk uit allemaal wolkjes, beweerde hij, lucht uit mijn eigen longen, die in de loop van de nacht de kristallen had doen opbloeien, en daar nu gevangen werd gehouden door de vorst. Zo fabriceerde ik elke nacht mijn eigen sprookjeswereld enkel door te ademen.*

*Voor dag en dauw kon ik daar even helemaal in opgaan, terwijl ik het mirakel bestudeerde, met open mond soms – er niet aan likken, want dan bleef je tong plakken! –, dromend, starend als de Spaanse herders-*

*kinderen op de wandkaart in de klas naar de verschijning van de Heilige Maagd.*

*Langzaam, vanaf de plek waar ik mijn neus tegen de ruit gedrukt hield, begonnen de bloemen dan op te lossen. In een kring rond mijn gezicht, breder en breder uitwaaierend onder invloed van mijn warmte, trokken ze zich terug in een mist, steeds wateriger verwelkend. De gezichten die ik met een vinger in het ijs getekend had liepen uit, lekten weg, en de hartjes die ik erop had gemaakt begonnen te druipen. Uiteindelijk verdween alles smeltend in één grote brij, maar dat kon mij niet schelen, omdat ik wist dat ik de volgende nacht wéér zo'n schilderij zou maken.*

*IJsbloemen, ik weet niet waar ze zijn gebleven. Op een dag zijn ze opgehouden te bestaan. Ik heb gewoon te doen met kinderen die moeten opgroeien in een centraal verwarmd huis.*

# I

Hoewel ik donders goed wist dat mijn vader na de zondagochtend waarop hij met al zijn spijt tevergeefs aan de deur was geweest, uit ons dorp was weggetrokken om, zoals mijn moeder telkens zei, ergens anders een nieuw vrouwtje ongelukkig te maken, bleef ik er maar van uitgaan dat hij ons binnenkort wel een keer zou komen opzoeken. De verhalen dat hij verderop een nieuw gezinnetje bij mekaar aan het naaien was zodat hij dát over een paar jaar kon verraden met de volgende slet, verdrong ik door me voor te stellen hoe pappa, elke keer als hij in een winkel iets betaalde en onze foto's in zijn portefeuille zag, naar ons verlangde.

Na maanden pas, toen een strenge vorst onze stegen en pleinen in beslag genomen had, kwam er ruimte voor twijfel. Isa, Laura en ik werden die hele eerste winter van mijn moeders tweede huwelijk niet door mijn vader gebeld, zelfs niet op onze verjaardag; geen enkel ansichtkaartje of ander teken van leven mochten wij van hem ontvangen.

Het was alsof ik de winterkou nodig had om bij zinnen te komen. Als de bloemen op mijn raam stolde mijn gemis, zette zich af op mijn ziel, vertakte daar, woekerde naar alle kanten en ontnam mij ieder uitzicht.

Dat ik tegen mijn moeder beter niet over mijn verdriet kon beginnen, begreep ik, maar ik dacht dat zij het aan mij zou kunnen zien. Vroeger dacht ik weleens dat ze helderziend was, zo feilloos als zij ieder pijntje aanvoelde. Zonder dat je iets hoefde te zeggen, had ze haar hand al op je buik gelegd om de kramp weg te nemen. Ze vond blauwe plekken op plaatsen waarvan je niet wist dat je erop gevallen was, en werden wij grieperig, dan stond de avond voordat het eerste hoestje zich aandiende de siroop al op de wastafel en de pot met vitaminen naast ons bord.

Maar nu had mijn moeder enkel oog voor haar nieuwe liefde, naar wie zij gebiologeerd bleef opkijken als de jongleur in het wintercircus naar het bovenste glas van een metershoge stapel die hij op het puntje van zijn kin laat balanceren, glimlach verstard, nerveus ronddribbelend op zoek naar evenwicht, alsof zij zelf niet geloofde dat het wankele bouwwerk dat bij haar vorige poging in duigen was gevallen, dit keer overeind zou blijven.

Isa was nog te klein en bij Laura hoefde ik met mijn zorgen niet aan te komen. Die had de laatste maanden geen geduld meer voor me, leek het. Merkte zij dat ik had gehuild, dan kwam ze wel even bij me zitten of ze probeerde me met gekke stemmetjes op te vrolijken, maar naar de oorzaak vroeg ze niet. Zei ik iets over onze vader, dan wreef ze nogal bruusk over mijn bol, als bij een hond die te hardnekkig bedelt.

'Nou nou nou toch, nou toch,' mompelde ze dan terwijl zij alvast opstond, 'toe nou maar, je moet ook denken aan iets vrolijks.'

Vijf jaar ís een heel verschil in leeftijd, dat begrijp ik wel. Mij leken zesdeklassers al reusachtig en Laura zat zelfs al op de middelbare school. Tot op dat moment was het nooit een probleem geweest, wij waren altijd zo samen. Voor het eerst begreep ik dat zij mij net zo klein en kinderachtig moest vinden als ik Isa. Dat is opgroeien toch in de eerste plaats, er van het een na het ander achter komen dat het niet is wat het lijkt.

Juist in die tijd ging mijn oudste zus een heel nieuwe fase in, je zag het aan haar lichaam, iets waarom ik haar met vriendinnen wel had horen giechelen. Zij was bezig langzaam te veranderen in een vrouw, zoveel was me verteld, iets wat ik ook een keer zou moeten worden, al dacht ik daar, zeker sinds Sijmens tafelrede bij het huwelijk, liever niet te veel bij na. Ik wist alvast dat het iets was dat weleens pijn kon doen en dat er geheimzinnig om werd gelachen, maar het fijne wist ik niet. Toen ik daar ronduit naar vroeg, wilde zij er absoluut niet over praten en scheen er enorm mee onthand, terwijl het op andere momenten juist weer leek of zij er trots op was. Als zij zich aan mij ergerde of ze was in een slechte bui, wat vroeger zelden voorkwam maar nu steeds vaker, dan liet zij zich voorstaan op allemaal dingen die zij wel mocht en ik niet. Alsof wij rivalen waren!

Dat zij van Sijmen op zaterdagavond met vriendinnen naar de danshal mocht, liep ze bijvoorbeeld rond te bazuinen. Dat zij dan zelfs wat centen van hem meekreeg voor een drankje omdat hij als enige zag en wist te waarderen hoe groot en verantwoordelijk zij eigenlijk al was. Dat zíj daarom ook de enige was die met hem de doka binnen mocht, omdat hij haar nu eenmaal wél vertrouwde met de chemicaliën.

Eigenlijk was er maar één die merkte wat er in mij omging. Hij zei het nooit met zoveel woorden. Om mij niet in verlegenheid te brengen ging hij omzichtig te werk, maar door het wisselen van een blik of door een hand even bemoedigend in mijn nek te leggen, onnadrukkelijk, zonder dat de anderen het zagen, liet Sijmen weten dat het hem niet ontging dat ik mij eenzaam voelde.

Aan tafel stopte hij mij af en toe wat extra's toe, een dubbele lepel pap of een handje druiven. Het dikste stuk vlees was telkens voor mij, en allebei de kontjes van het brood, omdat ik houd van knapperig.

'Pech gehad,' antwoordde hij toen Laura er eens iets van zei. 'Weijn moet er nou eenmaal nog van groeien.'

Ik kon geen tekening maken of hij gaf op over de kwaliteit. Ik had artistiek talent, zei hij – ik wist niet wat dat was maar wierp het gretig in de strijd: 'Kan allemaal wel wezen, maar ík heb artistiek talent!' – en met mijn verjaardag kreeg ik van Sijmen een kindercamera, al deed hij zijn best hem zo in mijn bijzijn niet te noemen.

Het was een klein zuurstokroze apparaat van hard plastic, zo licht dat je, wanneer er geen filmpje in zat, moest oppassen dat de wind er geen vat op kreeg. Er gingen rolletjes in waarmee je slechts zes foto's kon schieten, maar eenmaal ontwikkeld zagen die er, met een heus wit kartelrandje, heel echt uit.

Op een ochtend nam hij mij mee naar de stad, mij alleen.

We liepen naar een café aan het plein en kozen een tafeltje aan het raam. Hij vroeg me goed te kijken naar de voorbijgangers en degenen die mij opvielen te fotograferen. Hij deed voor hoe je dat zo onopvallend mogelijk doen kon, vanuit verdekte hoek, en dat dit belangrijk was omdat mensen, zodra ze een lens ontdekken, een andere houding aannemen en hun eigenheid verliezen.

Dat ieder mens twee gezichten heeft, leerde ik, een dat hij voor zichzelf houdt, en een ander dat hij opzet zodra hij zich bekeken weet.

Sijmen had zijn zakken volgepropt met rolletjes en liet mij de hele dag mijn gang gaan. Onderweg legde hij van alles uit over kadrering en uitsnede, invalshoek en lichtval.

Fotograferen was iets, verzuchtte hij op de terugweg, waarover hij met mijn moeder en mijn zusjes niet zo kon praten als met mij. Ik vroeg hem of ik dan, met alle dingen die ik die dag van hem geleerd had, klaar was om ook mee de doka in te mogen.

Hij moest lachen, niet blij, maar in zichzelf, zoals grote mensen doen wanneer een kind ze naar iets vraagt wat het niet kan bevatten. Hij schudde zijn hoofd en antwoordde dat ik echt nog wat geduld moest hebben.

'Je moet maar denken,' suste hij, 'jouw zus mag dan misschien met mij de doka in, maar morgen staat zij daar wel mooi jóuw foto's te ontwikkelen. Wat zal die de pest in hebben, denk je niet?'

Achter op een bierviltje stelde hij, speels, alvast een 'overeenkomst' op waarin ik verklaarde niets liever te willen dan op een dag mijn stiefvader te mogen helpen in zijn donkere kamer. Ik voelde me heel belangrijk en volwassen toen ik ondertekende – ik had nooit eerder een handtekening gezet, ik hád niet eens een handtekening!

Mijn tijd kwam vanzelf, beloofde hij terwijl hij met een ernstig gezicht het viltje in zijn binnenzak wegborg, en dan zou hij mij daarbinnen alle kneepjes eigenhandig bijbrengen. Dit was een taak die hij aan niemand anders wilde overlaten. Zelf kon hij ook niet wachten tot het zover was, troostte hij, want het was daar in die doka heel plezierig werken en hij kon nu al zien dat hij en ik een uitstekend team zouden gaan vormen. Later zou ik het allemaal begrijpen, hield hij vol, maar voorlopig moest ik gewoon van hem aannemen dat een donkere kamer een reuze gevaarlijke plek is voor kleine meisjes.

Op de vriendinnen van mijn moeder werkte Sijmens aanwezigheid al even verwarrend. Zij misten hun oude donderdag. Dit was sinds de middelbare school hun vaste uitgaansavond, waarop je ze breeduit arm in arm over het plein kon zien stappen op weg naar het dorpscafé, waar ze bessenjenever dronken, roddels uitwisselden en elkaar gierlachend aanstootten wanneer een van de kerels rond het biljart hen opnam. Zo gaven ze elkaar het idee dat dit nog altijd een meidenavond was en dat ze het nu toevallig even netjes hielden omdat zij, zoals het hoorde, voor hun gezin kozen, maar dat ze voor hetzelfde geld zomaar ineens nog weer de geest zouden kunnen krijgen en schaamteloos ordinair als vanouds tot diep in de nacht met dat groepje aan de bar zouden kunnen gaan staan donderjagen.

Sijmen wilde niet hebben dat mijn moeder zonder hem op pad ging. Haar afwezigheid op donderdagavonden verdeelde haar vriendinnen in twee kampen. Je had erbij die vonden dat zij flinker moest zijn – dit was toch zeker niet meer van deze tijd? – en dat ze tegen hem in opstand moest komen en voor zichzelf moest kiezen of anders tenminste toch voor hen. Zij probeerden op straat op haar in te praten en toen zij daarvan alleen maar stiller werd, haalden ze hun schouders op en begonnen haar te mijden. Anderen zagen wel hoe ze werd verscheurd tussen hun oude vriendschap en haar nieuwe liefde. Zij kwamen op dagen dat Sijmen met zijn camera op pad was gewoon thuis langs, zodat zij vrijuit konden spreken en lachen zoals vroeger.

Er waren er ook bij die juist opdoken wanneer hij er wél was, want ondanks alles voelden zij zich tot hem aangetrokken. Juist het feit dat hij zijn vrouw dingen verbood en haar stevig binnen zijn bereik hield, maakte hem interessanter dan hun eigen mannen, wie het al jaren weinig meer kon schelen waar ze uithingen. Het getuigde van diezelfde ruige brutaliteit waarvoor zij meteen bij die eerste ontmoeting aan zijn kraampje voor de entree van de Roly Poly met samengeknepen dijen waren bezweken.

Sijmen had dit feilloos in de gaten. Hij kon met hen flirten zoals hij dat deed met zijn klanten op de kermis, weinig subtiel, ook in het bijzijn van mijn moeder, en als zij er na afloop iets van zei, lachte hij en zei dat het gewoon maar domme gansjes waren, die vriendinnen van haar; dat hij hun, door hen zich zo te laten aanstellen, eigenlijk een lesje over zichzelf leerde, en dat als het ook maar iets te betekenen zou hebben, hij zoiets toch zeker niet voor haar ogen zou doen.

Het was ook een spelletje, dat klopt, maar hij was het niet met Coba aan het spelen, of met Berthe of met tante Jany, dat zag ik zelfs toen al, hij speelde het met háár.

Zelfs wanneer zij zich over zijn gedrag beklaagde, kon mijn moeder een glundering niet onderdrukken. Eigenlijk vond ze het heerlijk als hij haar vriendinnen uitdaagde. Hoe begeerlijker Sijmen in hun ogen leek, hoe dankbaarder zij was dat hij voor haar gekozen had, voor háár, een afgedankte vrouw, in de steek gelaten met drie kinderen.

Dit zou haar eerste man eens moeten weten! Was er niet een manier om hem dit nieuws door te spelen en die sukkel eens goed te laten voelen wat hij had verspeeld! Wat voor Don Juan dat was die haar gered had, zo'n man die er aan elke vinger vijf zou kunnen hebben, een echte Romeo, die nu helemaal gelukkig was met haar!

Tegelijk voedde het een nervositeit die onder al haar vrolijkheid meetrilde, een vermoeden voor geen enkele man ooit goed genoeg te kunnen zijn, het misselijkmakende idee dat zij niet voor niets al eens gedumpt was en dat zij haar tweede echtgenoot evenmin zou weten vast te houden. Zij wierp zich dus nog pronter in de strijd, legde mijn stiefvader steeds minder in de weg, en praatte hem verder naar de mond.

'Ik geniet, ja, en wie durft er iets van te zeggen?' riep ze een keer jolig. 'Dit keer ga ik elke dag eens goed van mijn geluk genieten, want een mens weet nooit hoe lang hij het mag houden.'

# 2

Met Sijmen was het elke week wel ergens jaarmarkt.

In mijn vaders atelier had ik me altijd vermaakt met alle mooie stoffen en glimmende kostuums, laat ik dat vooropstellen, en zijn beroep had mij nooit saai geleken, maar laten we wel wezen, op de kermis staan is toch wel eventjes wat anders. Naar die enkele keer dat mijn vader ons daarheen meenam, leefden wij zes maanden toe om de rest van het jaar op de herinnering te teren. Sijmen reisde van het vroege voorjaar tot de late herfst álle kermissen in de wijde omgeving af en trok mee met ieder circus dat onze streek aandeed.

Meestal ging óf mijn moeder óf Laura mee om prille stelletjes te overtuigen van de noodzaak van een aandenken aan hun eerste uitje, zodat ze er op hun koperen huwelijksfeest aan konden terugdenken. Een stoere bink werd ingefluisterd dat zijn maten thuis niet zouden willen geloven wat voor stoot hij aan de haak had geslagen, tenzij hij fotografisch bewijs kon overleggen. Wanneer ik vrij van school had en er niemand thuis was om op mij te passen, mocht ik mee. Dan kreeg ik een stapel folders om uit te delen en keek mijn ogen uit bij de saltimbanques, gluurde door het canvas bij de jongleurs en stak een lange tak door de spijlen van de berenkooi om de monsters in hun schurftige huid te porren tot ze uithaalden. Zodra exploitanten mij van gezicht kenden, mocht ik ('zien draaien doet draaien') gratis in de zweefmolen, in de rups, of aan tafel bij de dikke dame. Soms ook mocht ik helpen bij het spookhuis of de botsautootjes en zelfs eens bij de valkenier, die elk heel uur met zijn roofvogels een demonstratie gaf, waarbij ik een grote leren handschoen aankreeg om brokken vlees vast te houden, die ik dan net zo lang boven mijn hoofd hield totdat er een havik of een uil op landde.

Deze uitstapjes veranderden niets aan het gemis, maar boden tegenwicht door alle vrolijkheid die zijn werk in ons leven bracht. Iedereen was daar altijd uitgelaten, er werd gedanst en gezongen en uit alle luidsprekers klonk muziek, en je hoorde het opgewonden gillen van de meisjes in de achtbaan, het werven van de venters van lootjes en suikerspinnen, de opzwepende aansporingen van een spreekstalmeester of de cowboy die pistolen aan de man trachtte te brengen voor het prijsschieten.

Die volgende zomer, toen de nieuwigheid van die tochtjes er voor mijn moeder wel af was en Laura er ineens een weerzin tegen had ontwikkeld, mocht ik soms ook alleen met mijn stiefvader op stap.

Mijn zusters hele houding was aan het veranderen. Volgens mijn moeder had ook dit weer te maken met de grote veranderingen in haar lichaam. Kan best wezen, dacht ik. Laura was een stuk minder uitbundig. En kattig. Humeurig, wat ze vroeger nooit was. Ik heb wel gedacht dat ze gewoon ordinair jaloers was omdat Sijmen tegenwoordig ook eens aandacht had voor mij.

Als ik dat tegen haar zei, reageerde ze zo duf. Alsof je in een vreemde taal had gesproken kéék ze me aan, zoals mijn oma op haar sterfbed, alsof ze graag iets wilde zeggen en het dan maar opgaf omdat ze zich toch niet meer verstaanbaar zou kunnen maken.

Nou, dacht ik alleen wanneer Laura weer eens onder een ritje met Sijmen probeerde uit te komen, dan láát je het toch, des te beter, dan ga ik mooi in jouw plaats!

Het waren lange dagen. Stonden we bij een circus dan reden we pas na de tweede voorstelling naar huis, op kermissen bleven we tot middernacht. Hoe graag ik ook opbleef, tegen half tien begon ik toch te suffen. Dan kreeg ik de autosleutel en ging op de achterbank liggen onder een paardendeken. Meestal werd ik dan thuis pas wakker wanneer Sijmen mij naar binnen droeg en voorzichtig in mijn eigen bed legde.

Op een avond stond de wagen geparkeerd achter een cakewalk. Om de haverklap gilden de bakvissen die van de schuddende brug dreigden te vallen of tussen de pompende treden van de bewegende trap. Geen oog deed ik dicht en ik besloot naar Sijmen terug te keren, maar die bleek zijn vaste plek te hebben verlaten.

Het achterdoek stond er nog – het dek van een piratenschip dit keer – en de papegaai zat veilig in zijn kooi, maar het licht was uit, het statief ingepakt en de camera verdwenen. Ik keek rond en begon te roepen, maar kwam niet boven de dreunende dansmuziek uit.

Langs de waarzeggers dwaalde ik, tussen het waterorgel en de spiegeltent met de vergulde bierpomp, het ringwerpen en de altijd-prijsvisvijver voor de allerkleinsten, de grijpkranen en schietgalerijen, voorbij de kop-van-jut, door de wirwar van aanpalende fritestenten, tussen de marktvrouwen met bier en worst, de ballonverkopers, de venters van rozetten, rolmopsen en suikerpinda's helemaal tot aan de rand van het terrein, waar boeren uit de omtrek stonden die op de bonnefooi waren gekomen in de hoop wat huisraad aan dronken feestgangers te slijten, gebreide dassen en gehaakte kleedjes, zelfgeslagen koperpannen en potjes met honing, ingelegde selderij en ingemaakte suikerbiet, die ze her en der, zonder vergunning, verkochten vanuit hun handkarren, maar hoe lang ik ook liep en waar ik ook keek, geen spoor van Sijmen.

Achter de tenten langs keerde ik terug, waar de uitbaters altijd een smal pad vrijhouden om lege kratten op te slaan, afval neer te smijten of hun bezwete kleren uit te hangen. De achterkant van alle vrolijkheid is een doolhof van canvas en bordkarton waar geen feestganger weet van heeft. Naar pis stonk het er, en naar sigaren, maar er waren ook hoekjes waar het naar pannenkoeken rook en je de benen kon zien van de Armeense danseressen, een attractie waar je via het voordoek alleen naar binnen mocht als je een man was en bewijs kon overleggen dat je ouder was dan achttien jaar.

Plotseling – naar patat en pizza rook het, de lucht was er warm van de ovens en de kokende olie – zag ik hem staan, voorovergebogen: Sijmen.

Opgelucht wilde ik hem roepen, maar er was iets in zijn blik, in de spanning van zijn rug, de knieën licht gebogen als bij een roofdier dat op het punt staat zijn prooi te bespringen, waardoor ik me bedacht.

Hij was aan het fotograferen, niets bijzonders. Hij had zijn camera in de aanslag en bestudeerde iets. Af en toe richtte hij zijn lens, stelde in en drukte af. Daarna veerde hij achteruit, alsof hij bang was dat het klikken van zijn toestel hem zou verraden.

Sijmens studieobject bevond zich onder het podium van De Elektrische Vrouw. Ik had die attractie meer dan eens gezien zonder te begrijpen hoe het toch kon dat een mens zo'n licht gaf en zo veel energie in zich droeg dat zij er een televisiescherm mee kon laten springen. Misschien probeert hij de statische vonken die altijd van haar huid springen op de gevoelige plaat te vangen, dacht ik, of te ontdekken hoe de truc werkt.

Daar was ik zelf ook benieuwd naar, dus ik sloop dichterbij.

Hij schrok. In een impuls verborg hij zijn camera, maar toen hij zag dat ik het was, hernam hij zich, aarzelde even of hij me zou wegjagen, en overwoog razendsnel alle mogelijke ontknopingen van deze scène.

*'Het is een levend wezen,'* klonk het aan de voorkant door de microfoon, *'maar zij is geladen met honderdduizend volt!'*

Sijmen wenkte me.

Voetje voor voetje kwam ik naderbij, op mijn hoede, maar benieuwd naar het wonderbaarlijke wat daar te zien was.

Hij hurkte, zodat wij op gelijke hoogte waren, en tilde een losse hoek van het canvas op, keek eerst zelf om te zien of het spektakel nog gaande was, week toen achteruit om plaats te maken en wenkte met een hoofdknik dat het mijn beurt was om te gluren.

Ik heb me later afgevraagd of ik niet voorvoelde dat alles stond te veranderen. Of ik op dat moment misschien een keuze heb gehad en of dat iets had uitgemaakt. Hoe mijn leven eruit zou hebben gezien als ik me toen had omgedraaid en was weggerend.

Het eerste wat ik herkende was vlees, naakte huid, wiegend, kronkelend. Twee grote naakte lichamen waren het, maar ik begreep niet direct hoe zij in elkaar pasten, welke arm of welk been nou precies van wie was. En waar zaten hun hoofden? Uitgelaten rolden zij rond in de nauwe ruimte tussen de roestige staken die het podium omhoog hielden.

*'Een speling der natuur,'* schalde het op het toneel daarboven, *'als kind werd zij getroffen door de bliksem. Sindsdien staat zij onder hoogspanning...'*

Ik had nog geen gedachte aan volwassen lichamen gewijd. Er bestaat een tijd waarin we ons die onbewust zijn. Een aantal jaar verstrijkt voordat die beelden in ons hoofd worden geplant, man en vrouw in hun volle glorie, om nooit meer – nooit meer! – weg te gaan, daar voort te woekeren tot aan onze dood, zelfs wanneer dat onderscheid er voor ons eigen lijf al lang niet meer toe doet, blijft het daar zitten, vooraan in ons voelen en ons denken.

'Een tijd van onschuld' heb ik die eerste jaren horen noemen, maar dat lijkt me onjuist. Voor mij hebben 'schuld' en 'onschuld' hun betekenis verloren. 'Onbelast' lijkt mij een betere term voor de tijd waarin grote mensen voor een kind nog geslachtloos zijn als poppen, 'onbezorgd'.

Voor mij begon in elk geval alle last en alle zorg van mijn leven in die ene seconde.

Hun hoofden ontdekte ik, zodra mijn ogen aan het duister wenden, tussen elkaars dijen, waar alles vochtig was en glom. En nog begreep ik niet volledig wat ik zag. Voor mij had het evengoed de dikke dame kunnen zijn, of de zeemeermin, half vrouw half vis, een eindje verderop.

Boven ons brak een geknetter los. De bezienswaardigheid die daar getoond werd, was *'voor de veiligheid van de bezoekers'*, van hen gescheiden door een ruit. Raakte een van hen het glas aan, iets waartoe zij werden uitgedaagd, dan sloegen de vonken daarvan af zoals in het aquarium bij de sidderaal.

Sijmen duwde mij iets opzij, stak vlak naast mijn gezicht zijn lens door de opening van het canvas – heel even, kil, raakte de huls van zijn camera mijn wang – en hij benutte de lichtschichten die door het plankier vielen om het flitsen van zijn camera te maskeren.

Een paar seconden lang dansten nu van meerdere kanten, steeds wisselend, licht en schaduw over de blote lijven en was te zien hoe de vrouw haar hoofd optilde en iets uitspuugde, in één vloeiend gebaar even met een hand langs haar mond veegde, haar lange haren uit haar gezicht streek en twee keer, kort en venijnig, nog eens spuugde.

In grote lijnen wist ik waarvan wij getuige waren, zoals je, wanneer je een negatief bekijkt, je alvast voorstelt hoe de afbeelding er later uit zal zien. Details moet je afwachten, van alles is nog vaag en schimmig, maar dat wordt geraden door je hersenen en ingevuld.

Wat ik aan- en invulde kwam niet uit associatie of herinnering, het was iets instinctiefs wat wakker werd gepord, te plotseling, te vroeg nog en dus met tegenzin, iets wat vanaf onze geboorte in onze genen zit verstopt. Op de bodem van het ontwikkelbad ligt het te wachten, een blanco vel.

Ik deinsde achteruit, geschrokken, ademloos, en keek naar Sijmen.

Ik weet niet wat ik bij hem zocht, begrip, denk ik, en steun, eenzelfde ontzetting, maar hij staarde mij alleen maar aan, zonder enige gêne, zonder schaamte, spijt of iets, grijnzend, alsof mijn schrik hem enkel meer plezier deed.

En op datzelfde moment herkende ik die grijns, dat brutale almaar-blijven-kijken waar je zou verwachten dat een gluurder zich betrapt zou moeten voelen. Het was diezelfde uitdagende blik die ik vele maanden eerder door het bovenlicht van de wc gezien had.

*'Een kippetje roostert zij met blote handen! Van de mannen die zij heeft bemind rest enkel een hoopje as!'*

Om aan die grijns van mijn stiefvader te ontkomen – ik wist zo snel niet waar ik kijken zou –, keek ik maar weer waar ik daarnet gekeken had, en ving zo nóg een glimp op van het parende stel.

En het was in die paar tellen dat ik haar herkende.

De vrouw die daar dat kloppende lid met twee handen beethield en nog wat masseerde, zich ondertussen omdraaide, wijdbeens op de borst van de man ging zitten en met haar onderlijf langs zijn gezicht wreef, was een van mijn moeders vriendinnen, Berthe, de vrouw van onze bakker, en de kerel die zij nu met twee vuisten bij zijn haren greep en aanspoorde om haar harder te likken, sneller ook en dieper, was niet degene die de volgende ochtend weer vroeg moest opstaan om voor dag en dauw het deeg te kneden voor ons anderhalf melkwit.

'Zo is iedereen,' fluisterde Sijmen, 'dan weet je dat maar vast. Ze willen het voor elkaar meestal niet weten, maar ze dromen er allemaal van, van zoiets lekkers, alle uren van de dag, alle dagen van het jaar. Elke man en elke vrouw, begrijp je?' Opnieuw boog hij voorover en loerde door zijn lens. 'Maar betrappen ze jou er een keer op hetzelfde te doen, dan staan ze in de rij om je te beschuldigen. Denk daaraan! Dan kunnen ze ineens link worden. Omdat je ze daarmee eraan herinnert hoe zij zelf in elkaar zitten.' Hij maakte nog een foto. En weer een. 'Daarom is het verstandig een beetje in de smiezen te houden wat ze allemaal met mekaar uitvreten.'

# 3

Wanneer ik die hele bespottelijke scène weer voor me zag, leek het me amper mogelijk dat zoiets echt was voorgevallen. Onnavolgbaar leken mij die dingen, alsof ze zich hadden afgespeeld in een vreemd land waarvan ik de taal niet machtig was.

Overdag op school dacht ik er niet aan, maar 's nachts schoot ik soms wakker alsof ik omringd werd door de inboorlingen van dat onbekende continent, dat niets anders bleek te zijn dan de volwassenheid; alsof zij op handen en knieën naderbij kropen, hijgend, zuigend, kronkelend, en mij insloten. Ik drukte mijn handen tegen mijn oren om hun kreten en dat gesteun van hen niet te hoeven horen, maar begreep dat het allemaal zinloos was en dat het al te laat was, alsof ik voorvoelde dat er iemand klaarstond om mij binnenkort in die onbehouwen, vreemde taal een spoedcursus te geven.

Wat mij kalmeerde was lekker lang onder de douche staan. Ik dook 's ochtends als eerste de badkamer in en liet de kraan vast lopen om het water op temperatuur te laten komen terwijl ik de deur op slot draaide en mijn pyjama uittrapte.

Het kletteren van de druppels verdreef alle gedachten. Ik kneep mijn ogen toe, legde mijn hoofd in mijn nek en ving de stralen recht in mijn gezicht. Zolang het warme water over mijn huid liep, van mijn schouders, strelend langs mijn rug, mijn buik, mijn flanken, voelde alles veilig zoals vroeger, toen mijn moeder ons nog in bad deed en afdroogde met warme lakens.

Zo stond ik daar, een week of drie later zal het zijn geweest, ik had de kraan net dichtgedraaid, het water uit mijn ogen gewreven, en was aan het rondtasten naar mijn handdoek die van het haakje bleek te zijn gegleden, toen ik ook daar, recht voor me, tussen de schrootjes boven het bad, een kijkgaatje ontdekte.

Of híj daar was, aan de andere kant van de wand en mij op dat moment bekeek, kan ik onmogelijk zeggen. Ik bukte, greep de handdoek van de vloer en klampte die zo goed en zo kwaad als dat ging tegen me aan, maar durfde daarna niet meer voor- of achteruit.

Zo, half ineengedoken en met ingehouden adem, bleef ik voor me uit staan staren. Het had een knoest in het hout kunnen zijn als het niet even groot en keurig rond geboord was, net als in mijn kamer.

'Ga weg,' zei ik, al was het misschien ook tegen niemand. Het was ook nauwelijks hoorbaar, want mijn stem vond nergens kracht. 'Niet doen nou, niet doen, niet kijken.' Ik begon te huilen. 'Niet meer kijken, weg hoor, weg, nou niet meer, alsjeblieft, ga weg!'

Dit keer twijfelde ik geen moment meer wie hierachter zat. Of hij er ook daadwerkelijk stond of niet, maakte voortaan niet meer uit. Het was het feit dat hij daar zou kúnnen staan.

Uit verontwaardiging gooide ik de keukendeur met een klap open. Mijn stiefvader, pontificaal aan het hoofd van de tafel in de stoel met de leuningen, mijn vaders plek, gaf geen krimp.

'Goedemorgen,' zei ik zo brutaal mogelijk en voegde daar nadrukkelijk en met spot aan toe: 'Váder.'

Deze bravoure was bedoeld als een signaal aan de anderen. Ik dacht dat mijn gedrag hun wel zou opvallen;

dat zij zouden vragen wat er met mij aan de hand was, dat zij zich tegen die griezel zouden keren en mij in bescherming nemen. Nooit eerder had ik hem vrijwillig zo genoemd.

Mijn moeder, die bij het aanrecht stond, keek er ook inderdaad van op.

'Nou ja,' zei ze helemaal ontroerd, 'die Weijn van ons!' En ze keek haar man aan met een blik van: 'Heb ik niet gezegd dat ze wel bij zou draaien?'

Ze droogde haar handen aan haar schort, maar vond het kennelijk toch te gek mij nu ineens omstandig vast te pakken. In plaats daarvan kwam ze even achter me staan, drukte een kus op mijn hoofd en ging verder met eieren bakken. Ik kreeg er die ochtend twee.

Later, zodra Sijmen de deur uit was en zij aanschoof om zelf iets te eten, legde ze haar hand over de mijne. 'Hè, schat,' verzuchtte ze, 'wat heb jij me een plezier gedaan. Zie je nou, zo moeilijk is het allemaal niet.'

Zoals ze daar zat, aan die keukentafel, ogen vochtig van geluk bij het idee dat zij met veel moeite haar gezin had weten te herstellen. Ik zei niets. Ik wist dat ze mij zou laten vallen – míj, niet hem. Ik las het uit haar houding aan de ontbijttafel, gebogen over haar koffie, steunend op een elleboog, vingers zenuwachtig plukkend aan de haartjes in haar nek, kin naar haar borst, maar haar blik op mij, haar hand heel even op de mijne.

Een paar weken later leek onze woning veranderd in een gatenkaas. Nu wij als gezin geen front meer vormden, liet mijn stiefvader zijn laatste voorzichtigheid varen en ging tekeer als een relmuis in een voorraadkast.

Elke week ontdekte ik nieuwe plekken waar hij met zijn handboor in de weer was geweest: in de winkel, in de studio, in de plafonds en in de muren van de wc's en de logeerkamer. Ik hield zo goed mogelijk bij waar ze verschenen. Dit viel niet mee, want sommige kijkgaten werden afgedekt met schilderijtjes of, vernuftiger, met kleine luikjes ter grootte van een oog.

Aanvankelijk hield ik precies bij waar en wanneer ik mogelijk te zien was, maar toen verschenen er ook gaten boven aan de trap en in de gang, zelfs in een hoek van de ouderlijke slaapkamer, die van hemzelf dus, waar hij met mijn moeder sliep. Het werden er te veel. Ik zou me er op een gegeven moment bij moeten neerleggen dat ik te allen tijde overal zichtbaar kon zijn.

Ik benijd vogels. Die worden door hun ouders gevoed totdat ze kunnen vliegen, en dan vertrekken ze zonder nog eens om te kijken. Vanuit mijn kamer kon ik dat elk voorjaar zien gebeuren in het nestje tussen de takken voor mijn raam. Bij de eerste kans die ze krijgen, zijn ze weg.

Zo is de natuur.

Niks geen gezinsleven.

Zodra de kleintjes kunnen vliegen, vertrekken ze. Zo hoort het te gaan. Zo heeft God dat bedacht, maar toen had hij even buiten de kroon op zijn schepping gerekend. Dat je allemaal bij elkaar zou moeten blijven, is weer typisch een van die dingen die door mensen zijn bedacht, zoals snelwegen en algebra en oorlog.

Ik zeg: het is een afwijking, een ziekte, niet iets waar je acuut aan overlijdt, maar juist zo gemeen langzaam, sluipend, telkens iets minder weerstand zonder dat je zelf weet wat er aan de hand is omdat iedereen om je heen zich sterk en goed houdt en overdreven vrolijk doet om jou niet ongerust te maken. Zo woekert het voort en voor je het weet heb je er een schimmel bij of heb je nog een raar virus opgelopen, maar omdat iedereen met dezelfde vurige vlekken loopt, zie je helemaal niet wat er nou precies zo mis is.

Het schijnt dat er zelfs een medische term voor is, dat was eens op televisie. Een vorm van gekte is het, een bepaalde afwijking in hun denken of gedrag die alle leden van één gezin gemeen hebben. Zelf ervaren ze niets geks. Ze huppelen met zijn allen van het rechte pad, maar omdat ze samen zijn hebben ze niet door dat ze over de rand gaan. Omdat ze de anderen hetzelfde zien doen, trekken ze hun eigen handelen niet meer in twijfel. De hoeksteen van de samenleving is een verzameling krankzinnigen zoals iedere sekte.

Ze zijn hiervan niet te genezen, totdat de familieleden uit elkaar worden gehaald. Dit was ook te zien in die documentaire, hoe ze een heel programma ondergaan om van hun hersenspoeling af te komen en daarna niet kunnen geloven wat ze allemaal hebben laten gebeuren.

Dan zijn vogels een stuk slimmer.

Die laten het zover niet komen. Nou ja, op een enkeling na. Er is er altijd wel één bij die te lang op het nest blijft. Het is een kwestie van natuurlijke selectie. Daarvan vind je elk voorjaar wel een exemplaar voor het raampje van het souterrain, half weggevreten door de maden.

# 4

Het was dat ze geen tulband droeg, verder leek Berthes kop sprekend op die van de gaper boven de drogist in de Hoogstraat, zo was hij verwrongen: uitgestoken tong, ogen wijdopen en de grijns van een waanzinnige. Op haar rug lag zij met opgetrokken knieën, zodat je tussen haar benen keek, terwijl ze steunend op haar ellebogen opzag naar haar minnaar, wiens geslacht zij al met één hand beethad, klaar om toe te happen.

'Kijk eens aan!' zei Sijmen. 'Dat noem ik nou klasse!'

Langzaam kwam haar portret tevoorschijn op de bodem van de bak met ontwikkelvloeistof. Mij leek het toveren, zoals daar iets uit niets verscheen, een goocheltruc, en ik mocht er met mijn neus bovenop staan. Mijn stiefvader, bang dat ik iets zou omstoten, stond achter mij, één arm om mij heen geslagen voor mijn eigen veiligheid.

'Vakwerk, echt vakwerk,' mompelde hij goedkeurend alsof het míjn verdienste was. Hij streek trots over mijn haar. 'Ja, dan weet je weer even waar je het allemaal voor doet.'

Alles was op dat moment nieuw voor mij. Dit was de eerste keer dat ik mee mocht de donkere kamer in. Het was tenslotte ons project, had hij gezegd, een werk van ons samen. Hij maakte het avontuurlijk, iets uit een jongensboek. Voordat ik naar binnen mocht legde hij mij een tekstje voor, heel officieel. Een paar regels op de achterkant van een fotokarton. Dat ik goed naar hem zou luisteren, stond erin, dat ik beloofde niet aan de gevaarlijke stoffen te zitten en dat de toegang voorlopig eenmalig was, een uitzondering omdat het om foto's ging die ik zelf had helpen maken. Nog plechtiger dan op het bierviltje ondertekende ik en vond alles even vreemd en spannend, ook als ik het niet kon plaatsen zoals dat opgewonden plaatje van Berthe.

'Dit is wat je noemt kunst!' zei Sijmen, terwijl hij mij met zijn grote handen om mijn schouders stevig tegen zich aan gedrukt hield. 'Ja, hier houden mensen van, kunst met een grote kut!'

Toen ze hier ten westen van de stad, waar vroeger de weilanden waren, met het nieuwbouwproject begonnen, zijn ze weken bezig geweest om het land op te spuiten. Overal rond het terrein stonden plakkaten met een rood doodshoofd en een uitroepteken, omdat ze bang waren dat kinderen er zouden gaan spelen.

Wat een onzin, dachten wij als wij er vanaf de dijk op neerkeken, je ziet heel duidelijk waar de grond stevig is en waar niet. Die lichte stukken zijn droog, daar kun je rustig lopen, en die donkere stukken zijn nog nat. Kan niet missen.

Op een dag hebben we die borden dus genegeerd, maar we waren er nog niet aan voorbij of we raakten het overzicht kwijt en hadden geen idee of de volgende stap nog veilig was.

Zo ging het bij ons thuis. Er hadden waarschuwingsborden moeten staan. Het ene moment had je vaste grond onder je voeten, het volgende zakte je weg. Je wist dat sommige plekken veiliger waren dan andere, maar niet welke of hoe je daar moest komen. Dan komt er een punt waarop je je overgeeft en niets anders kunt doen dan afgaan op de mensen die je wenken, en maar hopen dat die weten wat ze doen.

Uiteindelijk zijn we ontdekt door iemand die aan de rand van die bouwvlakte zijn hondje uitliet. Die is hulp gaan halen. Op het roepen en wenken van de opzieners zijn we onder de modder en verkleumd weer aan de kant gekomen.

Mijn stiefvader had drie broers, en ook zijn vader was nog in leven. Ze woonden ver uiteen, maar op verjaardagen zochten ze elkaar op. Hij was bij allemaal al op bezoek geweest, twee keer met mijn moeder, twee keer in zijn eentje, bleef altijd minstens een nacht en soms langer weg en kwam dan uitgelaten thuis met allemaal verhalen. Laura, Isa en ik waren benieuwd naar zo'n familiefeestje, dus toen Sijmen jarig was en de hele bups ons zou bezoeken, hielpen wij gretig mee het huis aan kant te krijgen en inkopen te doen.

Er is een bepaald soort teleurstelling dat je alleen als kind kunt hebben. Je fantasie verkneukelt zich en maakt alles mooier dan het ooit kan uitpakken; een verpletterende vergissing die bij de eerste blik op de werkelijkheid duidelijk is. Terwijl de waarheid je duizelt, heb je nog maar één prioriteit: vrolijker lijken dan iedereen om te verbergen wat een afgrondelijke dwaas je bent geweest.

Grove mannen waren het, boeren en handwerkslieden, met wie wij niets gemeen hadden. Hun vrouwen waren opgedirkt en met hun kinderen, onze verse neefjes en nichtjes, viel nauwelijks te spelen. Ik herinner me een meisje dat haar springtouw zelf tussen de doornen gooide en huilend naar haar moeder rende om te zeggen dat ik dat had gedaan, en een jongen die zei dat hij veearts wilde worden, daarom libellen ving en dan hun vleugels brak om die te zetten met lucifershoutjes en een druppel lijm.

Na een uur mijn best te hebben gedaan ging ik naar mijn kamer om mijn tekenspullen te halen. In het trappenhuis hoorde je dat het feest in de voorkamer op stoom kwam, iemand zong zelfs een paar frasen, iets wat bij ons gewoonlijk nooit gebeurde, zodat ik me door die vrolijkheid liet lokken.

De mannen hadden al een stel bittertjes op en hingen op de bank tegen elkaar op te bieden met moppen en grote verhalen, twee tantes zaten er nog bij met hun advocaatje en likeur met slagroom. Ik kroop aan tafel met een hand koekjes, een glas ranja, schoof de schalen met gebak opzij en sloeg de loper op om een stevige ondergrond te hebben voor mijn kleurpotloden. Je had aan mij geen kind, zolang ik maar in mijn eigen hoofd mocht zijn. Op het moment dat ik een poort tekende, liep ik er al doorheen en stelde me voor wat daarachter was. Ik heb dus geen idee hoe lang ik daar heb gezeten voordat ik het dromen moe was en de wereld om me heen weer gewaarwerd.

'Toe nou, John,' hoorde ik een van mijn nieuwe tantes kirren, 'je laat het, hoor!' Zij graaide naar een foto waarmee haar man boven zijn hoofd, net buiten haar bereik, triomfantelijk wapperde. Met één gestrekte arm, hand tegen haar borst, hield hij haar op afstand. 'Nee heus, die gorigheid, ik wil het echt niet hebben!' Maar erg hard vocht zij niet, meer alsof het spel was.

'Kerels!' riep een andere tante, die als enige nog in de serre zat. 'Laat ze toch, ze zijn allemaal hetzelfde.' Ze griste een broodstengel van het plankje, pakte haar glas en stond op. 'Kom, Keet, wij gaan in de keuken helpen, laat gaan, zeg ik je toch, vooruit nou, voor je iets verrekt.'

Een van de broers griste de ander de foto uit handen en bestudeerde hem.

'Nog een wonder dat ze niet al iets verrekt héb!' riep hij jolig.

'Tsjonge, Keet,' riep zijn buurman, die over zijn schouder grijnzend meekeek, 'dat jij zo lenig ben! Dat had ik eerder moeten weten.'

Terwijl de andere mannen in lachen uitbarstten, graaide mijn nieuwe tante nog eens tevergeefs naar de afbeelding, gaf het toen maar op en maaide nog een keer met haar vuisten door de lucht, komiek, als een clown die een bokser nadoet, voordat zij door haar schoonzus bij de arm werd genomen.

Mijn moeder en de anderen waren op dat moment met het eten bezig, zodat ik met de vier broers en hun vader alleen was. Zij porden elkaar en lagen dubbel van plezier. Ook de anderen trokken uit hun binnenzak of portefeuille afbeeldingen tevoorschijn van hun vrouwen en vriendinnen en dolden ermee. Ze pakten elkaar de prentjes af alsof het een kwartetspel was, vergeleken en prezen wat zij zagen met kreten, kreunen en gefluit als bij een voetbalwedstrijd. Bij elk nieuw plaatje juichten ze alsof er een doelpunt werd gemaakt, dus ik besloot vrolijk met hen mee te doen, sloop om de bank, dook achter de mannen op en griste de eerste de beste foto's weg die binnen mijn bereik kwamen.

Twee had ik er te pakken.

Het duurde even voordat ik doorhad wat ik zag, al ging het me dit keer sneller af dan de nacht waarop ik Berthe bloot zag. Mijn tante Jany, die op de ene foto stond, had even weinig aan, maar ze keek minder verwrongen dan de bakkersvrouw en lachte heel ontspannen. De vrouw op de andere foto leek wat decenter omdat je niet helemaal álles zag, maar die keek weer zo raar wild. Zij hield haar handen voor haar kruis, alleen haar borsten waren goed te zien. Zij perste ze tussen haar bovenarmen samen waardoor ze opbolden. Door de ongelijke spanning op het vel leken haar tepels ieder een andere kant op te wijzen. Omdat haar tong half uit haar ene mondhoek hing, het puntje ietwat wild omhoog, en omdat zij zo gek keek en ik haar zo niet kende, zag ik pas in tweede instantie dat die vrouw mijn moeder was.

De mannen waren stilgevallen.

Met de foto's van hun naakte vrouwen en vriendinnen, waarover ze hadden zitten opscheppen en die zij hadden laten rondgaan, zaten ze nu ineens onthand. Mijn opa, leesbril op de punt van zijn neus, was zo verdiept in het vergelijken van de smakelijkheden van zijn schoondochters dat hij niet eens gemerkt had dat ik opgedoken was en werd nu in zijn zij gepord door zijn jongste zoon.

Opa deed zijn bril af, vouwde hem op, stak hem in zijn binnenzak en legde de afbeeldingen terug op tafel. Hij tuurde er nog even naar en wisselde ze toen met een vinger van plaats, alsof de volgorde ertoe deed.

Hoe iemand ooit kan zeggen dat familieleven houvast biedt, is mij een raadsel. Elke dag is er zo veel nieuws te leren, zo veel wat je ondanks grote weerzin toch moet slikken, zo veel wat je liever niet zou hoeven doen of niet zou willen weten, van alles wat indruist tegen je gevoel maar waartoe je, omdat het goed voor je zou zijn, door grote mensen toch wordt gedwongen. Hoe moet je raden welk gedrag gangbaar is en welk niet? Je voelt wel dat er grenzen zijn waar je liever niet overheen wilt, maar niet welke echt gevaar opleveren of hoe je daarbij uit de buurt blijft. Familie is voortdurend in beweging. Onder de oppervlakte zijn onnavolgbare processen gaande. Wat net leek te zijn ingeklonken, blijkt het volgende moment weer zompig en verzadigd. Je moet je eraan overgeven, dat wel, en maar hopen dat je het er zo goed mogelijk van afbrengt. Je hebt geen keus. De enige bakens die je hebt, zijn je gezinsleden. Jij kunt alleen maar afgaan op hun signalen. Hierom zijn gezinnen zo gevaarlijk: zelfs het eigenaardigste gedrag is tenminste toch nog altijd eigen.

'Niks aan de hand,' zei Sijmen en hij wenkte mij, 'onze Weijn is heus wel wat gewend.'

Zijn broers keken hem aan en twijfelden.

'Die is zo kinderachtig niet, toch? Een mooie natuurstudie kan jij wel waarderen.'

De jongste van het stel schoot in de lach. De rest ontspande, alsof ik een van hen was. Eén oom kon niet langer wachten, leunde al weer achterover, pakte een foto van zijn buurman en ging rustig verder waar hij was gebleven. Sijmen sloeg op zijn knie ten teken dat ik daar op moest komen zitten.

'Het ís toch de natuurlijkste zaak van de wereld, of niet soms? Kijk eens wat een mooie meiden wij hier hebben liggen, daar kun jij nog een voorbeeld aan nemen, Weijn.'

# 5

Ik dacht dat mensen enkel zongen als ze vrolijk waren. Van begin af aan wordt je dit voorgehouden, meteen breed grijzend boven de wieg, vreugdedansje, handjes in de lucht. Mensen doen het voor en willen, vraag me niet waarom, dat jij hen nadoet. Maar er zijn dringender redenen om te zingen.

Ik merkte het aan de liedjes uit de films die ik zag. Neuriënd kwam ik uit de bioscoop, holde met passen en sprongen uit de grote dansnummers naar huis om ze na te zingen voor mijn moeder, die stond te koken. Ze nestelden zich in mij, anders kan ik het niet zeggen, de melodieën hielden zich daarbinnen schuil om op te wellen wanneer ik ze nodig had. De benarde situaties waarin de meisjes uit de films zich bevonden, leken zich te mengen met de mijne. Er kon zich om mij heen nog zo veel afspelen, ik probeerde te luisteren naar wat er binnen in mij speelde. Of nee, het was nog anders: het was alsof daar naar míj geluisterd werd. In die muziek werd ik gehoord. Als ik alleen was, zette ik de soundtracks op en zong mee.

Na lang zeuren mocht ik van mijn moeder op het koor. Daar vond ik mijn eigen stem. Zij begreep niet waarom ik daarna nooit meer in de keuken kwam, jubelend en jodelend totdat wij, '*zesenzeventig trombones en honderdtien kornetten*', knieën zo hoog wij konden in de lucht, achter elkaar rond de eettafel marcheerden met de pollepel als baton. Maar als je in een huis woont waarin je altijd zichtbaar bent, is het verstandig alles van belang voor jezelf te houden.

Mijn stiefvader keek. Je wist niet waar, door welk gat, en niet wanneer. Toen ik het hem in een vlaag van woede een keer vroeg, gaf hij het onomwonden toe.

Dit deden alle vaders, zei hij. Het was simpelweg hun plicht om hun kroost in de gaten te houden. Het was belangrijk om te controleren hoe de groei vorderde, of het lichaam zich goed en gelijkmatig ontwikkelde. Of nergens zieke plekken zaten. Of de hygiëne goed werd nageleefd. Ook daar beneden. Daar vooràl. Als mijn eigen vader ons niet in de steek had gelaten, had die hetzelfde gedaan. Nu was het zijn taak.

Ik wou dat ik kon zeggen dat ik hem toen geloofde; dat ik zijn verklaring dat dit standaardpraktijk was in ieder huishouden voor waar aannam. Dat ik alles wat hierna gebeurde onmogelijk had kunnen voorkomen omdat ik nou eenmaal te klein was om te weten wanneer iemand loog.

Ik heb tegen niemand iets gezegd. Waarom niet? En waarom zeiden de anderen niets? Iedereen in huis kon die gaten in de muur zien zitten.

Wij waren het zelf die er een geheim van maakten. Als je je zo erg schaamt, hoop je namelijk maar één ding: dat niemand jouw schande benoemt. Het laatste wat je met je schaamte wilt, is haar bespreekbaar maken.

Of nee, ik lieg. Eén keer heb ik het gluren ter sprake gebracht.

Sijmen was met Laura naar een verre kermis en Isa logeerde bij een vriendinnetje zodat ik met mijn moeder alleen aan tafel zat. Ik probeerde al een tijdje zo min mogelijk vast voedsel te eten en was er heel bedreven in geworden aardappels te laten verdwijnen en stukken vlees ongezien terug te werpen in de pan.

Die avond, toen wij samen stonden af te wassen, vroeg ze, iets te luchtig, waarom ik eigenlijk zo weinig at.

Ik haalde mijn schouders op.

'Je gaat me niet vertellen dat jij nou ook al op dieet bent. Daarvoor ben je veel te jong. En je ziet wat het met Laura heeft gedaan, al dat wortelsap: drie keer verkouden deze winter en ík zie geen verschil. Gelukkig maar, want die meid is goed zoals ze is. En jij idem dito met een sterretje. Twee prachtmeiden, daar moet je niks aan willen veranderen. Heeft zij jou dat aangepraat?'

'Ik ben niet op dieet.'

Ze spoelde het sop van een bord, gaf het mij om af te drogen, staarde even naar het teiltje met warm water en borstelde verder.

'Mij kun je alles zeggen'

'Weet ik.'

'Alles.'

'Ik heb gewoon geen trek.'

Ze knikte en zweeg. Wij luisterden samen naar het rammelen van de messen en de vorken tegen het aardewerk, het knisperen en knappen van de schuimbelletjes. Ineens, zonder haar handen droog te vegen aan haar schort, greep ze me bij mijn schouders. Haar blik klampte zich dringend, dwingend aan de mijne.

Dit is de laatste keer geweest dat wij elkaar zo na waren.

Zij ademde in alsof zij wilde spreken. Haar lippen waren op zoek naar woorden, probeerden ze wel te vormen, maar vonden nergens steun en sloten zich toen weer. Zij bleef mij maar aankijken, bang en hoopvol tegelijk, zoals een hond die iets vernield heeft naar je kijkt wanneer je thuiskomt.

'Ik wil gewoon niet de hele tijd naar de wc,' zei ik uiteindelijk om haar te helpen in haar ongemak.

Afwaswater droop van haar vingers op mijn trui, sijpelde tussen de wol door naar mijn hemd en verspreidde zich langzaam lauw over mijn schouders.

Zij nam mij op, aandachtig, alsof ze mijn gezicht voor het eerst ontdekte. Een lach trok om haar mond. Ze schudde even met haar hoofd, alsof ze het misschien niet goed had gehoord.

'Wat er niet in gaat,' zei ik, 'hoeft er ook niet uit.'

Dezelfde greep waarin zij me naar zich toe getrokken had, verstarde tot een klem die mij op een armlengte afstand hield.

'De wc?' vroeg ze. 'Waar slaat dat op?'

Nu heb ik haar teleurgesteld, dacht ik, eerst mijn vader, nu mijn moeder, want het was of zij mij achterliet en in haar eentje doorging.

'Als ik niet zo veel eet, hoef ik maar één keer op een dag. Ik houd alles gewoon zo lang mogelijk op.'

'Wat een onzin, waarom dat dan?'

'Ik durf daar niet goed meer te zitten.'

Ze liet me los, impulsief en plotseling, alsof ze zich had kunnen branden. Alsof ze doorhad dat ik op het punt stond haar geluk door te prikken. Even stond ze onthand, stak toen haar handen tot de polsen in de afwasbak en viste op de bodem naar de messen en de vorken.

'Hij stáát daar, mam.'

Ze graaide wat bestek bijeen en klotste er driftig mee door het vuile water.

'Soms staat hij daar en kan hij naar je kijken.'

Aandachtig schrobde ze het metaal, en weer, en nog eens, alsof daar iets zat aangekoekt.

'Hoe durf je,' zei ze zachtjes, bijna binnensmonds, 'die man is nooit anders dan goed voor jou geweest! Dat is een prima man, eindelijk een die van ons houdt, die voor ons zorgen wil en enkel het beste met ons voorheeft.'

'Hij boort openingen, overal, en houdt ons in de gaten.'

Ze deed de hete kraan aan, leunde iets voorover, haar voorhoofd gesteund tegen het keukenkastje. Stoom sloeg tegen haar gezicht terwijl zij keek hoe het water over het bestek stroomde. Toen smeet ze het staal met zo'n kracht op het aanrecht dat het terugketste van het graniet en alle kanten heen schoot. Een vork raakte mijn arm, een paar messen kletterden tussen onze voeten op de grond.

'Ha!' Ze lachte honend. 'Is dát wat jij je in je hoofd haalt?'

Ze knoopte haar schort los, wilde het opvouwen, maar kreeg de vouw niet recht op de strijknaad, propte hem ten slotte samen en wierp het in een hoek.

'Dat zo'n man eropuit is om naar jóu te kijken, denk je dat? Dit is iets tussen volwassenen. Dat snap jij niet, dat hoor jij ook niet te snappen, daar ben jij veel te klein voor. Zo zijn mannen. Wat wou je anders, dat ik het allemaal maar opgeef en voor jullie de straat op ga om te gaan bedelen? Sijmen vindt het nou eenmaal fijn om mij te zien, ja, dat mag je best weten en dat gun ik hem. Ik ben het naar wie hij kijkt. Zo, nou weet je het! Daarom zitten die gaatjes daar, zodat hij naar mij kijken kan. Naar mij! Dat gun ik die man. Dat is iets tussen hem en mij, dat heeft met jou helemaal niets te maken!'

Ik herinner me hoe fris de keuken rook terwijl ik bukte om alles op te rapen, de citroengeur van het sop dat langs de kastjes op de vloer droop en dat ik bette met een theedoek.

'En mezelf gun ik dat.' Zij knielde naast me neer en hielp de natte plekken op te dweilen met een vaatdoek. 'Jouw vader heeft me nooit een blik waardig gekeurd.' Ze legde een hand op mijn arm. 'Kun je begrijpen wat dat met iemand doet? Voor hem was ik onzichtbaar. Andere vrouwen ja, maar mij zag hij niet staan. Nu heb ik mijn geluk. Dat moet je mij ook gunnen.'

# 6

Op een woensdagmiddag, ik zat een maand of twee op koor, riep juffrouw Verbeet, de dirigente, mij na afloop van een repetitie bij zich.

Of ik uit een muzikale familie kwam, wilde ze weten.

Ik dacht dat het een strikvraag was.

Of ik dan met mijn ouders veel naar het concertgebouw ging of naar de harmonie, of misschien zelfs naar de opera?

'Wonderlijk,' zei ze toen ik mijn hoofd schudde, en ze bleef me maar aangapen alsof ik iets van haar aanhad.

Ze wilde een paar testjes met me doen.

'Een of twee dan,' zei ik. Het was hoogseizoen, ik werd thuis verwacht om te helpen achter de kassa. Kwam ik te laat dan kon mijn stiefvader, die toch al vond dat ik met dat zingen mijn woensdagmiddagen verdeed, lelijk uitvallen.

Verbeet speelde een melodie op de piano, die ik moest nazingen. Niet van die godliedjes die wij met koor oefenden om te zingen met Pasen en bij begrafenissen, maar echte muziek, allerlei klassieks, van die aria's met stukjes coloratuur – 'Doe maar gewoon,' zei de juffrouw, 'alsof je lachen moet. Ha-ha-ha-ha-ha-ha-ha-ha!' – en allemaal noten die je heel lang aan moest houden.

Of ik misschien geïnteresseerd zou zijn in extra lessen, vroeg ze na een tijdje, want ze vond mijn stem iets hebben en dacht dat ik daarmee, als ik me er echt op toe zou leggen, misschien, nou ja, na veel hard werken, wel ooit iets kon bereiken.

Ik keek op mijn horloge, maar ze hield aan. Uiteindelijk zei ik maar dat haar muziek me allemaal te somber was. Dat het mij droevig stemde, al die plechtige akkoorden, en dat ik aan meer droefenis echt geen behoefte had.

Waar ik dan wel van hield. Wat voor muziek ik zelf draaide.

De namen die ik noemde kende zij niet. Er werd onder de repetities wel gefluisterd dat Verbeet eenzaam leefde en buiten ons weinig plezier had in het leven, maar dat het zó erg was.

Ik mocht iets zingen wat ik mooi vond, zei ze, maar toen ik daarmee klaar was bleef het stil. Ze stond op, liep naar het raam, en bleef met haar rug naar me toe staan alsof daarbuiten iets van meer belang te zien was.

'Voorlopig twee keer in de week een uur extra buiten de vaste koortijden, op maandag en op vrijdag, bij mij thuis, direct na school.'

'Gaat niet, juffrouw.'

'En na verloop van tijd wat intensiever. Je zult tenslotte noten moeten leren lezen, solfège, repertoireopbouw. En dat alles...' Ze schraapte haar keel. '...doen we gewoon met gesloten beurs.'

'Het spijt me.'

'Begrijp je wat ik zeg? Het kost je ouders niets. Ik bied het je aan, ik hoef er verder geen cent voor te hebben.'

'Het zal niet gaan. Als u me niet kwalijk neemt, ik moet nu echt weg.'

'Of ik jou dat kwalijk neem?' Met een ruk draaide zij zich om. 'Eens kijken: zeventien jaar, week in week uit sta ik hier de maat te slaan, probeer ik er nootjes in te stampen bij kinderen die denken dat mensen wel luisteren als je maar een keel opzet. Nooit eens een die begrijpt waaruit een menselijke klank geboren wordt, dat het misschien een weergave zou kunnen zijn van iemands innerlijk, dat je er op een dag een ander mens eens mee zou kunnen raken. Ze komen en ze gaan, jaar na jaar, en het enige wat blijft hangen is de geur van hun natte regenjassen in de gang, jullie koor, ieder koor, elk semester kan ik helemaal opnieuw beginnen. "*Nader mijn God tot u*", maar niet heus. Elke zondag dat ik met een van die zogenaamde koren van mij de hoogmis moet begeleiden, is God verder te zoeken. Er is maar één genade waardoor ik nog een beetje hoop houd op Zijn bestaan, en dat is dat ik bij het dirigeren met mijn rug naar de congregatie toe mag staan zodat geen mens mijn schaamte hoeft te zien. En nee, dat kan ik jou allemaal niet kwalijk nemen.' Ze begon de partituren die door koorleden op of onder hun stoel waren achtergelaten, bij elkaar te rapen. Scherp en geërgerd klopte zij de bundel papieren tegen de houten zetels in gareel. 'Maar neem mij dan niet kwalijk dat ik het ooit anders heb gehoopt. Dat ik toen ik jong was en mijn eigen stem ontdekte, toen ik de troost ontdekte van muziek die je zelf voortbrengt, de kracht die je daaruit zelfs in je allerdiepste duisternis kunt putten en die je door middel van je kunst kunt doorgeven aan anderen, dat ik daar op dat moment iets anders mee voor ogen had, ja, zelfs idealen had misschien, wil mij dat op mijn beurt dan ook alsjeblieft vergeven. Dat ik doof ben geweest voor de harde waarheid van het leven en nog dromen had dat ik dit geluk, dat ik ontdekt had, zou kunnen overbrengen op anderen, op jonge mensen, zoals ik er zelf een ben geweest, in wie zonder dat ze het weten een talent sluimert dat ik misschien zou kunnen helpen wakker te zingen. Of wou je een mens verwijten dat hij opleeft wanneer hij dan in zeventien lange, monotone jaren één keer eens een stemmetje hoort dat hem heel even hoop geeft dat zijn geploeter te midden van zo veel schrille, vlakke, kale tonen misschien toch niet voor niets geweest is? Dat ik een poging doe om dat ene glimpje talent dat mij voor mijn volharding uiteindelijk wordt toebedeeld niet te laten ontglippen. Als jij mij die dwaasheid niet kwalijk neemt, dan zit er waarschijnlijk voor mij niks anders op dan jou de jouwe te gunnen en toe te kijken hoe jij je kansen vergooit. Goed dan, we laten die stem van jou voor wat hij is. Wat maakt het ook uit, alles wordt uiteindelijk toch door het leven gedempt.' Ze draaide de klep van de piano op slot, terwijl de klap waarmee ze hem had dichtgegooid door de klankkast nagalmde. 'Vooruit, ga dan, ga maar gauw, dan zien wij elkaar zaterdag gewoon wel in de kerk. Elf uur. En denk erom: je wítte jurkje, want het is dit keer een huwelijk en eens geen begrafenis, een verschil zo subtiel dat het aan dit koor verder niet te horen zal zijn. Het is mij sowieso een raadsel waarom iemand zijn jawoord zou willen geven begeleid door klanken die ieder geluk bij voorbaat smoren.'

Ze stak de sleutel in haar zak en begon de partituren, waarvan de pagina's dooreen waren geraakt, te sorteren.

Het leek mij verstandig om van de gelegenheid gebruik te maken en weg te glippen, maar voordat ik de deur bereiken kon, hield ze me staande.

'Dus jij dacht even zo naar buiten te kunnen lopen?' Ze zuchtte geërgerd, beende met boze passen op me af, trok haar eigen wollen shawl van de kapstok en sloeg hem twee keer rond mijn keel. 'Heb je dan niet gemerkt hoe gemeen koud het aan het worden is? Wat jij ook mag denken van dat strotje van je, laten we er tenminste voorzichtig mee zijn.'

Ze propte de uiteinden in de hals van mijn trui en gaf me zacht een zet ten teken dat ik klaar was om te gaan.

'Eén ding nog, Weijntje.'

Ik stond al in de deuropening.

'Als jij zingt...' De juffrouw aarzelde. 'Wanneer je nou zo aan het zingen bent zoals je daarnet zong, kun jij me eens vertellen, wat gebeurt er dan?'

Sijmen stond de werking van spiegelreflex uit te leggen aan een klant.

Ik probeerde ongemerkt mijn plaats in te nemen in het nisje naast de kassa, nonchalant, alsof ik daar al tijden aan mijn huiswerk zat.

Na de hele uiteenzetting vertrok de klant zonder zelfs maar een batterij te kopen. Vloekend propte mijn stiefvader de camera weer in zijn verpakking en legde hem terug in de etalage.

Ik concentreerde me op de collage die we de volgende dag moesten inleveren bij handwerkles. Deze week ging het om evenwicht en compositie. Ik was daarvoor wat figuurtjes uit het televisieblad aan het knippen, toen ik zijn warme adem door mijn haren voelde gaan.

De poppetjes wapperden uiteen.

Hij legde zijn hand in mijn nek, speelde daar even met de haartjes en liet zijn vingers verder glijden langs mijn hals.

'Mooi,' hoorde ik hem zachtjes zeggen. 'Ja hoor, dat wordt heel mooi.'

Korte, hijgerige zinnetjes. Ik wist dat het niet over mijn knutselwerk ging.

Terwijl ik de figuren teruglegde, verdwenen zijn vingers onder de hals van mijn trui, streelden even over mijn rug tussen mijn schouderbladen, gleden toen weer omhoog en bleven rusten op mijn borstbeen. Hij trok de stof naar voren en keek eronder. Twee keer blies hij door de opening naar binnen. Tot aan mijn navel voelde ik zijn adem.

'Oehee jongens, ja,' verzuchtte hij goedkeurend, 'als dat niet iets machtig moois gaat worden.'

Daarop greep hij me bij mijn schouders, lachend om zijn eigen grap en schudde me dooreen, speels, alsof wij beste vrienden waren en plezier hadden om hetzelfde.

Dit was het verraderlijkst: dat hij je het idee gaf dat alles wat hij deed toch in wezen iets was van ons samen, een avontuurlijk en geheim verbond, en dat het kinderachtig zou zijn er niet aan mee te doen. Hoe je je ook verzette, hij bleef erbij kijken alsof het iets was wat je eigenlijk zelf graag wilde.

Ik stond op en probeerde los te komen. Toen dat niet lukte, sjorde ik aan zijn polsen en sloeg hem van me af, glipte onder zijn arm en de klep van de toonbank door en dook weg achter de Kodakvitrine.

'Goed,' zei hij met zachte stem, 'als je het liever zo speelt, kan dat ook. Dan mag je me eerst eens vertellen waar jij al die tijd hebt uitgehangen.'

'Ik had koor.'

'En ík had films te spoelen. Maar ik kan moeilijk de doka in wanneer er niemand in de winkel staat. Of moet ik soms riskeren dat mijn materiaal belicht raakt als ik naar voren moet omdat de bel gaat?'

'Het is uitgelopen.'

'Uitgelopen ja, en áfgelopen.' Sijmen sloeg zo hard met zijn hand op de toonbank dat de vitrineruiten ervan rinkelden. Hij stoof om de kassa heen en beende op me af. 'We kunnen moeilijk voortaan ons hele bestaan inrichten naar die spielereitjes van jou.'

'Laura zit op korfbal én op stijldans én op zwemmen.'

'Laura is een slimme meid. Die weet dat overal wat tegenover staat.' Hij lachte naar me en leek te kalmeren. 'Zij heeft begrepen dat een mens iets leuks eerst moet verdienen. Zo zit het leven in elkaar, Weijntje.' Hij streek met twee vingers langs mijn wang.

'Mamma vindt het goed. Die is blij dat ik op zingen zit.'

'Mamma vindt wat ik vind, en meer vindt jouw mamma niet. Jij zou er beter aan doen eens een voorbeeld te nemen aan je oudste zus. Die is niet lui en koppig zoals jij. Laura is behulpzaam. Meegaand. Zij draagt haar steentje bij. Een mens moet nu eenmaal eerst een beetje geven voordat hij iets krijgt.' Om te laten merken dat zijn ergernis voorbij was, trok hij me met één hand zo'n beetje tegen zich aan, heel onhandig, mijn oor dubbelgevouwen tegen zijn buik. Tot overmaat van ramp hoorde ik daarbinnenin iets borrelen. 'En dat hoeft heus niet allemaal vervelend te zijn,' ging hij verder. 'Integendeel. Niet alleen maar werk. Wist je dat? Geven kan ook heel plezierig zijn.'

Ik vroeg me af hoe ik weg kon komen zonder hem opnieuw te irriteren.

'Afgelopen dus die onzin. Als er gezongen moet worden, dan zing je maar onder de douche.' Hij grinnikte. 'Kunnen wij er hier tenminste nog van meegenieten.'

Zodra zijn greep verslapte, veegde ik de resten van mijn collage bijeen.

'Gewoon proberen eens wat minder aan jezelf te denken en wat meer aan een ander. Het zijn harde tijden, dat weet jij net zo goed. Als het aan mij lag zou jullie leven één grote vakantie zijn en hoefden jullie geen van vieren ooit een vinger uit te steken. Dan hadden wij een winkel vol personeel, zodat ik mijn handen vrij had om jullie de hele dag te vertroetelen. Maar op dit moment is het elke week weer een gevecht om eten op tafel te houden. Het spijt me, maar het is niet anders. Iedereen moet aanpoten. Wij hebben jou gewoon nodig, Weijn, hier bij ons, gewoon lekker thuis.'

'Thuis'. Je hoort iedereen er warm over spreken. Ze verlangen ernaar zodra ze weg zijn, ervaren het als gemis wanneer ze het niet hebben.

Weer typisch zo'n begrip dat is bedacht door grote mensen. Die zijn nota bene zelf ooit van huis weggegaan. Verderop hebben ze hun eigen thuis gebouwd, ingericht naar hún dromen en hún wensen. Dit is voor hen de veiligste, meest dierbare omgeving die zij zich kunnen voorstellen, een eigen nestje, dat hun de ideale plek lijkt om kinderen in te krijgen.

Ben jij er toevallig een van, dan gaan zij er meteen bij je geboorte al van uit dat hun thuis ook het jouwe is. Dit wordt je verteld en waarom zou iemand erom liegen? Je weet domweg niet beter. Je hebt weinig keus en het is waar, de wereld daarbuiten kan behoorlijk griezelig zijn, dus ook voor jou wordt, net als voor je ouders, thuis de minst enge omgeving.

Ondertussen wordt gewoon geruzied over kleine dingen en gevochten om grote. Geheimen worden er bewaard en verraden. Gevloekt wordt er, gescholden en gedreigd met straffen, die vaak nog worden uitgevoerd ook, bedoeld om je wil te raken en je geest te breken, maar als je pech hebt ook je lichaam. Er zijn regels en eisen waaraan je moet voldoen, verwachtingen die je moet inlossen. Achter je rug worden afspraken gemaakt waar jij geen weet van hebt, terwijl je zelf geacht wordt voor niemand iets achter te houden. Alles is doordesemd van onzekerheden, angsten en frustraties die om jouw bestwil nadrukkelijk worden stilgehouden, overschreeuwd en weggelachen. Dingen die je van nature het liefst zou doen omdat ze leuk en lekker zijn, blijken verboden, terwijl je klussen waartegen je een diepe weerzin voelt wel moet uitvoeren. De ene keer krijg je aan tafel eten opgedrongen dat je niet lust, de andere keer word je juist hongerig naar bed gestuurd zonder. Zo wordt voortdurend openlijk of onderhuids gestreden om macht en aandacht, om speelgoed of affectie, niet alleen tussen jou en de anderen, ook door de anderen onderling, die van jou dan weer verwachten partij te kiezen in hun strijd. Dit is jouw thuis.

Omdat het aardige en het lelijke door de jaren heen verweven zijn geraakt, de valkuilen zijn toegedekt met zorg en liefde ben je gedesoriënteerd geraakt. Gaat het dan een keer echt mis, overkomt jou thuis iets wat fout voelt en gevaarlijk, dan durf je jezelf daarin niet meer te vertrouwen. Binnen dat gezin waarvan jij deel uitmaakt heb je al zo veel uit te staan gehad. Je hebt al zo veel dingen moeten laten passeren. Veel meer pijn is daar al voor gezelligheid versleten. Misschien hoort dit ene er dan ook nog wel bij, denk je. En dát nog en dit en, welja, vooruit, dat dan zeker ook. En waarom niet? Het is tenslotte toch je thuis, altijd nog minder erg dan daarbuiten.

Maar geloof me, er is een reden waarom ieder mens uiteindelijk zijn thuis en het gezin waarin hij werd geboren achterlaat om het ergens anders zelf te proberen.

# 7

Die zaterdagochtend, vroeg wakker van verwachting, sprong ik uit bed, pakte mijn witte jurk, haalde de beschermhoes eraf, ging voor de spiegel staan, klemde het opstaande kraagje tussen borst en kin, hield de taille met vlakke hand tegen mijn buik, pakte de zoom beet en zwierde ermee rond.

Vol van de melodieën die wij dadelijk mochten zingen tijdens de bruiloftsmis, en van het feest daarna, waarvoor het hele koor was uitgenodigd, trapte ik mijn pyjama uit. Ik stapte in de jurk, hees hem omhoog, trok de bandjes over mijn schouders en tastte over mijn rug rond naar de rits. Dit jurkje was toch wel het mooiste dat ik had. Eeuwig zonde dat ik het alleen bij bijzondere gelegenheden aan mocht, want ik groeide maar door en voor je het wist zou ik er niet meer in kunnen! Eerst was het nog aan de ruime kant geweest, maar inmiddels trok de stof onder mijn oksels, rond mijn heupen ook al, en het viel een beetje kort. Maar goed, de zijde glom, de knoopjes leken wel van zilver en de kruisbandjes waren afgezet met fijne stras.

'Wat moet dat voorstellen?' siste Sijmen, die uit het niets achter mij opdook. 'Voor wie geef je die vertoning?'

Geen idee wat ik misdaan had om hem zo vroeg al zo kwaad te krijgen.

'Is het carnaval begonnen? Waar dacht jij dat dat heen ging met die plunje?'

'Nergens heen.'

'Lieg niet.'

'Niks bijzonders,' zei ik. 'Ik ben net op. Ik was eigenlijk op weg om te gaan douchen.'

'Ik zie het, ja. Jezelf een beetje voor een ander op staan doffen en er dan op uit om te gaan zingen, waar of niet? Als jij zo nodig moet douchen zou ik dat hansop eerst maar eens uittrekken.' Hij leunde achterover tegen de muur, armen over elkaar, en keek mij vol verwachting aan.

'Zo meteen.'

'Nee dame, nu.'

'Er is geen haast.' Ik vermeed zijn blik, pakte mijn ochtendjas en sloeg die om mijn schouders. 'Echt, we hebben pas om half tien afgesproken.'

'Dat hoor ik net, ja, van jouw mamma.' Hij pakte me de jas af en smeet hem in een hoek. 'En ik de hele tijd maar denken dat jij en ik een afspraak over dat zingen hadden.'

'Dat ik me woensdag haast om op tijd thuis te zijn, dat heb ik toch beloofd?'

'Als jij je zo meteen aan een publiek wil laten zien, zou ik maar gauw maken dat ik netjes schoon kwam.'

Hij veerde op, begon aan mijn rits te pulken en trok hem langzaam naar beneden, helemaal tot aan mijn billen. Dit deed hij met zachte hand. Hij nam de schouderbandjes en probeerde mijn jurk af te stropen, maar ik hield die aan de voorkant met samengebalde vuisten stevig omhoog.

'Wat nou dan, meisje?' Hij moest lachen. 'Is het al zover dan, ben jij zo groot aan het worden dat wij van jou niet meer zomaar alles mogen zien?'

Ik probeerde me los te trekken. De zachte zijden stof bleef haken aan mijn nagels. Een van de naden tornde.

'Maak dat een ander wijs, zo preuts ben jij toch niet? Of schaam jij je nou ineens al voor je eigen vader?'

'Weet ik niet,' beet ik hem toe. 'Jij bent mijn eigen vader niet.'

Hij liet zo abrupt los dat ik naar voren schoot, mijn evenwicht verloor en op bed viel. In twee stappen was hij bij me. Daar bleef hij staan, boven mij uittorenend, tellen lang, peinzend hoe hij de situatie het best kon benutten.

Op dat moment liet mijn moeder zich horen. Zij klonk vlakbij.

Of alles goed was.

Sijmen greep mijn arm, trok mij omhoog en sleurde mij de gang op.

Daar stond zij. In haar zenuwen had mijn moeder de punten van haar schort opgepakt, was er rolletjes mee rond haar wijsvinger aan het draaien en durfde mij niet aan te kijken.

'Niks aan de hand,' zei hij, 'dat kind heeft alleen een lesje nodig.' Hij duwde me de douche binnen en smeet de deur achter ons dicht.

Even hield hij zich stil en luisterde.

De traptreden kraakten. Op haar tenen liep de vrouw die mij op de wereld gezet had naar beneden.

'Toe dan.' Mijn stiefvader draaide de douchekraan alvast open. 'Waar is het wachten op?'

Ik herinner me dat ik naar beneden keek, naar mijn armen die ik uit alle macht gekruist hield voor mijn borst, naar mijn voeten die begonnen te vervagen in de stoom die door de ruimte wolkte, en ik weet nog dat ik tegen mezelf zei dat dit misschien wel het ergste was wat iemand mee kon maken.

Nog geen tel later wist ik beter.

Vanachter zijn rug trok Sijmen een schaar tevoorschijn. Mijn papierschaar. De schaar die ik gebruikt had voor mijn collage en die hij in het voorbijgaan van mijn bureautje moest hebben gegrist. Twee keer knipte hij in de lucht.

'Dus, wat zal het worden?'

Bij de derde knip haalde hij uit, haakte achter een mouwtje en spleet het zonder aarzeling in tweeën. Ik deinsde achteruit en keek verbijsterd naar de rafels.

Meteen knipte Sijmen opnieuw. Een schouderbandje knapte. Ik schreeuwde meer dan dat ik huilde, bang als ik was dat hij mijn jurk van boven tot onder van mijn lijf wilde knippen. Ik hief mijn armen wel en hield mijn handen voor mijn gezicht, maar durfde toch die scherpe punten niet goed af te weren. Twee keer nog haalde hij uit en wist daarbij een hap te nemen uit het voorpand. Inmiddels was ik achteruit gestapt. Het water spoot over mijn haren, stroomde van mijn schouders en werd opgezogen door de stof, die aan mijn lichaam kleefde.

Zo liet hij me staan, tevreden met zichzelf, en keek.

En keek.

En keek tot hij genoeg gekeken had.

'Als jullie maar gewoon eens zouden doen wat je gezegd werd,' mompelde hij hoofdschuddend, zorgelijk, alsof hij aan mijn bestwil dacht, draaide zich om en liet mij alleen.

'Dat weet ik niet hoor, juf,' had ik geantwoord, een paar dagen daarvoor, die woensdagmiddag na de les, toen Verbeet mij vroeg wat er precies gebeurt wanneer ik zing. 'Dat kan ik echt niet zeggen, het is steeds anders, daar zijn geen woorden voor.'

'Probeer het,' zei ze.

'De ene keer voelt het verdrietig.' Ik haalde mijn schouders op. 'Maar het is niet erg, want het is verdriet om niks, zo'n beetje onbestemd, alsof je iets kwijt bent wat je nooit gehad hebt. En voor hetzelfde geld kun je blij zijn zonder dat je zelf weet waarom. Onrustig ook. En ondertussen vergeet je de rest, je vergeet wat er eigenlijk echt allemaal aan de hand is. Dat lucht op, zoals nadat je gehuild hebt. De dingen waarover je zingt zijn nou eens even niet van jou. Best veilig. Ze zijn van de actrice die datzelfde liedje in de film zong, van de man die de muziek erbij gemaakt heeft, van iemand die er wél woorden voor wist te vinden. In elk geval iemand anders, iemand die het er niet bij heeft laten zitten, maar er iets mee heeft gedaan. En als zo iemand dat kan, denk je, waarom zou ik dat zelf ook niet kunnen?'

Dus begon ik te zingen.

Terwijl ik daar stond.

Onder de douche.

In mijn kapotte jurk.

Eerst de melodie alleen maar in mijn hoofd. Daarna lange tijd, zachtjes zachtjes, voorzichtig neuriënd. Met de rug van mijn hand veegde ik de slierten van mijn voorhoofd zodat ze minder in mijn ogen hingen, plukte links en rechts een verdwaald haartje uit mijn mondhoek. Een toon die rondzoemt in je borst en door de holtes in je hoofd schept afstand, een vlies van klank, de illusie dat je niet alleen maar vastzit aan het alledaagse, maar meetrilt met iets meer.

Ik luisterde naar de klanken die resoneerden door mijn schedel, in mijn borst, mijn lijf en daarna door de ruimte, die hele badkamer mijn klankkast, luider steeds, bozer ook, totdat ik hardop durfde. Hardop wílde. Ik had mijn rug willen rechten, maar bleef gebogen staan, armen voor mijn lichaam, omdat ik wist dat mijn stiefvader vlakbij was en ergens stiekem stond te kijken.

Hij kon me zien, maar niet het zwijgen opleggen.

En ik zál me laten horen ook, dacht ik, ik zal jou laten horen met wie jij te maken hebt. Ik zong. Niet iets wat ik kende, maar zomaar iets, een melodie die ik verzon. De klanken vulden mijn hoofd en de ruimte om mij heen, maar ook de leegte binnenin tot ik ervan volgelopen was, van overliep. Zingend werd ik groter dan mezelf en bijna ongemerkt, op de maat van mijn eigen lied, begon ik te marcheren. Een ander zou het nauwelijks zijn opgevallen, maar in mijn hoofd trok ik ten strijde.

Het plastic van de douchebak deukte in en veerde terug onder mijn voetzolen. Deuken, veren, zo ging het, veren, deuken en weer terug.

Dát had ik tegen Verbeet moeten zeggen. 'En ik zal het haar vertellen ook,' beloofde ik mezelf. 'Komende woensdag. Na de les. Want ik ga. Ik ga naar die les! Ik blijf gaan. Ik ga gewoon. Nu ga ik zeker. Knappe jongen die mij tegenhoudt!'

# 8

Het volksfeest dat elk jaar in de hoofdstad plaatsvond was het grootste evenement van het jaar. Dan was er niet alleen kermis, de grootste van het land, maar twee dagen lang was iedereen op straat. Bewoners bouwden voor hun huizen stalletjes waar ze hun oude leesvoer en huisraad verkochten, zelfgebrouwen drankjes en thuisgebakken voedsel. Er stonden podia waar overdag gedanst werd en gezongen en 's avonds orkesten speelden en zangers optraden.

Wij kenden dit alleen van de televisie, die van de belangrijkste optredens verslag deed, rechtstreekse uitzendingen waar wij thuis met ons bord op schoot naar mochten kijken. Dat wij op een dag met die menigte zouden meedeinen, stond buiten kijf, daar hadden wij het altijd over, hoe wij zodra wij groot genoeg waren, met een zak gesuikerde pinda's over de nachtkermis zouden paraderen, arm in arm, terwijl wij links en rechts de jongens van ons zouden moeten afslaan.

Sijmen liet het nieuws schijnbaar achteloos vallen. Vrolijk verpakt wierp hij het tussen ons in. Alle vier schoten wij overeind, mijn moeder, Laura, Isa en ik, en vroegen hoe en wat en om het nog eens duidelijker te zeggen.

Via via had hij, met het nodige smeergeld, een standplaats kunnen huren aan de vismarkt niet ver van de opgang naar de stadhuisbrug, een flessenhals waar alle mensen die naar het centrale plein wilden zich doorheen zouden moeten wurmen, een locatie waar mijn stiefvader dacht een grote slag te kunnen slaan.

Een hele uitkienerij zou het nog worden, die onderneming, want de laadwagen moest niet alleen als slaapplaats dienen aangezien pensions rond die tijd niet te krijgen en niet te betalen waren, maar ook als geïmproviseerde donkere kamer, want hij was niet van plan voor het ontwikkelen bij een van zijn hoofdstedelijke collega's aan te kloppen en zijn zuurverdiende winst aan zo'n kerel af te staan.

Naast zijn eigen slaapplaats zou er dus voor maar één ander plek overschieten. Sijmen deelde ons dit mee met zware stem en zorgelijke blik, en toen wij vroegen wie van ons dat dan zou moeten worden, deed hij of hij in gedachten verzonk en liep van tafel.

Er is bij ons op school een keer een oude veteraan geweest om te vertellen over vroeger. Hij zei dat toen de oorlog uitbrak de mensen hier in de straten dansten van plezier. Dat jonge jongens zich diezelfde avond door het dolle heen hebben bezat om de volgende ochtend, aangemoedigd door juichend volk dat zich onderweg had opgesteld, zingend naar de rekrutering te rennen, waar ze elkaar bij de inschrijfbalie in de haren vlogen om als eerste naar het front te mogen. Als mensen zich niet gek lieten maken door wilde verhalen en mooie verwachtingen, zou er helemaal geen geschiedenis bestáán.

Nog geen paar maanden later, zodra de infanteristen van de eerste lichting bij bosjes werden terugbezorgd en hun kisten in het veld achter de uitdragerij stonden opgestapeld in de sneeuw omdat er voor de grafgravers niet tegenop te delven viel, maakte schaamte zich meester van de bejaarde mannen die hun stramme knokenkasten hadden vervloekt omdat ze niet mee naar het slagveld mochten. De achterblijvers zochten een verklaring voor de vrolijkheid waarmee ze indertijd hun zonen en kleinzonen hadden opgehitst en uitgewuifd. Moeders en verloofden vonden elkaar in het besef dat zij hun leven verder zouden moeten met de herinnering aan de trots en het geluk die zij hadden gevoeld toen zij hun geliefden afleverden bij hun regiment en hun aan de poort een zelfgeknoopte bloemenkrans omhingen in de kleuren van dezelfde vlag waarin ze nu lagen gewikkeld.

Ik wil maar zeggen dat een mens achteraf niet altijd kan begrijpen waarom hij iets nou zo graag heeft gewild.

Ieder stencil dat met sierlijke g-sleutels of dansende achtste noten was opgeleukt, werd door juffrouw Verbeet op het mededelingenbord van de muziekschool geprikt. Meestal bleven ze hangen tot ze waren vergeeld, zoals de aankondiging van een amateuropvoering van *Pelléas et Mélisande* die drie jaar tevoren al had plaatsgevonden, en een lonkende Terpsichore die jonge baritons opmerkzaam moest maken op audities voor *De Mikado.* Oude partituren werden aangeboden, gratis op te halen door een echte liefhebber, en een bandoneon voor iemand die handig genoeg was om een lekke zuigbalg te herstellen. Concoursen werden geafficheerd, en studiebeurzen met voorwaarden waaraan geen van Verbeets leerlingen, al bleef hij twintig jaar onder haar hoede, ooit zou voldoen. Die hoop had zij ook al lang geleden laten varen, nee, zij hing dergelijke kennisgevingen alleen op omdat zij haar het gevoel gaven deel uit te maken van een verre, artistieke wereld, waarin zij werd begrepen.

Op een dag prikte Verbeet, pontificaal over de nieuwsbrief van het weduwen- en wezenfonds voor orkestmedewerkers, een oproep voor een zangwedstrijd: wie onder de achttien was en dacht dat hij talent had, kon zich melden op een van de grote podia tijdens het volksfeest in de hoofdstad op de laatste middag van de kermis.

'Alsof iemand een mes op je keel zet,' antwoordde Sijmen hoofdschuddend wanneer wij hem vroegen of hij al wist wie van ons het nu ging worden. 'Vraag me dan meteen welke ledematen ik het liefst liet amputeren!'

Ondertussen sloofde ieder van ons zich uit met het klaarleggen van Sijmens reisgoed, het oprollen van het decorlinnen, het bijtippen van de voorkant van de kraam, het controleren van zijn lenzen en zijn lampen en het laden van de wagen. In plaats van houvast bij elkaar te zoeken probeerden wij elkaar de loef af te steken, precies zoals hij had gehoopt.

Als er iets is geweest wat ons in die jaren nog verbond en waarin wij elkaar hadden kunnen vinden, dan was het de teleurstelling in onszelf. Graag hadden wij sterker willen zijn, eigenlijk hadden wij altijd gedacht dat wij sterk waren, totdat híj in ons leven kwam.

# 9

Op school werd ons verteld dat God altijd alles ziet en niets vergeet. Dat je nooit aan dat waakzaam oog van boven kan ontsnappen en dat er naast de hemelpoort een groot archief staat waarin over iedereen een boek bewaard wordt met iedere stap en misstap, elk onvertogen woord.

Ik heb een keer mijn hand opgestoken om te zeggen dat ik me juist van God zoiets niet kon voorstellen. Dat het mij eerder iets duivels leek om maar de hele tijd alles van iedereen te willen bijhouden. Prompt werd ik eruit gestuurd en moest ik me bij de directeur melden. Ik hoopte dat die zou vragen waarom ik zoiets dan wel vond, en dat hij, wanneer ik mijn ogen had neergeslagen en mijn schouders had opgehaald, zou hebben aangedrongen en doorgevraagd tot ik mijn verhaal gewoon wel moest vertellen.

Maar dit is mijn bezwaar tegen scholen: ze vrágen niet door. Het interesseert ze niet genoeg. Het enige wat meesters willen, is iedere ongeregeldheid zo snel mogelijk volgens het boekje afhandelen om zich vervolgens naar huis te haasten, waar een gezin wacht dat toch zeker al voldoende zorgen van zichzelf heeft. Ze vinden hun lastige leerlingen precies dát, lastig, en vragen zich geen moment af wat er achter hun opstand en dwarsigheden schuilgaat. Deden ze dat wel, dan zouden ze merken hoeveel een kind moet overwinnen voordat het zijn hand opsteekt, en dat het weleens een verdomd goede reden zou kunnen hebben om zijn stem te laten horen.

Ik was mijn gymspullen vergeten.

Normaal legde mijn moeder 's ochtends alles voor mij klaar, maar die was twee dagen op reis en zelf had ik er met mijn slaapkop niet aan gedacht. Omdat dit niet de eerste keer was en mij straf boven het hoofd hing, dacht ik slim te zijn door in een tussenuur snel even naar huis te fietsen.

Om tijd te winnen ging ik achterom, stoof het gangetje door en passeerde in een flits Sijmens kantoor. Hij zat niet achter zijn bureau maar stond voorovergebogen tegen de muur geleund met zijn rug naar me toe. Ik hoorde hem vloeken, haastte me zonder op of om te kijken verder, griste mijn spullen bijeen en realiseerde me – een paar tellen te laat, zoals een figuurtje uit de *Looney Tunes* – dat het wel een heel vreemde houding was waarin mijn stiefvader daar had gestaan. En, drong het nu tot mij door, misschien stond hij daar ook wel niet alleen.

Op datzelfde moment stapte hij de gang in.

Hij versperde mij de weg en vroeg wat ik wel dacht dat ik kwam doen. Hoe breed hij zich ook maakte, hij kon niet voorkomen dat ik zag dat er een vrouw in zijn kantoortje stond. Haar hoofd ging schuil onder een trui waarin ze hopeloos verstrikt zat. Zij had hem overhaast aangetrokken en rukte eraan, ongedurig, om zo snel mogelijk haar blote borsten te kunnen bedekken, die onder het geweld intussen alle kanten op dansten. Toen haar gezicht eindelijk door de kraag tevoorschijn floepte, haar rode krullen volledig in de war, zag ik dat het Tessa was.

Het eerste wat ik voelde was opluchting.

Als hij nu met háár is, dacht ik meteen, is het dus uit met mijn moeder. Dit betekent dat hij binnenkort vertrekt en alles terugkeert naar het oude.

Zelden was ik zo blij een van mijn moeders vriendinnen te zien. Ik had haar wel om de hals willen vliegen, dankbaar dat zij ons Sijmen uit handen nam, en begreep amper waarom Tessa begon te huilen.

'Niks zeggen, hè,' snikte ze. 'Weijn, alsjeblieft, ik heb dit niet gewild, zul je niks zeggen?'

Schijnbaar was hun nieuwe liefde nog geheim. Ik stelde me voor wat een schok dit voor mijn moeder zou zijn wanneer die twee het haar, wanneer zij thuiskwam, moesten gaan vertellen.

'Alles zou het kapotmaken, alles!' Tessa jammerde maar door. 'En ik wíl dit niet, ik heb dit nooit gewild, Weijntje, zul je me geloven, van begin af aan al niet, maar ik móest toch wel, ik kon niet anders!'

De derde slag die mijn begrip maakte was dat ze helemaal niet van plan waren hierover iets te zeggen. Natuurlijk en des te beter: dit was al langer aan de gang en er was hun veel aan gelegen om het voor mijn moeder geheim te houden. Jammer dan, want zodra zij vanavond uit de bus stapte zou ik met het laatste nieuws bij de halte staan.

Ineens greep Tessa mijn handen beet.

'Hij heeft me ertoe gedwongen!' Ze trok me naar zich toe, jankend met overslaande stem alsof ze wild geworden was. 'Zul je niks tegen je moeder zeggen, tegen niemand niet. Geen woord, Weijn, in godsnaam, alsjeblieft, anders verruïneer je zo veel levens!'

Misschien was het allemaal toch gevaarlijker dan ik kon overzien. Ik probeerde me uit haar greep los te maken.

'Ik wou het niet, snap je? Ik heb dit nooit gewild, begrijp dat dan!'

Sijmen greep haar pols en draaide die zo gemeen om dat Tessa mij wel los moest laten, maar kalmeren deed ze allerminst.

'Ik had toch geen keus?' riep ze helemaal hysterisch. 'Wat had ik anders gemoeten, zeg me dat eens, wat moest ik dán, wat moest ik dán!'

Daarop haalde Sijmen hard uit, raakte haar met zijn vlakke hand voluit in haar gezicht, zodat ze achterover-viel, met haar rug tegen de muur klapte, door haar knie-en zakte en zich op de grond liet zinken, waar ze bleef zitten jammeren.

'Dat je je bek houdt nou en opflikkert,' gromde hij, 'tenzij je erom vraagt dat ik je hersens insla!' Naar mij gebaarde hij dat ik moest gaan zitten.

'Ik moet terug naar school,' zei ik, 'ik heb les.' Maar zijn blik bleef op mij branden tot ik plaatsnam aan zijn bureau.

Terwijl Tessa zich in de hoek van de kamer overeind hees en haar spullen bijeenraapte, kwam mijn stiefvader tegenover me zitten alsof ik een zakenpartner was met wie hij iets had te bespreken, zonder de vrouw met wie hij zojuist de liefde had bedreven ook nog maar een blik waardig te keuren. Zij droop stilletjes af, sloot behoedzaam de deur achter zich en liet ons alleen.

Sijmen haakte een sleutel van de bos die hij aan zijn riem droeg, morrelde daarmee aan een van de laden die hij altijd op slot hield, en trok er een map paperassen uit tevoorschijn.

'Bij de Stasi was hij beter op zijn plaats geweest,' heeft Laura jaren later eens gezegd. Administratie! Sijmen hield alles angstvalliger in de kijker dan God. Zoals die ene map die hij mij nu liet zien, bleek hij er meer te bezitten.

Van iedereen die wij kenden hield hij bestanden bij, maar evengoed van allerlei mensen die hij op zijn reizen tegen was gekomen en van wie wij nooit hadden gehoord. Van de meeste bewoners uit ons dorp bevatte zijn register minstens een rapport met observaties over hun gewoontes en gedragingen, vaak ook een of meer foto's die buiten hun medeweten waren genomen, dronken of in half ontklede toestand, alleen, samen met hun echtgenoot of erger. Doorgaans waren deze voorzien van een handgeschreven verklaring, belofte of schuldbekentenis die hij hun, dreigend met openbaarmaking van hun geheimen, afgedwongen had. Al snel puilden zijn laden uit en schafte hij een kast aan, en voor zijn topstukken en het geld dat hij daarmee zwart verdiende een kluis, die door drie man op zijn plaats moest worden getakeld.

Toen ik mijn naam zag op de map die hij op zijn bureau legde, dacht ik nog dat mijn schoolrapporten erin zaten.

Het eerste wat ik herkende was het bierviltje waarop hij mij indertijd een belofte had laten krabbelen, en ik zag andere 'overeenkomsten' die hij ons had laten schrijven op de achterkant van een enveloppe of de keerzij van een afgescheurd kalenderblad.

Zoiets kon hij ineens bedenken, meestal als hij gespannen was. Dan moest je ineens ergens een verklaring over afleggen, in volzinnen die hij zelf dicteerde, grotemensentaal vol rare zinswendingen die onmogelijk uit andermans koker hadden kunnen komen dan die van Sijmen zelf. Kennelijk was hij op zo'n moment bang voor het schoolhoofd of de arbeidsinspectie of had een klant er iets van gezegd en wilde hij zich hiermee indekken. Dat wij meisjes hem zo dolgraag in de zaak wilden helpen, bijvoorbeeld. Dat wij niets liever deden 'als zulks dan' na schooltijd onze stiefvader te helpen in de winkel, 'niet tegengaande' hij ons dit nadrukkelijk had ontraden 'deswegens' wij hiervoor te jong waren.

Ik vond het aanvankelijk wel spannend, iets uit een spionagefilm, zo'n ondertekend document, en ik deed er ook mijn best op. Dat wij voor ons werk absoluut geen geldelijke of andere vergoeding wilden hebben, en helpen in de doka leuker vonden dan buiten spelen, maar dat ons huiswerk er niet onder leed 'deshalf' onze stiefvader ons 'tot zulks telkenmale weder' aanzette.

Gaandeweg werd de druk waaronder het gebeuren moest groter, de aanleidingen werden vreemder en onbenulliger – dat wij voor eeuwig afzagen van ieder contact met onze natuurlijke vader, dat wij dit jaar geen nieuwe kleren wilden maar de oude beloofden af te dragen, dat wij 'eigenerwille' hadden besloten in bed voortaan geen pyjama's meer te dragen. Uiteindelijk tekenden wij die zelfgefröbelde contractjes vooral om ruzie uit de weg te gaan, om een woedende bui te sussen of een paar tikken te voorkomen. Gek genoeg had ik me nooit afgevraagd waar die vodjes papier eigenlijk bleven en was ik verbaasd dat ze opdoken.

Sijmen schoof ze nu met één ferme streek uiteen, waardoor de foto's zichtbaar werden die daaronder lagen. Hij koos er een uit en legde die voor me neer.

Ik herkende haar meteen: Berthe, liggend op haar rug onder het plankier van De Elektrische Vrouw. Haar borsten lagen eigenaardig gespreid, ieder een andere kant op, leek het. Tussen haar benen zag je de zwarte krullen op het achterhoofd van de kermisklant, zijn schouders en zijn handen kon je zien, die op de binnenkant van haar dijen rustten, zelfs de putjes in haar zachte vlees, lichter gekleurd onder de druk waarmee zijn vingers haar benen vaneen hielden.

En je zag mij.

Die figuur daar op de voorgrond, dat was ik.

Schuin van achteren zag je me, profiel verloren, kin en neus net van de kijker afgedraaid, blik gericht op het tafereel dat zich daar voor mijn ogen afspeelt. Vreemde verschijning, zo'n kinderkop met van die wurmende lijven, maar er was geen vergissing mogelijk.

'Je zou toch zeker niet willen dat jouw moeder dit te weten kwam, wel?'

Triomfantelijk legde hij er nog een foto naast waarop je mij meer op mijn rug zag. Hier stond ik helemaal ineengekrompen van schrik en schaamte, maar als je dat niet wist, zag je alleen een kind dat iets vooroverboog, aan het kruipen was misschien, wie weet zelfs recht op het stelletje toe. De trui die ik daarbij aanhad, was door mijn moeder zelf gebreid.

'Maar zij hoeft hier nooit iets van te weten, vind je wel?' fluisterde Sijmen vriendelijk.

Hij draaide de foto om. Aan de keerzijde stond mijn handschrift. Het was de verklaring die hij mij had laten schrijven voordat ik voor het eerst de doka mocht betreden: dat ik deze foto's zelf had helpen ontwikkelen.

'Dit soort zaken zijn nu eenmaal ons geheim. Soms zien wij dingen, jij en ik, die geen ander mens iets aangaan. Afgesproken?'

Ik knikte.

'En wat Tessa betreft...' Hij trok een andere map tevoorschijn, legde hem voor me open, liet de foto's die daarin zaten door zijn vingers gaan en hield de een na de ander voor me omhoog. '...dat is gewoon een hoer. Kijk hoe die d'r bij ligt, en hier, en deze dan, moet je eens kijken, man, en overal! Dat is er een die niet tevreden is voordat ze elke kerel heeft gehad. Ze probeert het gewoon, dat is alles. Dat is wat je daarnet gezien hebt, zo doet ze dat bij iedereen en verder betekent het niks. Zo gaat dat tussen grote mensen, dat weet je toch wel, of ben je nog te jong om zoiets te begrijpen?'

Ik schudde mijn hoofd.

'Mooi zo, dit blijft dus jouw en mijn verhaal en daarmee hoeven wij verder geen mens lastig te vallen. Trouwens, jij krijgt nu ook wel heel wat anders aan je hoofd.' Hij schoof de foto's terug in hun mappen en borg die weg in de lade. 'Jawel jongedame, ik zou maar alvast eens gaan bedenken wat je allemaal wilt meenemen. Ik heb zojuist de knoop doorgehakt en besloten wie er mee op reis mag naar de hoofdstad. De gelukkige ben jij.'

Mijn hoofd bleef maar schudden. Zo graag als ik had mee gewild, wilde ik het nu ineens niet meer.

'En als jij gaandeweg heel lief bent...' Hij sloot zijn bureau af en hing de sleutel weer aan zijn riem. '...niet tegenstribbelt en alles wat er daarginds van jou verwacht wordt een beetje aardig doet, dan mag jij, als je wilt, van mij nog meedoen aan dat zanggebeuren ook.'

Voordat Sijmen het licht uitdraaide en wegliep, keek hij nog even naar mij om.

'Dan zullen wij daar eens kijken,' zei hij, 'hoe dat vogeltje van jou gebekt is!'

'Kijk ze eens kijken, Weijn.' Sijmen lachte terwijl hij de auto startte en door de voorruit naar mijn moeder en mijn zuster zwaaide. 'Wat hadden die graag op jouw plek gezeten.'

Hij boog over me heen, pakte mijn veiligheidsriem, sjorde hem los, trok hem voor me langs en klikte hem in het slot.

'Dat je wel goed zit, hè!' Hij stak twee vingers achter mijn riem, rekte hem iets op, gleed er van onder naar boven nog eens langs, als om te controleren of het nergens knelde, en daarna – gewoon voor zijn plezier – langzaam nog eens terug van boven naar beneden. In beide richtingen streek de rug van zijn hand daarbij nadrukkelijk langs mijn lichaam. 'Nog een hele reis te gaan, dus wij willen wel dat alles lekker voelt, wat jou?'

Hij lachte zo'n beetje link, zoals hij doen kon, terwijl hij zijn tong tussen zijn tanden heen en weer liet rollen, en hij blééf me aankijken, brutaal, om te zien of ik reageerde, terwijl hij opnieuw aan de riem begon te frunniken, hem even iets ruimer maakte – 'Zo, dat is even beter, niet?' – en weer op zijn plaats liet schieten.

Laura en mijn moeder, die Isa op de arm had, staken hun handen in de lucht, maar ik zat als verlamd. Ik had me uit die riem moeten bevrijden, de deur moeten opengooien en naar buiten springen. Ik had het raam willen opendraaien en hardop schreeuwen dat ik me bedacht had. Dat ik niet meer wilde en graag mijn plaats zou afstaan, maar het was onmogelijk uit te leggen waarom ik van gedachten was veranderd, dus durfde ik niets te doen, niet eens terug te zwaaien. Mijn moeder sloeg haar vrije arm rond Laura en drukte haar tegen zich aan. Zo bleven ze staan met zijn drieën, en keken ons na tot wij de straat uit waren.

'Ik ben gewoon nu al content met mijn keuze,' gromde Sijmen. Hij zette de radio aan en zocht naar een vrolijke zender. Toen hij die had gevonden, liet hij zijn vrije hand neerkomen op mijn bovenbeen. Na een tijdje schoof hij de stof van mijn rok wat omhoog alsof die hem hinderde, zodat zijn huid de mijne raakte. Daar bleef die knuist een groot deel van de reis liggen, het ene moment wat hoger dan het andere. Ik heb nog van alles geprobeerd, van anders gaan zitten tot botweg vragen of hij wilde ophouden, maar na verloop van tijd gleden zijn vingers steeds weer van het stuur om een of ander ritme uit de top-100 op mijn dij te trommelen.

'Het zijn ook beste meiden, het hele trio, gewoonweg top!' concludeerde Sijmen onderweg nog eens. 'En het is erg dat je in het leven weleens iemand teleur moet stellen, maar jij en ik samen op pad, Weijnelijn-klein, dat had toch zeker niet beter gekund? Ik zeg, een gouwe greep is het, een gouwe greep gewoon!'

# 10

Bij elke windvlaag die rond het buitenpodium joeg, trilden de steigerpijpen zoemend mee. Ik stond daarachter op een trap mijn beurt af te wachten en zag door het open grid van de treden de kinderkopjes van het plein daaronder. De stalen leuning, nat van de opwaaiende regen, hield ik zo strak omklemd dat de afdruk in mijn handpalm stond. Blauw plastic zeildoek omspande de coulissen en de bühne. Het bolde in de storm. Een hoek waarvan het rijgdraad was losgekomen, wapperde af en toe omhoog, zweepte in de lucht en sloeg tegen het zijplankier. De wind speelde met het volgnummer dat mij was omgehangen.

Van de zeventien deelnemers was ik nummer twaalf. Wij stonden in een rij en telkens wanneer een lied was afgelopen, schuifelden wij in het applaus een paar stappen vooruit, dichter naar de muziek, de warme lampen en het licht.

'Nog even,' zei ik tegen mezelf. 'Vijf nummers, vier, nu nog maar drie te gaan, heel even nog.'

Rondom waren diverse exploitanten hun boeltje alvast aan het inpakken en afbreken. Het waren de laatste uren van de kermis en het was guur.

De pianist, een oude man met golvend witte haren die betere tijden had gekend, had zijn bladmuziek vastgezet met wasknijpers. Om zijn gewrichten warm te houden droeg hij wollen handschoenen met afgeknipte vingers. Voor aanvang, toen wij onze nummers een keer met hem doorzongen, had hij namen laten vallen van grote sterren uit de revue die hij had begeleid. Niet een daarvan zei ons nog iets.

Begin nou toch, dacht ik de hele tijd alleen maar, in godsnaam, laten we beginnen nou. Als ik maar snel kan inzetten, als ik maar eenmaal aan het zingen ben. Want juffrouw Verbeet had eens verteld dat een mens niet kan zingen en huilen tegelijk.

Onze aankomst in de hoofdstad, twee dagen daarvoor, was een debacle geweest. De plek die de marktmeester ons wees lag niet aan de grote brug zoals beloofd maar ter zijde in een doodse hoek. Bovendien was het slecht weer en was het stil op straat omdat de vrijmarkt niet voor middernacht beginnen zou.

Ik hielp de voortent met de oranje en gele strepen opzetten en spande het achterdoek met de schildering van het paleis, bond het bord FOTOSOUVENIRS VANAF 1,50 aan een boom en EEN AVOND ALS DEZE DIENT VEREEUWIGD! aan een lantaarnpaal, waarna ik erop uitgestuurd werd met reclamefolders.

Aanloop bracht dat nauwelijks en volgens Sijmen, inmiddels in zijn allergrimmigste humeur, lag dat aan mij. Waarschijnlijk had ik de folders aan de verkeerden uitgedeeld, misschien zelfs helemaal niet. Wie weet had ik de hele bups meteen zo, hup, in de rivier gegooid en was ik me op het Grote Plein gaan staan vergapen aan de televisiesterren die daar aan het oefenen waren voor hun optreden om twaalf uur.

'Je wordt bedankt!'

Hij gaf een ruk aan het luifeldoek, dat aan zijn stalen spanroede als een valdeur achter me dichtklapte. De voortent ritste hij toe, de onderkant strikte hij venijnig vast. Hij opende de laadklep van het bestelwagentje en gebaarde dat ik in moest stappen.

'Het beste wat we nu kunnen doen is even liggen en proberen wat te slapen. Hup naar binnen jij.' De dreun waarmee hij de deur achter ons dichtsloeg denderde door het plaatstaal. 'Rusten we een beetje uit, beginnen we na twaalven, als iedereen op gang komt, en dan halen we door tot morgenvroeg. Winnen we misschien nog wat terug van alle klandizie die ik dankzij jou ben misgelopen.'

Twee matrassen lagen er.

Sijmen liet zich achterovervallen op de ene, knoopte zijn shirt open, schopte zijn schoenen en zijn broek uit, vouwde één arm achter zijn hoofd en bleef zo, op zijn rug, naar mij liggen kijken in zijn sokken en zijn onderbroek.

De ruimte werd verlicht door het autolampje aan het plafond.

'Wou jij je goeie goed bederven?' beet Sijmen me toe toen ik met kleren en al wilde gaan liggen. 'Dacht je dat jouw moeder voor naatje met een gloeiend ijzer heeft staan zwoegen?'

Leunend op een elleboog keek hij mij aan, de vingers van zijn vrije hand kroelend door de zwarte haartjes rond zijn navel.

Ik schopte mijn schoenen uit en boog, prutsend aan mijn riem, wat voorover, alsof ik de gesp moest bestuderen. Ik draaide me om, stroopte het jurkje van mijn schouders, stapte eruit en liet me zo snel ik kon op de vrije matras vallen, waar ik in mijn ondergoed bleef liggen met mijn rug naar Sijmen toe, knieën opgetrokken, armen strak langs mijn lichaam, handen tussen mijn dijen geklemd.

Applaus. Twee kandidaten nog te gaan.

Wachtend tussen de coulissen kon ik het publiek op het plein al zien staan.

'Waarom in godsnaam heb je dit ooit gewild?' zei ik

tegen mezelf. 'Als je er zo de pest aan hebt dat je wordt bekeken, hoe haal je dit dan in je harses?'

Ik vroeg me af wat dat voor mensen waren die, weggedoken in hun kraag, zo'n gure dag trotseren. Trotse ooms misschien of ouders. Veel gezichten gingen schuil achter een foto- of filmcamera. Een enkeling stond verborgen onder een paraplu. Stelletjes hadden hun armen om elkaar heen geslagen om zich warm te houden, iemand had zijn hond opgetild en op de arm genomen, een ander leunde tegen een vlaggenmast, maar allemaal hadden ze hun neus dezelfde richting op. Welwillend keken ze, hoofden ietsje in de nek, blik omhoog alsof dit zo was afgesproken, als één man turend naar het podium.

'Maar dat is het natuurlijk ook!' hield ik mezelf voor. 'Er ís een duidelijke afspraak. Niets gebeurt hier onverwacht, hier niet. Wij hebben dit zo afgesproken, zij en ik.'

Dit is het verschil tussen bekeken worden en jezelf tonen.

Applaus! De jongen vóór mij werd door de presentator aangekondigd en ging op. Hierna zou het mijn beurt zijn. Ik deed alvast een paar passen naar voren, zo ver als ik kon.

'Ik weet heus wel dat je wakker bent,' klonk het in de bestelwagen.

Een klein uur was ik op mijn matrasje blijven liggen.

'Ken jij niet een slaapliedje dat je voor me zingen kan? Weijn? Zeg, waarom zing je niet even een mooi zacht lief moppie voor me?'

Ik bleef doen alsof ik sliep, maar hij trapte de lakens van zich af, tilde de mijne op en schoof eronder.

'Als je toch zo van zingen houdt, laat nou eens effe wat horen dan.' Hij rolde tegen me aan en sloeg zijn arm om me heen. 'Werkt het niet als slaapmiddel, kan je me toch tenminste een beetje opvrolijken.' Hij begon me heen en weer te wiegen als om mij zachtjes te wekken. 'Maar jij bent helemaal niet vrolijk, is het wel? Wat is er, wichtje toch, waar ben je bang voor? Geen wonder dat je niet kan zingen als je zelf niet vrolijk bent.'

Hij trok de lakens weg, kwam op zijn knieën naast me zitten en bestudeerde me bezorgd, leek het, alsof hij wilde begrijpen wat er aan de hand was.

'Wij zijn hier wel omdat het feest is, hoor. Elk moment kan dat nu losbarsten. Zal je daar ook een beetje van genieten, meisje, we hebben toch niet voor niks dat hele end gereden. Zal ik anders eens kijken of ik jou alvast in feeststemming kan brengen?'

Sijmen zwaaide één been over me heen en kwam schrijlings op me zitten. Toen ik eronderuit probeerde te komen, legde hij zijn ene hand op mijn buik, duwde me terug tegen de matras, en trok met de andere mijn onderbroek naar beneden.

'Dat kan ik, wist je dat, toevallig kan ik dat heel goed.' Hij plantte een knie tussen de mijne en duwde mijn benen van elkaar. 'Een kwestie van gewoon eens durven...' Hij grijnsde breeduit. '...en voelen hoe dat is. Net als het hele leven.'

Demonstratief stak hij een paar vingers in zijn mond, haalde ze daar even heen en weer, trok ze er met slijm en al weer uit, bracht ze tussen mijn benen en begon daar aan me te morrelen en krieuwelen.

'Rustig maar,' zei hij hijgend toen ik begon te huilen, 'jij zal de eerste niet zijn die ik aan het zingen weet te krijgen.'

'Niks om bang voor te zijn, hoor,' fluisterde de presentator zodra de kandidaat die voor mij was, had ingezet. 'Ik kan zo al wel zien dat jij het heel erg goed gaat doen. Even een paar vraagjes...'

Uit mijn antwoorden schreef hij wat steekwoorden op om zo meteen te gebruiken in zijn aankondiging.

'Maar jij ziet er écht niet tegen op, hè?' vroeg hij uiteindelijk enigszins verbaasd.

'Nee...' ik ging het bij mezelf even na. 'Nee, ik geloof het eigenlijk niet.'

'Wat je ook gelijk hebt...' Hij bekeek mijn volgnummer en liep met de punt van zijn ballpoint de lijst met deelnemers na tot hij het daarop vond. 'Achter die microfoon is er zo meteen maar één de baas en dat ben jij... Weijntje Kabouw.'

Ik aarzelde.

Hij controleerde zijn namenlijst nog eens.

'Weijnanda Kabouw heb ik hier staan, dat is toch goed?'

Nadat hij mij daar onder 'open had gemaakt', zoals Sijmen dat noemde, een ritueel waarvan hij me verzekerde dat alle vaders dit zo bij hun dochters voltrekken, stroopte hij zijn eigen onderbroek omlaag. Of ik het fijn gevonden had, wilde hij weten, en liet zien wat ik dan in ruil daarvoor voor leuks bij hem zou kunnen doen.

Het enige wat ik nog kon was huilen, maar dit bracht hem niet op andere gedachten. Voor wat hoort wat, en als ík hem daar dan niet wilde beetpakken, gromde hij, zou hij het voor deze keer nog zelf doen, als ik dan maar aandachtig oplette hoe zoiets in zijn werk ging want vroeg of laat moest ik het tóch leren. Terwijl hij met grote halen aan zichzelf begon te trekken, boog mijn stiefvader weer over me heen, duwde zijn gezicht tussen mijn benen. Waar het nog pijn deed van het priemen van zijn vingers, voelde ik nu zijn tong heen en weer gaan en zijn lippen en het schuren van zijn ongeschoren kin.

'Godverdomme,' riep hij maar de hele tijd, 'ja, godverdomme ja!'

Het sloeg twaalf uur. Het vuurwerk brak los. Mensen op straat renden in de richting van het plein, waar de muziek begon.

'Nee,' hoorde ik mezelf tegen de presentator zeggen. 'Dat klopt niet.'

'Hoezo niet?' vroeg hij nog gehaast, want mijn voorganger was uitgezongen en nam al applaus. De pianist haalde een hand door zijn witte haar en klemde met een knijper mijn bladmuziek al op zijn standaard.

'Zo heet ik niet. Kabouw, zo heet mijn stiefvader. Zo moet u mij niet noemen. Mijn naam is eigenlijk Van Son. Mijn vader heette zo, Solomon van Son. De couturier?'

'Toch staat dat hier. Weijnanda Kabouw, roepnaam Weijntje.'

'Weet ik, maar zo heet ik niet.

'Mij best, hoe heet je dan?'

Het applaus ebde weg.

Alle namen die mijn vader mij ooit genoemd had raasden door mijn hoofd. De spelletjes die hij altijd gespeeld had met die naam.

Mijn voorganger kwam onze kant op.

'Vooruit dan, snel, dit is jouw opkomst al. Hoe wil je worden aangekondigd?'

'Zeg maar Zonne.'

'Zonne?'

Ik knikte.

'Gekregen van mijn vader, die naam. Die verzon altijd dat soort namen.'

De presentator haalde zijn schouders op. Hij kon niet langer wachten en stapte in het licht.

'En verder?' vroeg hij snel nog, met een schuine blik naar mij.

'Niks,' riep ik. 'Gewoon alleen maar Zonne.'

# Zonnes opkomst

*Net als een auto wordt een camera verkocht als jachtwapen – zo geautomatiseerd mogelijk, klaar om toe te slaan.*

*Foto's werden ingezet ten dienste van belangrijke controlerende machtsinstellingen, in het bijzonder de familie en de politie.*

*In ieder gebruik van de camera zit impliciet agressie.*

Susan Sontag

*Haar naam is overal nu zo'n begrip dat iedereen, of hij het wil of niet, zodra zij ergens staat geafficheerd of wordt genoemd, haar ogenblikkelijk en onherroepelijk voor zijn geestesoog ziet opdoemen, de ster, de lieveling van het publiek, dat fenomeen, die diva waartoe zij is uitgegroeid. Meteen komen bij de mensen dan herinneringen boven aan haar stem, die ongelofelijke strot van haar, waarmee zij alles zingen kan van pop tot opera, en aan bepaalde dagen uit hun leven die voorgoed met haar muziek vervlochten zijn geraakt omdat zij hen op een beslissend ogenblik getroost heeft met haar klanken of tot tranen toe geroerd of aan het lachen heeft gemaakt, juist toen zij dachten dat er voor hen misschien nooit meer iets te lachen viel. En als iemand toevallig al niet een van haar nummers in zijn hoofd had op het moment dat hij ergens in het voorbijgaan de naam Zonne opving, dan loopt hij er in elk geval fluitend mee verder of grinnikend ineens wanneer hem een van haar komische types te binnen schiet, waarvan er sommige zozeer tot het nationale repertoire zijn gaan behoren dat kinderen die in de klas nadoen en volwassenen elkaar er 's ochtends op kantoor of bij de ingang van een winkel mee begroeten.*

*Wat het ook is dat als eerste in hen opkomt, een melodie of een emotie, een tekst of enkel weemoed, uiteindelijk breekt daar onbewust een beeld doorheen. Niet per se een bepaald portret waarmee zij op een poster stond of de hoes van een cd, niet een van de close-ups op de glossy's die ze regelmatig siert, geen indruk van een recent vraaggesprek of van een rol die ze misschien onlangs op televisie heeft gespeeld of in een film, nee, vager dan dat, algemener en daardoor juist indringender en beklijvender: een contour, een vorm, een icoon dat zo in het collectief geheugen zit gebrand dat enkel de schaduw daarvan al genoeg is om mensen uitzinnig te maken, zoals tijdens haar vorige serie in het stadion, waarbij elke show begon met niet meer dan een krachtig zoeklicht achter een huizenhoog wit doek waartegen in de lichtbundel haar silhouet, één arm gestrekt omhoog, vingers in schijnbaar machteloze kracht gespreid en reikend naar de sterren, onder ovationeel applaus en een smachtende roep uit tienduizend kelen langzaam tergend op een hydraulisch platform oprees uit het podium.*

*Haar verschijning is ook fenomenaal. Een burcht van kleur en licht. Nog voordat zij ook maar een noot gezongen heeft, nog voor zij heeft bewogen zelfs, is één ding duidelijk: hier staat een vrouw die, zo schreeuwt haar hele houding, zich door geen mens meer iets laat maken! Vandaag de dag, door alles wat ik heb meegemaakt, privé en minstens evenveel wat ik hier op toneel voor jullie ogen heb gevoeld en doorgemaakt, zo lijkt zij te willen zeggen, ben ik voor de duvel niet meer bang!*

*Tegelijk, en dit maakt haar imago juist zo overtuigend, is Zonne de eerste om het onderuit te halen. Haar weidse, dramatische gebaren, zelden meer gezien sinds Gloria Swanson boven aan de trap van haar villa in Bel Air klaarstond voor haar close-up, de werveling waarmee zij iedere ruimte binnenkomt en alle glitz en glamour waarmee zij de diva speelt, vertellen allemaal precies dát: 'Mensenlief, ik spéél dit maar!'*

*Het is een overtuigend spel, dat haar publiek maar al*

*te graag meespeelt, een illusie waarin zij zichtbaar zo veel plezier heeft dat iedereen die ervan droomt ook op een dag nog eens zo zonder schaamte mooi en groot te durven zijn, haar gretig gul in stand houdt.*

*Zij speelt hun de levens voor die zijzelf niet durven leven en de ruimte die zij zelf niet durven innemen, vult zij voor hen. Dit laatste vrijwel letterlijk: Zonne kan een ruimte vullen met één ademteug, en met een blik weet zij de bezoekers op de goedkoopste plaatsen hoog in het Wintercircus te raken alsof zij op het schellinkje tussen hen in zit en af en toe even haar armen om hen heen legt. La Zonne wordt zij door haar fans liefkozend wel genoemd, als was zij een van die vedettes van weleer, een ereterm uit de opera of het klassieke Russische ballet die zij vol ironie ook zelf gebruikt, om daarmee haar eigen status in één klap zowel te ridiculiseren als te onderstrepen. Met een heel arsenaal aan onschuldige, ondeugende, hilarische of smachtende grimassen, die pijp-, pruil- en huillipjes, al die verbaasde, verwende, vernietigende of verleidelijke blikken, weet zij het beeld dat er van haar bestaat in één moeite door te parodiëren en perfectioneren. Dit is de hogere school van het bekeken worden.*

# I

Die allereerste keer dat zij voor een publiek gezongen had, jaren geleden op de jaarmarkt in de hoofdstad, een paar minuten nadat zij haar artiestennaam gekozen had, was het aanvankelijk even stil gebleven.

Twee tellen.

Drie hooguit.

Zonne leek het wel een eeuwigheid. Zodra haar laatste noot geklonken had en de pianist het slotakkoord had laten wegsterven, bleef zij staan, verloren in het licht.

Niet eerder had zij de mensen durven aankijken die op het plein naar haar stonden te staren. Haar blik gleed over de aanwezigen, die in plukjes bij elkaar beschutting zochten tegen de regen. In die paar seconden kon ze niet meer dan vijf of tien gezichten bewust hebben gezien, maar tot de dag van vandaag herinnert zij zich de gewaarwording, glashelder in die beladen stilte, dat zij alle bezoekers kende. Of eerder nog alsof zij met zijn allen háár nu kenden.

Toch herkende zij er maar één: juffrouw Verbeet!

Plots was die tevoorschijn geschoten van onder haar paraplu en stak glunderend van trots een duim op. Tegelijkertijd brak iemand verderop als eerste los, waarop anderen zijn enthousiasme overnamen en als één man voor haar applaudisseerden.

Genoeg om te winnen was het niet.

Volgens de 'klappograaf' – niet meer dan een bord dat

het volume van het applaus aangaf door middel van een wijzer die aan de achterzijde werd bediend door een stagiaire die op gehoor en goed geluk een hendel heen en weer schoof – eindigde Zonne uiteindelijk als vijfde.

'Doorgestoken kaart!' Verbeet priemde de papegaaiensnavel, die het handvat vormde van haar paraplu, in de borst van de presentator. 'Typisch geval van de angst en weerzin die de kleinen van geest bevangt zodra je ze eens confronteert met iets uitzonderlijks! Huiver voor het pure hebben ze. Afkeer van alles wat niet doorsnee is!' Zij twijfelde er niet aan of de winnares had haar overwinning voor aanvang al binnengesleept in de kleedkamer van een van de medewerkers vanwege haar prestaties op een canapé. 'Want om haar stem kan het in elk geval niet geweest zijn!'

De koorleidster, die haar aanwezigheid bij dit eerste optreden van haar protegee als heilige plicht gezien had – de hele missie heimelijk en incognito om Zonne niet van haar apropos te brengen – kon haar teleurstelling nauwelijks verkroppen en kreeg uiteindelijk bijval van de pianist, die haar als zielsverwant herkend had, als vakgenoot, echt nog iemand van het degelijke stempel, wier verontwaardiging hem sterkte in zijn overtuiging – hij schudde zijn witte haren naar achteren alsof het nog manen waren – dat de artistieke waarden van vroeger door de jeugd waren verkwanseld ten gunste van alle eendagsvliegen.

'Het is jullie eigen verlies,' schalde Verbeet nog over haar schouder, terwijl zij achter Zonne aan ging, die te vol was van alle indrukken om zich veel van de uitslag aan te trekken. 'Als je toch zo'n talent gepresenteerd krijgt en je houdt liever je oren dicht, tant pis, dan verdien je ook niet beter!'

Aan het begin van de stadhuisbrug had Zonne zich omgedraaid in een poging afscheid van Verbeet te nemen, maar die was niet dit hele eind komen reizen om zich af te laten schepen.

'Echt juffrouw, het is wel goed zo.'

'Kind toch, het onrecht dat jou is aangedaan!'

'Maar ik vind het niet erg.'

'Hoe wij die dilettanten hun ongelijk gaan bewijzen, dat zal ik met jouw vader eens bespreken.'

'Liever niet.'

'Maak je geen zorgen, ik leg hem alles haarfijn uit.'

'Dat is het juist, het is niet nodig.'

'Jouw vader en ik, wij plannen een revanche.' Bij wijze van zwaard stak zij haar paraplu in de lucht. 'Ha, we zullen die lui hun woorden laten inslikken totdat ze erin stikken!'

'Het is mijn vader niet.'

Aan de overkant van het water kon ze de bestelwagen zien staan. Wat als de juffrouw, ook al was het met de beste bedoelingen, er tegen Sijmen uit zou flappen onder welke artiestennaam zijn stiefdochter zojuist gezongen had? In haar hoofd mocht ze dan zo heten, voor ieder ander was zij Weijntje. Zij dacht aan de afgelopen nacht en voelde hoe schraal het daar beneden bij haar was en beurs, gezwollen van het voortdurend daar maar steeds opnieuw naar binnen gaan met zijn tong en met zijn vingers.

'Zie je nou wel, meisje toch!' jammerde Verbeet toen haar pupil begon te huilen. 'Stil maar, engel, stil. En je hebt het juist zo goed gedaan!' Zij drukte haar sussend tegen zich aan en leidde haar, nu helemaal vastbesloten het meisje hoogstpersoonlijk bij haar familie af te leveren, met zachte dwang over de brug. 'Zei ik het niet, zo'n auditie hakt veel dieper dan je denkt.'

# 2

Zonne had op dat moment haar moeder nodig. Wat voor volwassen spelletjes Sijmen met haar ook geprobeerd had, welke woorden hij haar allemaal had toe gehijgd, welke handgrepen hij haar had willen bijbrengen, zij wás geen vrouw, zij bleef een kind. Zij wilde maar één ding: naar mamma rennen, tegen háár aankruipen, zich tegen haar borst drukken en haar warmte ruiken, onder een arm wegschuilen zonder iets te zeggen. Gewiegd worden en gesust zonder iets uit te hoeven leggen. Even uitbundig over haar hoofd gewreven worden, zoals wanneer zij zich gestoten had. Samen pannenkoeken bakken of met het roze juwelendoosje op schoot ringetjes passen en oorbellen, zoals mocht wanneer zij koortsig was en thuis van school moest blijven, onder haar moeders waakzaam oog met de parfumflesjes spelen, iets wat bij hoge uitzondering werd toegestaan, of met zijn tweeën het porseleinen reiswekkertje uit zijn roodleren foedraaltje halen, luisterend naar het verhaal dat haar moeder had verzonnen bij de rococofiguren die daarop stonden afgebeeld, en dan voorzichtig, haar kleine vingers rond het vergulde knopje, het uurwerk een paar slagen mogen opwinden. Dit was het enige waaraan zij tijdens hun terugrit uit de hoofdstad had kunnen denken: eerst maar eenmaal thuis te zijn en zich daar dan aan haar moeder vast te kunnen klampen!

'Maar jij bent nu natuurlijk geen dochter meer voor haar,' waarschuwde Sijmen alsof hij haar gedachten las, vlak voordat hij zijn bestelwagen hun straat in draaide, 'niet na wat er de afgelopen dagen is voorgevallen. Dat moet je wel onthouden.'

Had hij maar ronduit gezegd dat zij haar mond moest houden. Had hij haar gepaaid, gedreigd, gesoebat of desnoods gesmeekt dan had ze zijn woorden naast zich neer kunnen leggen. Dan had ze gewoon haar hart kunnen volgen en hem kunnen trotseren. Maar de duivel weet dat angst het best met losse hand gezaaid wordt.

'Niks doet een vrouw zo'n pijn als verraden worden in de liefde,' zei hij vertrouwelijk, 'neem dat van mij aan. En het allerlaatste wat jij en ik willen is haar pijn doen, toch?'

Hij legde zijn hand op Zonnes knie en kneep er even in, alsof zij samen voor hetzelfde dilemma stonden.

'Dat iemand haar man probeert af te pakken, zoiets kan geen vrouw verkroppen, laat staan als het dan ook haar eigen kind nog blijkt te zijn die dat probeert. Stel je voor...' zei hij terwijl hij parkeerde.

De voordeur ging open. Zonnes moeder, die had staan afwassen toen zij de auto hoorde, veegde haar handen droog aan haar schort. Ze stak ze vrolijk in de lucht en zwaaide.

'...helemaal wanneer je, zoals zij, toch al wat ouder bent.' Ondertussen zwaaide Sijmen vol enthousiasme terug. 'Om dan te moeten opboksen tegen iemand die zo veel jonger is, zo onweerstaanbaar als jij, stukken knapper. En dan ga jij de komende jaren ook nog eens alleen maar mooier worden. Uitbotten, opbloeien. Daar kan zij onmogelijk tegenop. Zie haar nou staan, zo blij, die weet van niks. God, als zij ook maar zou vermoeden wat jij voor een plezier met mij gehad hebt, wat zou ze je gaan haten! Moeder en dochter, nee, dat is geweest, voorbij, vanaf vandaag zijn jullie rivalen.'

Zodra zij uit de auto waren gestapt, was haar moeder eerst Sijmen om de hals gevlogen, daarna had zij haar armen naar haar dochter uitgestrekt.

'En?'

Zo graag als Zonne op haar af was gerend, zo hard vocht ze daar nu tegen.

Ze kon niet naar haar toe.

Ze mocht niet naar haar toe.

Ze moest vooral niets laten merken.

'Niks geworden,' antwoordde ze nors terwijl ze de weekendtas met haar spullen van de bank graaide. 'Vijfde.'

'Och schat toch, weten die lui veel.'

'Volgens die zangjuf van d'r,' zei Sijmen, 'was zij juist het beste van allemaal!'

Zonne haalde haar schouders op.

'Dat mens ging er maar over door over hoe goed het was geweest, door en door ging ze, ze was niet weg te slaan.'

'Nou, zie je nou wel,' zei haar moeder alsof de zaak daarmee was afgedaan. 'En verder?' Zij weet de ontwijkende houding van haar kind aan teleurstelling en viel terug op de remedie die zij voor alle pijnlijke situaties had: negeren en dubbel zo vrolijk eroverheen. 'Dus vertel, hebben jullie het fijn gehad?'

Zonne had geknikt en iets gemompeld, was om de auto heen geglipt en naar binnen gelopen.

'Wat is het toch, lieve Weijn?' probeerde haar moeder de dagen daarna nog af en toe. 'Toe, Weijntje lief, vertel maar rustig wat je denkt.'

Maar dit wás het juist: Weijntje bestond niet meer. Die was in de hoofdstad zoekgeraakt en had daar achter moeten blijven. De Weijntje van wie haar moeder hield, was een onschuldige geweest, een kind dat met haar poppen speelde en nooit gehoord had van het soort dingen die Zonne waren overkomen. Een naïef wezen dat haar moeder zoiets nooit zou hebben aangedaan.

Al snel wist Zonne niet meer of de afstand die zij ervoer nu van de anderen uitging, of dat het eigenlijk haar eigen verwarring was die háár bij hén weghield. Een onbestemde weerzin overviel haar soms, unheimisch als schemering boven de polder, en haar moeder, maar ook Laura, leken van die lichtjes, trillend in de verte, ergens aan de overkant van de wetering, waar je zo graag heen zou willen, maar je durft zo laat dat hele eind niet meer.

Alleen bij Isa kon zij zich soms nog voelen als voorheen. Zodra zij bij haar kleine zusje kroop, 's avonds wanneer Zonne haar kwam instoppen, met zijn tweeën op de bank om voor te lezen of samen met de poppen op de vloer voor de geverfde krat die dienstdeed als hun huis, kon ze gewoon weer even spelen, verenigd in hun zorgeloosheid, onwetend van de echte wereld.

Maar al terwijl zij opstond, de afdruk van de kokosmat als witte wormpjes nog op haar knieën, voelde het alsof zij het kleintje had bedrogen. En zichzelf.

Als Zonne nu toch één ding niet meer was dan was het wel onschuldig. Zij mocht er dan misschien uitzien als een kind, ondertussen was zij geen haar beter dan Berthe of Tessa of haar tante Jany met hun verdraaide lijven en verwrongen gezichten en hun onderlichaam open naar de camera. Voortaan was zij een van hén.

# 3

Mensen kunnen niet kijken.

Toen het volksfeest was afgelopen en school weer begon, ging Zonne ervan uit dat zij wel commentaar zou krijgen, dat iemand haar zou aanspreken op de verandering die zich voltrokken had, dat een van de leraren een arm om haar heen zou slaan en haar apart zou nemen, haar met zachte dwang de deur naar de lerarenkamer zou binnenleiden om onder vier ogen bij een kopje kruidenthee voorzichtig eens te informeren.

Zij was zozeer niet dezelfde als het meisje dat nog geen week tevoren de schoolpoort uit was gehuppeld, dat het wel gek moest lopen wilde haar geheim niet uitkomen. Voor mensen met wie je elke dag optrok viel zoiets vast niet te verbergen. Dat een enkeling misschien zou moeten slikken bij de eerste aanblik, had ze die maandagochtend gedacht, dat een van haar klasgenootjes zou terugdeinzen als die haar zag, en zich ergens overheen zou moeten zetten, om vervolgens net te doen alsof er niets aan de hand was.

Maar kennelijk waren anderen niet in staat je werkelijk te zien.

Geen mens merkte dat een van de kinderen te midden van de drukte doelloos over het schoolplein doolde, dat zij haar best deed daarbij niemand aan te kijken, dat zij groepjes omzeilde en wegdook zodra iemand op haar afkwam. Haar armen hield zij breeduit, afwerend, alsof ze was gevallen en zich had geschaafd, bang dat de wond in het gedrang per ongeluk zou worden aangeraakt.

'Nou, is me dat vrolijk!' merkte de handwerkjuf even later op toen zij zich over het borduurwerk boog, waarvoor Zonne felgekleurde garens had gekozen. 'Je kunt wel zien dat het in dat koppie van jou nog volop feest is!'

Toen de laatste bel ging, wist Zonne niet of ze opgelucht moest zijn omdat het een dag als alle andere was geweest, omdat niemand akelige vragen had gesteld en zij haar verdriet geen moment had hoeven benoemen of overbluffen.

Alsof ze twee linkerhanden had stond ze onder de overkapping van het fietsenhok een tijd te worstelen met haar schooltas, die maar niet op de bagagedrager wilde blijven liggen omdat een van de haken van de spin verbogen was en telkens losschoot.

Als uiterlijk zo weinig viel af te lezen over wat er werkelijk speelde, dacht Zonne, God weet wat er dan allemaal onder de mensen schuilging, en ze kon maar niet besluiten of het haar nu verontrustte of geruststelde dat het zo weinig moeite kostte je voor anderen te verschuilen.

Het was een gewaarwording die haar levenslang zou bijblijven, compleet met het ruisen van de regen op het golfplatendak en het besef in je eentje op het schoolplein achter te blijven terwijl de een na de ander opstapt en van je wegfietst tot alle rekken leeg zijn: de ontdekking dat een mens uit twee aparte delen bestaat, het ene binnen en het andere buiten.

Kennelijk is een mens zijn eigen vermomming.

# 4

Spiegels. Ze hingen overal in huis.

De meeste hadden er altijd gehangen, in vrijwel alle kamers, misschien niet eens veel meer dan bij de meeste mensen, maar gaandeweg werd Zonne zich er bewust van.

Daarna kwamen er steeds nieuwe bij.

Spiegels.

Met het grootste plezier had zij altijd over haar moeders schouder meegekeken wanneer die zich voor haar kaptafel zat op te tutten. En als Berthe of Tessa of Sanne voor een avondje stappen in het halspiegeltje nog even hun lipstick bijwerkten, had zij gebedeld om een dot rouge of een lik oogschaduw en wanneer zij haar dan optilden om het resultaat te zien had ze zichzelf glunderend bekeken.

Maar dat was daarvóór.

Voordát.

Er is een foto uit die tijd waarop je het omslagpunt gewoon aan haar kunt zien. Toen ze onlangs, in verband met de hoorzitting, op verzoek van haar advocaat in haar archief dook, was Zonne die kinderfoto weer tegengekomen: hetzelfde meisje als daarvoor, maar met de blik plotseling naar binnen.

'Kijk nou toch,' had ze gezegd toen ze die foto aan Sander liet zien, 'zie je dat? Hier was het kennelijk al begonnen.'

Iemand die zich probeert te verbergen maar nog geen

schuilplaats heeft ontdekt. Zo keek dat meisje in de lens, zo keek ze voortaan in spiegels.

Op een leeftijd dat andere meisjes hun spiegelbeeld ontdekken en gaan bestuderen, ontwikkelde Zonne er een weerzin tegen. Zij had te doen met dat kind, dat daar te zien was. Zij las te veel uit die ogen en dacht dat iedereen dit wel moest zien. Het stond haar tegen dat zulke kwetsbaarheid de hele dag maar overal te kijk hing.

In een kostuumfilm op tv zag zij een oude Russische, die na de dood van haar zoon alle spiegels in haar paleis afdekte met zware zwartfluwelen lappen. Zonne begreep dat. Je wilt niet in elke kamer die je binnenloopt oog in oog staan met je verdriet.

Armen voor haar lijf geklemd, hoofd gebogen, behoedzame blik vanachter een pluk haar die half voor haar gezicht hing. Wanneer zij dat meisje weerspiegeld zag, voelde zij zichzelf soms ook een gluurder. Alsof zij iets onbetamelijks deed. Alsof kijken naar zichzelf haar medeplichtig maakte. Alsof zij net als Sijmen iets bespioneerde wat zich niet wilde blootgeven. Wat niet voor haar bestemd was. Wat nog niet klaar was om gezien te worden. Alsof zij zich al tussen de volwassenen bevond en net als grote mensen telkens verlangend omkeek naar iets wat zij had moeten achterlaten.

Dat wezen mocht zich zo niet langer tentoonspreiden! Het schaamde zich te zeer en zou onder alle ogen nog een keer bezwijken. Het diende te worden verborgen, zoveel was duidelijk, en snel ook.

Voortaan, wanneer zij haar gezicht moest wassen of haar haren föhnen of op andere momenten waarop een mens niet aan zijn spiegelbeeld ontkomt, deed Zonne alsof zij poseerde. Dan was het wel te doen.

Op haar kamer oefende zij het geheimzinnige grijnzen en de geloken blikken van de oude filmsterren in het zwart-witfotoboek dat zij met Kerst gekregen had, tweedehands. Sijmen had haar uitgelegd dat die vrouwtjes uit Hollywood hun zijdezachte uiterlijk dankten aan een lik vaseline op de lens, hun glimmende tanden en glanzende haren aan een nabewerking met ecoline. Hun namen zeiden haar niets, zij had hen geen van allen ooit zien spelen, maar ze leken haar zo onaantastbaar en keken zo indringend in de lens, ook droevig vaak, maar altijd onverzettelijk.

Zo stoer wilde Zonne zelf ook leren kijken, zo zwijmelend en smachtend, ongezeglijk, tragisch of vernietigend. Op die manier kon ze zichzelf wel aanzien, met de blik van iemand anders. Acteurs, dacht ze, hebben het maar makkelijk. Die laten niet zomaar zien wat er is, alleen wat ze kwijt willen.

Op een stille namiddag, Zonne had toonbankcorvee, zat ze in de winkel te werken aan een schoolopstel waarin ze vastgelopen was. Peinzend over een volgende zin dwaalde haar blik door de zaak. Zo ontdekte zij een spiegeltje, dat ze niet eerder had gezien, boven de toonbank, schuin boven de kassa.

Het moest die ochtend zijn opgehangen. Een dag eerder hingen op die plek de bruinlederen reisetuis voor de Minolta-filmcamera. Dit wist ze zeker, want daarvan had ze er gisteren nog een aangeprezen en bijna verkocht aan een Duitse toerist.

Bol en rond als een bordje was het ding, hoog en verdekt opgesteld, onzichtbaar voor de cliëntèle.

Eigenaardige plek voor een spiegel, want als je er recht onder stond kon je jezelf er met geen mogelijkheid in zien. Alles waar je vanachter de toonbank oog op had, zo half scheef de hoek in, was de donkere nis achter de stellages, waar zich Sijmens kantoor bevond. Waarschijnlijk wilde hij van daaruit met één blik de kassa in de gaten kunnen houden, of de vitrines met het duurdere segment op drukke ogenblikken in de zomer.

Dat was die bewuste middag bepaald niet aan de orde. Het liep tegen vijven, Zonne zat al twee uur op haar post en had maar drie klanten gezien, van wie er twee enkel kwamen informeren naar de prijs van een artikel in de etalage.

Dit kwam haar eigenlijk wel goed uit, want ze had van het schoolhoofd ook een lied meegekregen voor de eindejaarsrevue dat zij voor de repetitie van morgen in haar hoofd moest zien te stampen. Ze stopte haar opstel terug in haar tas en haalde haar muziekschrift tevoorschijn.

De melodie had ze één keer gehoord, maar meteen onthouden. Ze neuriede haar zachtjes terwijl haar wijsvinger langs de notenbalk schoof. Daarna begon ze opnieuw, nu met de woorden, die ze niet voluit zong, alleen op klank, bijna fluisterend.

Een aantal maten ging het goed.

Toen hoorde ze, ineens, er een ander ritme dwars doorheen. Lager en hees, klonk het, maar even stilletjes en zoekend.

Ze keek om zich heen om te zien waar het geluid vandaan kwam, maar het was al opgehouden.

Ze begon opnieuw, en na twee, drie frasen was het geluid daar weer, amechtiger dan eerst, en dit keer ging het toen zij stopte nog kreunend twee, drie maten door. Zonne zweeg een tijd en luisterde. Ten slotte begon ze nog maar eens bij het begin.

Halverwege het tweede refrein drong het tot haar door: zij werd bekeken! Ze viel stil en toen zij opkeek, zag ze Sijmen in de nieuwe spiegel recht boven haar hoofd.

Hij stond in de schaduw, lachend alsof hij daar al een tijdlang ongeduldig had staan wachten totdat zij hem ontdekken zou, achter de stellage ontspannen tegen het raam van zijn kantoor geleund. Zijn broek hing open.

Met één hand hield hij zijn geslacht omklemd, met de andere wenkte hij dat zij moest komen.

# 5

Toen zij pas verkering hadden, gooide Sander, bij gebrek aan een beter idee, in de bioscoop een keer zijn jas over haar hoofd. Het ging om een van die films waarin een jonge vrouw weer eens in handen van een verkeerd type is gevallen en onder luid gevloek en veel geweld tegen haar zin door hem genomen dreigt te worden. Omdat het Sander met een streling, een luchtige opmerking en een zak snoepgum niet gelukt was Zonnes aandacht van het scherm af te leiden, was dit het enige wat hem nog te binnen schoot om haar voor de confrontatie te behoeden.

Zij had zijn onmacht en zijn liefde feilloos aangevoeld en was zo uit beleefdheid even blijven zitten totdat het gillen opgehouden was, het snikken weggestorven en een eenzame saxofoon de overgang naar een volgende scène inzette, maar uiteindelijk was zij onder de jas vandaan gekropen en in lachen uitgebarsten om Sanders beschaamde, hulpeloze blik.

'Ben je gek,' had ze na afloop in het café proberen uit te leggen. 'Da's een makkie, zo'n film. Maak je geen zorgen, het kost mij geen enkele moeite om daarnaar te kijken. Ze laten één keer zien hoe erg het is, en daarna mag je de rest zelf invullen. Alleen daaraan zie je al dat het allemaal maar spel is. In het echt, schat, blijft het namelijk niet bij zomaar één keer.'

Wat had ze eigenlijk een hekel aan al die teergevoelige studentes en keurige dames in zo'n zaal die bij het eerste vermoeden van het intieme geweld ineen waren gedoken en voor het ergste hun blikken gruwend hadden afgewend. Daar kon zij zich tegenwoordig meer over opwinden dan over hun mannen en de vriendjes aan hun zijde, die met opengesperde ogen en versnelde ademhaling bleven kijken hoe het ene na het andere kledingstuk werd kapotgescheurd en afgerukt.

'Dat het eens een keer gebeurt, daar gaat het niet om. Zo is het leven.' Ze zag dat Sander, aan wie zij pas kort tevoren over haar verleden had verteld, geen raad wist met haar luchtige toon, schoof haar glas opzij en pakte zijn handen. 'Vreselijk maar waar, die pech kan een vrouw hebben. Waar het om gaat is dat het doorgaans bij die ene keer niet blijft. Dat het vaker gebeurt, telkens opnieuw. Drie, vier keer per week gebeurt het je. Jaar in jaar uit. Altijd maar door. Maar de makers van zo'n film zijn te laf om de werkelijkheid te laten zien. En te slim. Wie naar zo'n film gaat, een boek leest of luistert naar een dramatisch lied, hoopt misschien dat hij een flits krijgt voorgeschoteld van de werkelijkheid, beetje aangenaam verpakt, maar meer ook niet. Het volle pond zouden ze helemaal niet aankunnen. Da's het probleem met het echte leven, het ís niet te verteren. Je kunt alleen maar hopen dat je het niet helemaal hoeft uit te zitten. Daar komen mensen niet voor naar het theater. Hoe zwaar het werkelijk is, dat wil toch niemand weten.'

Dit is meteen ook het lastige aan dit hele verhaal. Tot dusver was het voor een buitenstaander nog wel te begrijpen. Dit soort dingen overkomt jonge meisjes soms nu eenmaal. Komt er weer ergens zo'n geval naar buiten, dan wordt er in de media en op verjaarspartijtjes moord en brand geschreeuwd, want verontwaardiging kost niks. Die komt en gaat door de geschiedenis als eb en vloed. Niet ieder kind wie zoiets door de eeuwen heen is overkomen, mocht voor zijn tuinhek een berg knuffels zien verrijzen, maar gevallen als dit zijn alom bekend en algemeen betreurd sinds mensenheugenis.

Maar als dan blijkt dat het bij die ene keer niet is gebleven, dat het geen incident is geweest maar steeds opnieuw gebeurde, dat de vernedering en het geweld uiteindelijk een manier van leven zijn geworden, dan beginnen mensen af te haken.

'Waarom is zo'n meisje niet in opstand gekomen?' roepen ze. 'Hoe kun je zoiets laten gebeuren? Als het echt zo erg was, dan had iemand dat toch zeker wel een keer gemerkt! Had je eens wat meer verzet, kind, had dan ook iemand gewaarschuwd.'

Wanneer mensen andermans ellende te lang moeten aanhoren, slaat hun sympathie om in irritatie. Vraag het aan iedereen die een ongeluk of een verlies heeft meegemaakt: medeleven is nogal beperkt houdbaar. Andermans gevoel wordt hun te veel, zij willen terug naar hun eigen levens. Neem het hun eens kwalijk, zij hebben er immers ook niets mee te maken. Begrip is nu eenmaal niet rekbaar en op een gegeven moment zijn mensen erdoorheen. Dan duiken ze weg als was je leven maar film, en ze wenden zich af.

In het bioscoopcafé had Zonne zich nog afgevraagd hoe lang het zou duren voordat Sander die neiging ook zou krijgen. Op dat moment was het voor hem allemaal vers. Hij verkeerde in die enthousiaste, heroïsche fase na de eerste schrik om haar verhaal, die hemzelf er heilig van overtuigde dat zíjn liefde alle wonden uiteindelijk wel zou helen.

Bij die gedachte was ze even volgeschoten, nog niet eens om die aanhankelijke hondenblik, waarmee hij alles waarvoor hij geen woorden had dubbeldik hoopte uit te drukken, maar meer uit mededogen met de onmacht van alle mensen die niet goed weten hoe ze zich in een ander moeten verplaatsen.

'Dat is namelijk het echte drama, begrijp je?' Ze liet zijn handen los en nam een slok. 'Dat zouden ze moeten durven tonen. Die constante dreiging. Die angst de hele tijd, dat het overal en altijd op elk moment weer kan beginnen.'

# 6

Negen keer was het al voorgevallen – het exacte aantal zoemde voortdurend rond in Zonnes hoofd zonder dat ze het kon stoppen, zoals onderweg naar school het aantal putdeksels dat ze nog te gaan had tot het speelplein – voordat het tot haar doordrong dat ze er geen naam voor had.

Tot dan toe had ze het telkens ondergaan zoals ze andere pijnen onderging, te druk met overleven om erover na te denken; huilen, krampen, uitbraken en smeken maar, en hopen dat het weg zal gaan. Zo overviel het haar in het begin, heftig als een vergiftiging, een acute koude koorts of een van de vele ziektes die een kind nu eenmaal krijgt zonder te begrijpen welk orgaan, waar, door wat voor infectie nou precies, is aangedaan.

Toen duidelijk werd dat het bij die negen keren niet zou blijven, kreeg ze behoefte haar ongeluk te boekstaven. Wat haar overkwam leek namelijk soms zo onwerkelijk. Opdat zij later zou kunnen zien dat zij het zich niet had ingebeeld, besloot zij voortaan elk voorval ergens te noteren.

Te beginnen met incident nummer tien – terwijl zij aan het douchen was, dit keer. Ze had net wat zeep uit haar ooghoeken gewreven toen ze de deur hoorde opengaan, en door een waas Sijmen zag binnensluipen met niet meer dan een handdoek om. Hij had haar strak aangekeken, zijn tong tegen de beslagen ruit gedrukt en er, alsof het iets lekkers was, een paar keer overheen gelikt.

In de eerste pauze ging ze op de trap naar de schoolkantine zitten. Haar broodtrommeltje had ze bij wijze van onderlegger op haar knieën gelegd en haar agenda geopend op die dag. De punt van haar ballpoint priemde al in het papier. Ze draaide hem een paar keer rond totdat de blauwe inkt begon te vlekken. Vezeltjes bleven kleven aan de kogelroller en rolden samen tot een pluisje, dat een paar vegen maakte en ten slotte vastplakte en achterbleef toen ze haar pen uiteindelijk maar wegborg, want hoe zij ook bij zichzelf te rade ging, zij had er geen woorden voor. Letterlijk: ze wist niet hoe het heette wat Sijmen met haar uitspookte.

Iets meemaken waarover je het niet kon hebben – dat was gek. Dat je dingen werden aangedaan die je niet kon benoemen!

Zolang het duurde en zij hem over zich heen moest laten komen, was dat het enige en alles wat er was. Wanneer hij aan haar zat, bestond alleen maar dat en helemaal niks anders. Zolang ze hem zijn gang moest laten gaan kon Zonne verder nergens aan denken, niet aan school, niet aan haar moeder, niet aan Isa of aan Laura. Dan was daarbuiten gewoon niets. Geen geluid zelfs, leek het wel, behalve de geluiden die hij maakte met zijn eigen lichaam en het hare. Al stonden de ramen open en zongen de vogels dat het een lust was, zij kon ze niet horen. Soms duwde ze Sijmen opzij, op gevaar af dat hij woest werd, want zij moest van hem altijd doen alsof ze alles prettig vond en mocht zich niet verzetten, anders kreeg ze een tik. Desondanks duwde ze toch af en toe met twee handen heel even zijn hoofd opzij, alleen om eromheen te kijken, naar buiten, naar de wolken die overdreven, die wolken, die wolken, die prachtige, prachtige wolken!

Ze had die graag willen volgen, willen weten hoe ze op

de wind werden meegevoerd, opbolden, uitwaaierden en uiteindelijk uiteen werden gedreven tot ze in sluiers en flarden zouden verwaaien, maar het bonken en het zompen trok haar voortdurend naar beneden en het gewicht van de man drukte haar neer en de pijn hield haar gevangen in haar lichaam.

Zodra het voorbij was en haar stiefvader vertrok – de eerste twee, drie keer had hij haar nog zelf zo'n beetje drooggeveegd, sindsdien wierp hij haar bij het weggaan gewoon een hemd toe, of een zakdoek – was het of er een explosie plaatsvond in haar hoofd: alle liedjes en ideeën tegelijk, iedere emotie, elke indruk waarvoor tijdens het vergrijp geen ruimte was geweest, verdrongen zich alsof ze vochten om haar aandacht. Op die momenten was zij plotseling zo vol van haar herwonnen vrijheid dat zij zich van al wat in haar leefde en het vele om haar heen tot in detail bewust leek, van een vrolijke kwinkslag in de wegstervende stemmen van passanten op straat tot het spinnetje dat daar kennelijk vanuit zijn web in de hoek achter haar bureautje alles gade had geslagen. Alsof ze moest inhalen wat zij had gemist, snoof ze de geuren op die binnenwaaiden, en volgde zij, alsof zij hen meebewoog, de vlekjes zonlicht die over de opbollende gordijnen dansten. Wil je niet zoals de dochter van de poelier eindigen met je hoofd tussen de braadkapoenen, dan moet je van het echte leven wegkijken.

Uiteindelijk ging Zonne, zoals aan elke voorstelling een einde komt, vanzelf over tot de orde van de dag en moest zij de waarheid wel onder ogen zien, zeker wanneer zij moest plassen en dat pijn deed.

'Wat ben je aan het schrijven?' vroeg Isa.

Het speelkwartiertje voor de laagste klassen was begonnen. Haar zusje had zich uit de stroom van klasgenootjes losgemaakt, kwam achter haar staan en sloeg twee armen om haar middel, klaar om te worden opgetild en paardje te rijden.

'Niks,' zei Zonne, 'zomaar.'

Isa leunde tegen haar zusters rug, legde haar kin op haar schouder en keek mee in de agenda.

'Wat dan?'

'Ik weet het eigenlijk niet.'

Het meisje klom verder in en op haar en hing nu half over haar schouder heen naar voren, benieuwd wat dat voor iets kon zijn wat belangrijker was dan samen spelen.

'Ik wel. Ik weet het. Ik kan het,' riep Isa. 'Ik weet wat daar staat. Niks zeggen.' Ze reikte enthousiast naar de pagina, legde haar vinger bij de eerste letter van de paar woorden die Zonne al had opgeschreven, en las, langzaam als bij de leesles die net was afgelopen.

'On-der. De. D.O.U.C...'

'Douche.'

'Doesj?'

'D.O.U.C.H.E. Douche.'

'Onder de douche.'

'Goed zo.'

'Wat dan onder de douche?' Het meisje keek haar aan, half lachend, ontevreden over een raadseltje waarvan ze de spelregels niet kende. 'Toe nou, zeg dan!' Ze liet zich van Zonnes rug glijden en begon haar interesse al te verliezen. Op de grond lag een twijgje dat interessanter was. 'Onder de douche en verder?'

'Echt, ik weet het niet.'

'Het betekent helemaal niks!' verzuchtte Isa bozig omdat ze voor niets zo haar best had staan doen. Ze knielde op de tegels en begon het mos daartussen los te steken.

'Helemaal niks. Dat zeg ik toch.'

Isa vond haar zus maar stom en haalde haar schouders op.

Ondertussen gonsde het in Zonnes hoofd van de dreigementen waarmee Sijmen haar, zodra hij met haar klaar was, achterliet: wat er allemaal zou misgaan als iemand ooit te weten zou komen wat zij met hem had uitgespookt. Hoe de politie dan zou komen om de meisjes uit huis te halen, dat ze haar moeder, die omdat zij zoiets toestond vast en zeker gearresteerd zou worden, nooit meer te zien zou krijgen, evenmin als haar zusjes, die ver van elkaar in tehuizen of pleeggezinnen zouden worden geplaatst om te worden heropgevoed. Plotseling nerveus na zijn gerief kon hij haar zulke dingen toebijten, maar vaker trok hij haar nog even tegen zich aan, dodelijk kalm juist, en fluisterde hij ze haar in – haar oor vochtig warm van zijn adem – als goede raad, een welgemeende waarschuwing tussen twee geliefden, beminnelijke ondeugdjes die ten prooi waren aan iets wat sterker was dan zij en daarom nu eenmaal in hetzelfde schuitje zaten.

'Laura en jij zijn taaie meiden,' klonk het dan begaan, 'jullie redden het in zo'n tehuis misschien nog wel, maar Isa! Zo klein nog maar en dan zo eenzaam in een vreemd gezin, ergens in het donker op een kamer helemaal alleen, zonder familie, stel je voor hoe die jullie zou missen.'

Het twijgje waarmee Isa bezig was, bleef steken tussen twee tegels en brak. Zij verloor haar interesse en kwam overeind. Ze wierp nog één blik in de agenda van haar zus in de hoop dat er wat nieuws te zien zou zijn.

'Wat moet dat voorstellen?' vroeg ze, terwijl ze de figuur bestudeerde die Zonne uiteindelijk achter de woorden had getekend.

Het was begonnen als een plusteken, al doedelend uitgegroeid tot een vierkantje in een achthoekje omgeven door zestien facetten met streepjes die alle kanten heen groeiden als stralen rond een zon.

'Ik weet het, ik weet het wel, het is een ijsbloem!'

'Klopt.' Zonne lachte en gaf het kristal nog meer vertakkingen. 'Da's waar, hoor. Dat is wat het is. Een ijsbloem is het.'

'Stom,' vond Isa, terwijl ze rondkeek op zoek naar vriendinnetjes uit haar klas. 'Het is veel te warm voor ijsbloemen,' zei ze, 'en in de douche al helemaal.' En ze rende bij Zonne vandaan.

# 7

Sijmen hield niet alleen alles wat in huis gebeurde nauwkeurig bij, met het jaar werd ook zijn greep op Zonnes vriendinnen en hun families steviger. Tot in wijde omtrek van het dorp wist hij wat er speelde. Over leveranciers en winkeliers had hij materiaal verzameld, maar bijvoorbeeld ook over het schoolhoofd en twee leraren bij wie zijn meisjes in de klas zaten.

'Iedereen heeft wel iets waarvan hij liever niet wil dat het aan de grote klok komt te hangen,' zei hij. 'Het enige wat ik doe is iemand bij tijd en wijle eens laten weten dat ik graag wil helpen het nog zo lang mogelijk stil te houden. Je hebt geen idee hoe dankbaar mensen dan kunnen zijn.'

Gestaag groeide het archief in zijn kantoor, waarvoor elk kwartaal een nieuwe bestelling bruinkartonnen mappen binnenkwam. Daarin bewaarde hij foto's die hij gemaakt had, openlijk van vrouwen die hij met praatjes en beloftes tot bepaalde poses had verleid of heimelijk met zijn verborgen camera of telelens. Zo was er een map met foto's van een dagtocht naar de hoofdstad die Zonnes moeder in haar eentje – dacht zij – had gemaakt om kerstinkopen te doen. Bij thuiskomst bleek haar kapspiegel te zijn beplakt met afbeeldingen van iedere man die onderweg naar haar had gekeken of door haar was aangesproken, van de tramconducteur tot winkelbedienden, met daartussen in rode lippenstift de letters 'HOER!'

Brieven bevatte zijn archief, afschriften van bekeuringen en aanmaningen, belastingaanslagen en rekeningafschriften die hij had onderschept en gekopieerd, evenals transcripties van gesprekken die hij zelf had gevoerd of afgeluisterd.

Iedere map droeg rechtsboven in viltstift de naam van het slachtoffer in code, waarbij de gebruikte kleur alvast een indicatie gaf van de aard van het belastende materiaal, zakelijk of privé, erotisch of financieel.

Op sommige dossiers stonden notities gekrabbeld, bedragen die waren ontvangen of bespaard op leveranties, afspraken die al waren nagekomen of waaraan juist nog eens fijntjes diende te worden herinnerd. Van een enkeling was de naam met driftige rode krassen doorgehaald ten teken dat de zaak gesloten was. Dan had iemand hem weten te overtroeven of met gelijke munt betaald. Eén keer was het voorgekomen dat een heel gezin van de ene dag op de andere huis en haard achterliet en zonder enig spoor wist weg te komen uit de streek.

Het merendeel van de papierhandel bestond uit 'bewijsstukken'. Zo noemde Sijmen de briefjes zoals hij die ook zijn gezinsleden voortdurend liet schrijven, meestal niet meer dan een paar zinnen op een velletje dat hij uit een agenda of notitieblokje scheurde, waarin iemand verklaarde iets te hebben gedaan of ergens weet van te hebben. Deze kwamen meestal onder fikse druk tot stand en bevatten altijd de mededeling dat ze door de ondertekenaar, eigenhandig en uit vrije wil waren geschreven.

Achteraf gezien was het lachwekkend te denken dat die vodjes, waarop minstens eenmaal maar meestal vaker het woord 'plechtig' voorkwam, ooit als bewijs voor wat dan ook hadden kunnen dienen. Al die verkeerd begrepen, deels verhaspeld gedicteerde termen en gezwollen zinsneden waren onmiskenbaar ontleend aan de detectiveseries waar Sijmen er zelden een van miste. Dat hij hiermee zo veel mensen zo lang gegijzeld heeft kunnen houden, zegt evenveel over hem als over ons en de gretigheid waarmee wij onszelf, als wilden in de ban van voodoo, uitleveren aan iemand die beweert macht over ons te hebben.

Sijmen bespeelde zijn 'vrouwtjes', zoals hij ze noemde, steeds vaardiger door hen te paaien, tegen elkaar uit te spelen en op te zetten, hen een voor een tot zijn intiemste bondgenoot te kiezen en dan weer ongenadig uit de gratie te laten vallen. Na twee jaar aan zijn grillen te zijn overgeleverd waren Zonne, Laura, Isa en hun moeder zo murw dat ze, zelfs wanneer ze bescherming bij elkaar probeerden te zoeken, tot groot vermaak van Sijmen keihard tegen elkaar opbotsten, wezenloos en stuurloos als de houten klazen tijdens het poppentheater in de oude Vleeshal op woensdagmiddag.

Op een waterkoude ochtend, begin december, de eerste vorst zat in de lucht, rende Zonne voordat zij naar school fietste eerst snel even naar zolder om een van de dikke wollen sjaals te pakken die haar moeder voor haar dochters had gebreid.

Ze gooide de deur open en trapte in haar haast zowat boven op Sijmen, die in het halfduister op het kaal gelopen Perzische tapijtje lag, naakt en opgewonden.

Inmiddels was zij zo gewend hem overal en nergens op deze wijze te zien opduiken dat ze daar al niet eens meer van schrok. Zelfs de manier waarop hij grijnsde toen zij binnenkwam, vol woeste verwachting als altijd, mond halfopen, tong naar buiten, hijgend als een hond. Wat dat betreft was het alsof ze een inmiddels te vertrouwde scène binnenliep en was er alleen een stemmetje in haar dat als vanzelf 'O god, daar gaan we weer!' verzuchtte.

Nee, de echte schrik volgde twee seconden later.

In de eerste tel drong het tot Zonne door dat haar stiefvader niet alleen was. De handelingen waartoe hij haar gewoonlijk dwong, werden al door een ander uitgevoerd. In een natuurlijke reflex voelde zij opluchting, een reactie van haar lichaam, dat begreep dat het de dans dit keer misschien ontsprong. Maar tegelijk wenden haar ogen aan het donker en een tel later al zag zij wie het was die daar lag, over hem heen gebogen.

Van Laura's achterlijf schrok ze, dat open en bloot de lucht in stak.

Van Sijmens vingers die ermee speelden.

Van het geluidje dat aan haar lichaam ontsnapte toen hij die vingers uit haar trok.

Van Laura's roze haarspeldjes die waren losgeraakt en aan lange plukken driftig in de rondte schudden op het ritme van het pompen van haar hoofd tussen zijn benen.

En van de furie waarmee haar oudste zus zich van hem losmaakte, sloeg Zonnes hart gewoon over. Ziedend keek Laura, alsof ze van belangrijk werk werd afgehouden.

Als verdoofd liep Zonne verder zonder nog op of om te kijken, opende de hoge deuren van de kast en tastte er, alleen om zich een houding te geven, zomaar wat in rond. De gedachten barstten bijna uit haar schedel, maar waarvoor ze eigenlijk naar boven was gekomen, kon ze met geen mogelijkheid meer bedenken.

'Jij snapt helemaal niks!' hoorde zij Laura sissen. Waarom klonk haar zuster zo venijnig? 'Ik doe dit omdat ik van hem hou, hoor je? Nu weet je het en verder weet jij niks.'

Zonne pakte een stapel slopen op en legde ze weer terug. Ze staarde in de kast, verstard in haar verschrikking, en dacht niet dat ze zich ooit nog zou durven omdraaien. Waarom was ze ook doorgelopen?

'Ik hou van hem,' beet Laura haar nog toe. 'Sijmen en ik, wij houden van mekaar. Nou goed?'

Misschien, dacht Zonne, als zij maar lang genoeg zo met haar rug naar hen toe bleef staan, zouden ze met zijn tweeën overeind krabbelen en ophoepelen.

'Maak jij je geen zorgen, pop,' zei haar stiefvader lachend tegen Laura, 'die zus van jou die schrikt zo gauw niet, hoor, die is zelf net zo. Dus lááť 'r gewoon en doe nog maar even lekker.'

Zonne pakte een paar keukendoeken op, legde die één plank hoger en herschikte de tafellakens. Zij probeerde uit alle macht de geluiden die zij opving buiten te sluiten: de zachte drang waarmee hij Laura weer op haar plek dwong, heel eventjes haar lichte verzet en toen: het toch maar meegeven, gevolgd door een diep tevreden kreun van Sijmen, het gekeelde ritme van haar ademen met volle mond, het zompig smakken van haar lippen.

Met trillende hand verplaatste Zonne een stapel theedoeken. Niets kon er buiten het linnen meer bestaan. De handdoeken, badhanddoeken, gastendoekjes – alles liep ze na en legde ze keurig recht met overdreven aandacht en omstandig, alsof dit het aangewezen moment was voor een grote schoonmaak. Toen ineens, onder de washandjes, hoorde ze iets bewegen.

Een licht geritsel was het maar, meer niet. Een zachtjes krabbelen dat toch de andere geluiden in de kamer voor een moment verdrong.

Voorzichtig tilde zij een voor een de lapjes op en vond een nestje muizen. Ze waren nog blind en konden geen kant op. Reddeloos wurmden hun rimpelroze lijfjes rond op een bed van papiersnippers en bijeengeknaagde fnazels wol.

Zonne stond daar maar zonder nog voor- of achteruit te durven en keek en keek en kon alleen maar denken hoe onbeschermd zij daar lagen, die pasgeborenen, en hoe weinig er eigenlijk voor nodig was om ze te breken. Hoe enorm hun alles naar verhouding moest voorkomen, en hoe beangstigend daar nu zo open en bloot te liggen.

Wat bezielt die muizenouders van jullie, dacht Zonne, dat ze jullie overlaten aan je lot?

Achter haar viel ondertussen het liefdesspel alsnog in duigen. De schaamte werd Laura te erg. De ergernis die zij daarnet tegen haar zusje uitte, richtte zich tegen haarzelf en ineens wilde ze alleen maar weg. Wég, en zichzelf verbergen! Zij graaide naar haar kleren en probeerde uit Sijmens greep los te komen, maar die was bijna bij zijn hoogtepunt en liet haar niet zomaar zonder slag of stoot los. Met harde hand trok hij haar weer naar zich toe, gooide haar op haar rug en wierp zich op haar.

Misschien juist daarom, dacht Zonne, omdat zij weten hoe eenvoudig hun jonkies te vermorzelen zijn, hoe miniem de kans is dat ze het allemaal gaan redden. Dan kun je waarschijnlijk ook maar beter wegrennen en je voor het onvermijdelijke verstoppen, liever dan het aan te moeten zien.

Die blote lijven achter haar en die naakte lijfjes vóór haar wrongen in Zonnes gedachten samen tot één grote onontwarbare kluwen vlees waaraan geen ontkomen meer was en die ook in haar herinnering voorgoed verknoopt zou blijven, evenals het haast onhoorbaar hoge hijgen, het amechtig piepen, Sijmens hartgrondig 'Liggen blijven, teefhoer godverdomme!', en die wanhopige, huidbleke vingerlingen zonder oogjes, almaar omtuimelend en weer opkrabbelend, rondtastend.

# 8

Niet lang hierna verschenen de eerste ijsbloemen van het jaar al weer.

De ochtend na de eerste vriesnacht trok Zonne de gordijnen open, ademde tegen het glas en keek hoe de geometrische figuren smolten en uiteenweken. Na de ene ruit volgde de andere tot het hele boeket ook daar ontdooid was en in lange sporen, traag als tranen, neerdroop.

Andere winters rende zij daarna meteen de kamer van Laura binnen om haar grote zus uit bed te sleuren en samen, wang aan wang, voor het ijzige matglas daar hetzelfde wonder nog eens te verrichten. Dit jaar echter – zij stond al op de gang met haar hand op de deurknop – bedacht zij zich.

Na de ontdekking van het muizennest had zij Laura overal vergeefs gezocht. Kennelijk was zij in haar schaamte niet alleen de kamer, maar het hele huis ontvlucht. Laat in de middag pas, na school, vond zij haar bij toeval terug bij een kioskje onder de roltrap in de winkelpassage. Daar stond haar zus gebogen over een bak vol sjaaltjes en kettingen in de aanbieding.

Zonne rende op haar toe, sloeg een arm om haar middel en bleef zo staan, tegen haar aangedrukt. Laura had daarvan niet op- of omgekeken, maar grabbelde aandachtig verder. De ene sliert kralen na de andere liet zij door haar handen glijden. Uiteindelijk had Zonne losgelaten en gedaan alsof ze ook op een koopje uit was.

Er waren geen woorden voor, dat wist ze ook wel. Dat hoefde ook niet. Liever niet misschien. In stilte kon je zoiets waarschijnlijk het best delen.

Zij vond tussen het allerlei een schapenwollen sjaal, smaragdgroen, precies de kleur die Laura's ogen zo mooi deed uitkomen.

'Kijk eens!' Ze hield hem voor haar op. 'Nu maar negen vijftig.'

Met een ruk pakte Laura het ding van haar over, snoof minachtend en wierp het als een vod terug in de bak.

Nog twee, drie andere spulletjes had zij voor haar zus opgevist. Die had ze bekeken zonder ze te zien, waarna Zonne verder met haar armen langs haar lichaam in de passage was blijven staan, ook toen Laura driftig wegbeende.

Die eerste ijzige decemberochtend liep ze dus Laura's deur voorbij en ging op kousenvoeten die van Isa binnen.

Haar jongste zusje sliep nog, Zij trok stilletjes al vast de gordijnen open, kroop bij het kind in bed, sloeg een arm om haar heen en trok de dekens rond hen beiden hoog op.

Het was nog donker buiten. De ruit werd door een straatlantaarn aangelicht – een warm, geel schijnsel dat op de ijskristallen brak, er in glinsterende speldenprikjes en stralenkransjes doorheen viel en, wanneer je zelf wat heen en weer bewoog, met de ijsboeketten leek te spelen.

Zachtjes wiegden Zonne en haar zusje zichzelf, en met hen alle bloemen van de bevroren tuin. Rondom, op het behang, vlekken licht zoals die in de zomer door gebladerte heen breken.

Op Zonnes verjaardag, half november, was het nog zacht vrolijk weer geweest. De zon laag, de stralen dwars door de laatste blaadjes aan de bomen.

Zeven picknicktasjes had haar moeder klaargemaakt voor haar en zes van haar vriendinnen. Haar stiefvader had de zaak een middag dichtgegooid om hen op te halen van school, en was, zingend alsof ze op schoolreis gingen, met zijn wagen volgeladen de stad uit gereden, niet naar het park of de uitspanning, waar altijd wel volk was, maar helemaal naar buiten, diep de boomgaarden in, waar na de oogst geen mens meer kwam.

Daar hadden de kinderen en de man in alle vrijheid languit in het gras gelegen, rondgedold en taart gegeten. In de schaduw van een oude kersenbogaard hadden ze pakkertje gespeeld en toen ze moe waren van het joelend achternagezeten worden, nam Sijmen ieder van de meisjes om de beurt in gekke poses op de foto. Daartoe had hij van huis wat kleding meegenomen, nachthemdjes van Laura en haar korte leren uitgaansrokje, een glimmend kanten negligé uit de kast van Zonnes moeder, en twee van haar strakke mohair truitjes, die hij de meisjes aantrok, waarna ze zich als heuse vrouwtjes met getuite lipjes voor hem mochten etaleren in houdingen die hij zo nodig suggereerde, maar die de meesten – giechelgierend – eigenlijk stiekempjes al bleken te kennen.

De enige die die middag voor zo'n foto niet te porren leek, was Zonne zelf. Alleen omdat haar vriendinnetjes, opgezweept door de man in het gezelschap, haar steeds verder hadden uitgedaagd en in koor voor schijterd hadden uitgemaakt, had zij de kleren die zij toegeworpen kreeg uiteindelijk toch aangetrokken. Desgevraagd was zij tegen een boom gaan staan, één knie opgetrokken, omdat Sijmen meer van haar benen wilde zien. Ze had zelfs in de appel gebeten die hij voor dit doel had meegebracht, totdat het sap van haar kin droop, haar hals in liep en kriebelstroperig verdween onder haar kleding, terwijl zij daar maar stond de hele tijd en onder het gegil van haar vriendinnen volwassen bekken trok die zij afgekeken had van de kalender van het bandenmerk in Sijmens kantoor.

Dat Laura uitgerekend op dát moment het terrein op moest komen scheuren!

Zij bereed hun moeders oude solex als een toernooi-ridder zijn ros en met een kop zo ontevreden alsof ze wist wat ze zou aantreffen. Voor de zekerheid deed Sijmen een stap terug, eerder glunderend dan geschrokken, en Zonne begreep dat het geen toeval was dat haar zus deze afgelegen plek had weten te vinden. De motor ronkte nog toen Laura van het zadel sprong, in haar drift het stuur losliet en het hele gevaarte om liet kieperen.

Haar benen door het hoge gras.

Dit is wat Zonne zich van hun eerste gevecht het helderst zou herinneren, lange halmen wuivend wijkend rond de knieën van haar zusje, de ene hand waarmee die de dorre sprieten voor zich probeerde weg te maaien, af had willen breken, uit zou willen rukken, de andere waarmee zij zichzelf in korte, kwaaie halen krabde op de plekjes waar de stengels krieuwelden, stekelstelen striemden links en rechts, schramden haar blote huid terwijl zij recht op haar kwam afgestormd.

En Zonne stond daar maar tegen die boom, verstild van schrik in haar Pirelli-pose. Dit was het met die foto's van hem nu altijd: híj nam ze, maar wie erop stond moest het bezuren.

'Uit daarmee!' Laura's stem sloeg ervan over. 'Niet ook nog in mijn eigen goeie goed, verdomme.'

Insectjes stoven rond haar op uit het ongemaaide veld en wolkten, flakkerend beschenen door de kille, lage zonnestralen, alle kanten heen. Zij maaide met haar armen om ze weg te jagen en de hele tijd leek Laura met elke stap verder door het terugzwiepende gras te worden opgeslokt alsof zij degene was die in de grond verzonk; alsof Zonne haar zus al half kwijt was en nu ook de rest nog zou verliezen.

'Altijd staat dat kind te kijk,' krijste Laura tegen Sijmen alsof ze op het punt stond te gaan huilen. 'Maar dat moet afgelopen wezen, hoor je? Afgelopen nou daarmee, een kind is een kind en loopt in kinderkleren, punt uit!'

Helemaal mee eens, dacht Zonne. Haar zus had dus dat hele eind gereden om haar te hulp te komen.

Daarvan leken Zonnes vriendinnetjes minder zeker. Die weken achteruit en bleven op een afstand staan, als grenspalen rond een arena.

'Uít, die zooi!' Dreigend liep Laura op haar zusje toe. 'Wat dacht jij, dat kan ik rustig even van d'r jatten om de hoer mee uit te hangen?'

Zonne had haar nooit zo horen spreken. Het liefste was ze nu heel hard weggehold, of nee, juist naar Laura toe. Om haar beet te pakken en alles uit te leggen. Maar ze aarzelde te lang. Laura dook al boven op haar. Als een waanzinnige begon ze te trekken aan de sluiting van het leren rokje en toen dat niet werkte rukte ze aan het wollen truitje tot de naad zo diep in Zonnes hals sneed dat hij tornde.

In de kinderkamer, waar Zonne samen met Isa zat te kijken naar het bevroren raam, twinkelde plotseling nieuw licht. In de aangrenzende kamer, die van Laura, was de tl-buis aangedaan en door een gaatje in de muur, dat Zonne niet eerder was opgevallen, viel een kille straal binnen.

Zonne keek nergens meer van op; ze werd niet eens meer gewoon boos. In plaats daarvan overviel haar een moedeloosheid, een moeheid, zoals ze dat steeds vaker had wanneer ze eraan dacht hoe onontkoombaar alles was.

Door de dunne wand was op dat moment zíjn stem te horen. En die van hun zus. Waar het om ging was meteen duidelijk. Zonne herkende die hese, hijgerige toon. Alsof het ook eens ergens anders om zou gaan.

Het koperen beddenhoofd bonkte tegen de planken toen Sijmen hun zus daarnaast besteeg.

Dit geluid was Isa kennelijk niet vreemd, want ze verschoot. De zorg waarmee het kleintje Zonne aankeek, verried dat zij al wist wat niemand wilde weten.

Hun stiefvader kwam in zijn ritme en de sierknoppen van Laura's bed rammelden op zijn stoten mee.

Zonne trok Isa mee naar het raam.

Twee neuzen drukten zich ertegen.

Twee voorhoofden.

Isa plaatste haar rechter wijsvinger tegen de ruit. De ijskristallen smolten onder haar aanraking.

Twee woorden schreef ze.

Een paar tellen later al losten ze op, zodat ze door anderen ongezien bleven. In langgerekte druppels sijpelden ze weg en toch zou Zonne, hoe vaak dat raam ook werd gezeemd, hoeveel winters er nog overheen gingen, zolang zij in dit huis bleef wonen op die plek de letters altijd blijven zien.

Twee woorden maar schreef Isa, gevolgd door een vraagteken dat veel te vrolijk krulde.

Een simpele vraag.

*Jij ook?*

# 9

'Maar geen paniek,' zei Verbeet met overslaande stem. 'We hebben nog drie weken.'

Ze hield de brief van de televisiemaatschappij triomfantelijk omhoog. Haar ogen glinsterden bij de gedachte aan de ongehoorde uitdaging die voor hen lag. 'Twee weken en vijf dagen om precies te zijn, dus: tong los, lippen vrij, ontspan je schouders en laat maar horen die toonladders, warm dat instrument, meiske. Vooruit, we hebben geen seconde te verliezen.'

'Maar ik heb me voor dat programma helemaal nooit opgegeven.'

'Nee.' Verbeet sloeg haar ogen ten hemel alsof een open deur was ingetrapt. 'Natuurlijk niet! Als de wereld moest wachten tot kunstenaars voldoende in hun eigen talent geloven om er zelf mee naar buiten te treden, dan was het een schrale boel. Dan waren de musea leeg, onze podia verlaten en alle boeken blanco.'

Zij legde de uitnodiging op de vleugel en streek haar liefdevol nog even glad, haakte toen haar handen ineen, strekte haar armen tot haar spieren warm werden en haar gewrichten ervan kraakten. Draaiend met haar polsen, haar vingers buigend en strekkend als een atleet voor een olympische prestatie, nam de juffrouw plaats op haar pianokruk.

'Hoe groot een talent ook is, de onzekerheid is altijd groter. Zonder iemand op de achtergrond die een zetje geeft, zou geen enkele artiest de eerste stap ooit zetten.

Ik vond het tijd om jou een fikse duw te geven en heb je aangemeld. Nee, spaar me de dankbetuigingen. Die ben jij mij op geen enkele manier verschuldigd, integendeel, het is mijn plicht. Ik doe louter mijn burgerplicht, meer niet, ik vervul de opdracht die ik heb als jouw ontdekker. Een instrument van het lot ben ik, dat mij heeft uitverkoren om jou aan de wereld te presenteren.' Zij krulde haar vinger tot hamers en liet ze op de toetsen neerkomen in een vol en dramatisch grondakkoord en knikte eenmaal plechtig ten teken dat haar pupil de eerste toonladder kon inzetten.

*Voor de leeuwen* werd elke zaterdag om vijf uur 's middags uitgezonden op de populairste van de twee zenders. Zonne keek altijd naar dat tv-programma, net als bijna iedereen. Het was voor kinderen bedoeld, maar werd door volwassenen nog gretiger bekeken. Die raken namelijk vertederd als ze jonge mensen verzenuwd een kunstje zien vertonen. Bollebozen doken uit het hele land op om te vertellen hoeveel lucifers zij hadden gebruikt voor hun schaalmodel van de hoofdstedelijke kathedraal, om hun pratende hamster te laten zien, een driedubbele salto te tonen of een collectie zelfgepunnikte eierwarmers, waarna de presentatrice hun als beloning en herinnering een pluchen welpje toestopte. Als hoogtepunt van het programma werd elke week een jong mens voor de leeuwen gegooid, een beginneling in de kunsten, die na zijn optreden middels een publieksstemming doorgaans aan stukken werd gereten en verslonden. Een, twee keer per seizoen hooguit werd iemand goed genoeg bevonden voor een Gouden Welp, de hoogste eer. Hieraan was een heus optreden verbonden op het sterrengala in het strandcasino, al bleken achteraf de kijk- en waarderingscijfers altijd hoger wanneer iemand onder luid gejoel was weggestemd.

'Dus zeg het maar, welk lied gaan wij daarvoor instuderen?' Verbeet plantte een vuist stevig in Zonnes maag, precies onder de ribbenkast. 'Aanspannen dat middenrif, vooruit.' De juffrouw porde ertegen als een prijsvechter tegen een boksbal. 'En duw maar weg die hand. Kom op nou, hard als baksteen die spieren, maak het sterk en duw en duw me ermee weg!'

'Ik weet het niet zo net, juffrouw. Echt, ik heb dat liever niet. Had het nu toch eerst even gevraagd.'

'Niet praten nu, zingen. Adem in. En houd hem mooi strak die noot. Goed zo. Kracht wil ik voelen, meer tegenkracht!' Verbeet zette haar handen in Zonnes flanken. 'En nu hetzelfde zijwaarts. Daar gaan we, laat die spieren werken. Druk mijn handen opzij.'

'Maar al die mensen. Miljoenen tegelijk, hun blik allemaal op mij gericht!'

'Ah, maar dat is nu het geheim van de camera. Die heeft maar één oog. Wat daaromheen ook allemaal gebeurt, het zal voelen of je daarmee helemaal alleen bent.'

'Met dat oog?'

'Dat ene oog en jij, meer niet. Jij doet gewoon wat je moet doen, even ontspannen alsof je alleen bent op je kamer, en dat oog dat volgt jou wel, gewoon vanzelf, je ziet het niet, je merkt het niet, daar hoef je verder niet bij na te denken. Maar meisje toch, waar zit je met je hoofd, waar denk je aan, waar blijft je ademsteun?'

Zonne, draaierig van te veel zuurstof in haar bloed, zoals wel vaker bij deze oefening, zocht houvast aan de vleugel. Mistige vingerafdrukken bleven achter op de lak.

'Het is heel lief bedoeld,' probeerde ze, 'maar doe het niet voor mijn plezier. Dit soort hulp heb ik echt niet nodig.'

'Onzin.' Verbeet sloeg kordaat op de klankkast. 'Neem mij. Waar was ik vandaag de dag wel niet geweest als ik vroeger iemand had gehad die hetzelfde voor mij zou hebben gedaan? Iemand die mij onder haar vleugels had genomen, mijn talenten had aangewakkerd en mij gedwongen had er eens een keer mee naar buiten te komen? Niet overhaast, niet voordat zij volledig van mijn kunnen overtuigd was, maar dan, zodra de kans zich aandiende, ook meedogenloos! Op het moment zelf had ik haar ook vervloekt, maar later, ha, dan zou ik haar er dankbaar voor zijn geweest. En hoe! Was ik in mijn leven zo iemand tegengekomen, dan had ik geen grenzen gekend. God alleen weet welke bühnes ik dan in de wereld had veroverd. Had ik vanavond in Milaan gestaan, of in La Fenice? Weet ik het, de mogelijkheden waren eindeloos geweest! Het London Palladium, de MET, het Mogador? De rollen die ik misschien had kunnen spelen, de platen die ik zou hebben opgenomen, de zielen die ik daardoor had kunnen raken. Op mijn zeventiende heb ik de stoute schoenen aangetrokken, o jawel, en ik ben naar het operahuis gegaan, waar La Tebaldi optrad. Twee dagen heb ik voor de deur gewacht. Drie keer zelfs heb ik het aangedurfd om iets te zingen, zomaar a capella, gewoon daar beneden op straat, in de hoop dat zij het horen zou, dat íemand het zou horen. Ik voelde me opgelaten, maar zette me eroverheen omdat dit mijn grote kans was, ik gaf kracht, volume, ik legde mijn ziel erin. Dat er ergens een raam zou opengaan, stelde ik mij voor, en dat dan iemand mij zou wenken. Dat denk je als je zeventien bent, dat het zo simpel gaat, het leven. Toen ze uiteindelijk naar buitenkwam, de diva, en langs me liep, rakelings, we waren zo dichtbij als jij en ik, toen heb ik niets gezegd. Ik heb haar voorbij laten gaan. Ik durfde niet. Dit heb ik die dag geleerd, dat ik de durf miste om te worden wie ik diep vanbinnen ben. Als er op dat moment toch eens iemand achter mij gestaan had! Iemand die mij een zetje had gegeven, een trap desnoods, hard genoeg om mij tegen La Tebaldi op te laten botsen... Ik had het in me, o jawel, precies zoals jij het in je hebt, híer brandde het, daar voel jij het toch zeker ook, hierbinnenin, jarenlang nog heeft het daar gebrand, maar geen mens die het zag. Het vlamde wel, en hoe, maar het vuur werd door niemand opgepord, aan alle kanten sloeg het eruit, ongeleid, ongericht, het brandde op, het brandde uit zonder dat iemand zich daaraan ooit ook maar één keer echt heeft kunnen warmen. De koorleden van een aantal operetteverenigingen, een paar lichtingen van de cabaretacademie misschien... En nu? Nu smeult het zo'n beetje. Dóófde het maar uit, – godallemachtig ja, laat iemand er in hemelsnaam een emmer water overheen plempen – dan kon ik het misschien langzaamaan vergeten, eens eindelijk niet meer hoeven denken aan alles wat had kúnnen zijn, maar nee, die gloed is er altijd nog, hier vanbinnen, om mij eraan te herinneren dat ik zoiets niet nóg eens laat gebeuren. Niet aan een ander. Geloof me, dit is niet om jou nu zo'n plezier te doen, ik doe het in eerste instantie voor mijzelf. Omdat ik het nu eenmaal aan mezelf beloofd heb en daarmee aan Apollo met zijn negen muzen, zo waarlijk helpe mij Calliope, Melpomene de zoetgevooisde, Clio en Euterpe, Terpsichore en...'

'Maar hoe doe ik dat thuis?' onderbrak Zonne haar. 'Dat vinden ze nooit goed, o nee, geen denken aan. Het is lief bedacht, maar echt, dit gaan we niet doen, mijn stiefvader ziet mij al aankomen.'

Verbeet keek op, opgelucht dat deze hindernis genomen was.

'Die stiefvader van jou? Laat die maar aan mij over.'

# 10

Het effect dat de juffrouw sorteerde toen zij kort voor sluitingstijd de fotowinkel binnenviel en Sijmen vroeg om overleg onder vier ogen, had niet groter kunnen zijn wanneer ze met een pistool had gezwaaid en de inhoud van de kassa had opgeëist.

Haar haar zat in de krul als voor een voorstelling, ze droeg rouge en om redenen die alleen aan haarzelf bekend waren, had zij zich in een laag uitgesneden jurkje gehesen, overdekt met roesjes, dat in een van haar operettes dienst had gedaan als dirndl.

'U en ik...' Met groot gebaar strekte zij haar arm en wees hem aan als uitverkorene. '...zijn door het lot verbonden. Laat ons samen werken aan iets wat groter is dan wij.'

Zonne, die op een trapje de vitrinekasten stond te zemen, verschoot een tree, waardoor een kwak warm water met ammonia over de planken plensde.

'Waar kan ik u mee helpen?' vroeg Sijmen.

'Met uw grootmoedigheid!' sprak Verbeet met zwoegende boezem. 'Door uw hart voor mij te openen, en uw geest. Het is trouwens maar de vraag wie hier wie precies te hulp schiet. Uiteindelijk is het immers allemaal ten bate van iets hogers! Is er hier ergens een plek waar u en ik, ongehinderd door alledaagse beslommeringen en bijgeluiden, de toekomst van uw stiefdochter een glorieuze wending kunnen geven, ga dan voor en wijs hem mij!'

Sijmen keek vertwijfeld om zich heen, drukte op het

belletje om winkelassistentie en opende de deur van zijn kantoortje.

'Ah, uw *inner sanctum*, waar ook anders!'

'Gaat het weer om jou?' vroeg Laura. Zij had in de keuken gestaan toen zij het belletje hoorde, en had haar schort nog voor. Ze knoopte hem los en nam plaats achter de toonbank. 'Geef antwoord, komt dat idiote mens voor jou? Vooruit, wat heb je uitgespookt?'

Door het raam van het kantoortje kon je Verbeet haar monoloog zien afsteken, terwijl Sijmen geïmponeerd rond haar decolleté drentelde. Toen hij merkte dat de meisjes keken, liet hij de luxaflex zakken.

'Moet het weer zo nodig over jou gaan? Wat heb je nu weer verzonnen om de aandacht op je te vestigen? Zou het zo erg zijn om eens één dag op de achtergrond te blijven?'

Zonne begon zachtjes te huilen. Haar zus zag het wel, maar dat maakte haar alleen maar bozer.

'Zou je eraan onderdoor gaan als jij eens wat minder op zou vallen? Wat denk je dat het ons kost? Maar daar denk jij natuurlijk niet bij na, wat een ander allemaal voor jou doet.'

Zodra Sijmen aandacht had voor een van de twee jongste zusjes, leek nummer drie te veranderen in een tijgerin. Of het nu om een schoolrapport ging of om wie er mee mocht naar de doe-het-zelfmarkt, Laura sprong ertussen en duwde de andere twee opzij. Alle taken en karweitjes, hoe vervelend ook, zij trok ze naar zich toe om hen te overschaduwen. Wanneer de anderen een zakcentje van hem kregen, of een extra stuk vlees op hun bord, kon de oudste zus erop duiken, dreigend als een wild dier dat haar nest verdedigde.

Twee uur later stonden Laura en Zonne rug aan rug op de gang. Niet uit vrije wil, maar omdat Sijmen hen hiertoe dwong.

De meisjes voelden elkaars ademstoten, snel nog, hoog en driftig van de grote ruzie die aan tafel was ontstaan. Om niets, zoals gewoonlijk. Of, dat zou ook kunnen, om alles.

Hun schouderbladen moesten elkaar blijven raken. Hun billen en hun kuiten ook. Ze voelden hoe ze beiden rilden, maar zeiden niets. Ieder vocht tegen de impuls zich naar de ander toe te draaien, want dat was hun verboden. Zodra ze even los van elkaar kwamen, sloeg Sijmen een van twee in het gezicht. Ze voelden elkaars warmte vlammen van het vuur dat zij samen hadden opgestookt. Het zweet van de een doordrong de kleding van de ander.

Hun stiefvader wierp een touw, dat hij uit de bijkeuken gehaald had, om hen heen, haalde het aan en snoerde het tweemaal strak om hun middel. Daarna nog rond de enkels, de knieën, kruiselings over de borst, tweemaal langs de schouders, eenmaal rond de hals en van daar naar beneden tussen hun benen door gesjord en weer omhoog, waarna hij het restant ergens in het midden vastgorde.

'Ik krijg geen lucht,' snauwde Laura.

'Goed zo,' antwoordde Sijmen, 'dan zal je wel spijt krijgen van alle lucht die je daarnet met schelden hebt verkwist. En jij dan?'

Hij wurmde zijn hand tussen de touwen door en tussen Zonnes benen, meer uit gewoonte dan omdat hij er zin in had, enkel om te laten merken, zowel aan haar als aan zichzelf, dat hij dit en alles ongestraft kón doen.

'Begin jíj al spijt te krijgen? Twee zusjes en dan zo vechten, wat is dat eeuwig zonde...' Hij bracht zijn gezicht bij het hare en inspecteerde het. Wat zocht hij, tekenen van angst, van onderdanigheid? 'Twee van die fijne meiden, die zouden vriendinnen moeten zijn. Elkaar een beetje stimuleren. Die mogen niet vechten, die moeten mekaar liefhebben. Líefhebben zal je, godverdomme!'

Uiteindelijk deed hij het ganglicht uit, vertrok met slaande deur en liet de meisjes in de afgesloten ruimte achter. Een tijdlang probeerden zij zich los te wurmen, maar het touw raspte en kerfde in hun huid. Zwijgend bleven ze staan, onverzettelijk, totdat de geluiden in huis wegstierven en iedereen naar bed was.

Hun voeten zwollen, hun benen begonnen zeer te doen, en het drong tot hen door dat geen van de anderen hun te hulp zou durven komen. Op zoek naar een positie die een nacht lang zou zijn uit te houden, lieten ze zich op de koude tegelvloer zakken. Tweemaal rolden ze om en over elkaar heen totdat ze in het midden van de gang zijlings op de geknoopte kokosloper lagen.

De een voor de ander onzichtbaar, gebonden als ze waren, rug aan rug, een schichtig, tweekoppig, in de val gelopen dier, elk met hun angst apart en daarin één, vonden zij elkaar in het op- en neergaan van hun ademhaling, die hierdoor kalmeerde en daarna gelijk opging. Ten slotte zochten hun handen elkaar en vlochten de vingers van de zusjes zich ineen.

# 11

De volgende ochtend in de klas voerde Zonne, zoals meestal tegenwoordig, het hoogste woord. Kwinkslagen kwamen haar steeds makkelijker aanwaaien, telkens sneller voelde zij aan wanneer een woord of een begrip zich leende voor een relativerende opmerking of dubbelzinnigheid, en zij leerde die ook beter plaatsen. Zodra iets naar te veel ernst neigde, voorzag zij het van ironisch commentaar. Liet een leraar of een lerares een pauze vallen, dan vulde Zonne die door de gedachte af te maken met een dooddoener of een absurde conclusie. Waar die vandaan kwamen wist ze niet.

Zulke woorden schoten door haar hoofd als vuurwerk in de nacht, ongeleid en alle kanten heen. Zij voelde wel wanneer er in haar brein zo'n pijl ontstoken werd, maar had geen idee in welke richting die uiteen zou spatten. In het begin was ze huiverig geweest voor de gevolgen, zodat grappen of parodietjes nog weleens in het water vielen, maar inmiddels wist ze dat het mooiste spektakel ontstond als je niet nadacht over mogelijke schade.

Steeds vaker trouwens had ze helemaal geen woorden nodig, maar bereikte ze eenzelfde effect met een gebaartje, een gespeelde zucht of zelfs – omdat zij toch alle ogen op zich gericht wist – alleen de juiste oogopslag.

Door de vrolijkste te lijken nam zij de leiding. Het vele wat zij te verbergen had, ook voor zichzelf, had haar scherper gemaakt, geestig, snel en met een steeds betere timing.

Vandaag de dag kan Zonne zich er nog altijd over verbazen hoe gretig haar publiek zich om de tuin laat leiden door een gek accent of overdreven stemmetje. Een scheve lip, een schele blik – ze zijn je gewoon dankbaar dat jij de druk van de ketel neemt. Opgelucht omdat ze niet hoeven door te denken, allang blij dat zij zich niet hoeven af te vragen waarom dat eigenlijk is dat iemand zichzelf steeds relativeert en onderuithaalt.

Kun je om jezelf lachen, dan ben je iedereen de baas, maar krijg je anderen zo ver dat ze met je meelachen, dan heb je ook jezelf overwonnen.

Of het nu op toneel is, midden in een interview op televisie of gewoon privé, het werkt altijd. Zodra iets te dichtbij komt en er ernst dreigt, schiet Zonne in een van haar bekende typetjes, en presto! Tegenwoordig is het heffen van een wenkbrauw al genoeg, een pruilmondje, niet meer dan een spottend laconiek 'O ja?' om de pret te laten losbarsten. De angel is uit het gesprek, de interviewer is afgeleid, de waarheid is zowel aangestipt als tussen aanhalingstekens gezet, en het publiek is gewonnen. Ze hoort het zichzelf doen. Niets mooier dan een volle zaal waaruit de lach plotseling opstijgt als een ballon waarvan de ballast net op tijd is losgesneden.

Lolliger dan op de ochtend na het incident met Laura en hun nachtelijke straf had Zonne zich op school nog niet getoond. Het was de gymjuf niet gelukt streng te blijven kijken naar haar capriolen met het paard, en het voorschoot dat zij in het practicumlokaal kreeg voorgebonden was heel geschikt gebleken als rok voor een cancan. Doodmoe van de slapeloze uren en de inspanning van alle kwinkslagen en maffe gebaren in de klas, kwam zij thuis en vond haar moeder aan de keukentafel.

Zij zat, steunend op één elleboog, één been onder zich gevouwen, het andere zijlings uitgestrekt, ongemakkelijk gebogen in een zo op het oog onmogelijke hoek. Eén slipper had ze aan, de andere lag verderop. Met de haren los en in de war, de kin op haar borst, hing ze voorover, gebogen over een berg paprikachips, waarvan al een heel stel op de grond lag, naast de zak, een familieverpakking, die zij had leeggeschud.

'Ik had maar steeds zo'n honger.' Zij scharrelde met haar vingers door de chips, schoof sommige opzij, keerde andere om, tilde ze even op en gooide ze dan weer terug alsof ze op zoek was naar één in het bijzonder. 'Het knaagde maar en knaagde maar de hele tijd. Zo'n verrotte honger. Had ook de hele dag nog niks gegeten. Ik niet. Was er gewoon niet aan toegekomen. Te moe, begrijp je, te gebroken van alles.' Eindelijk hief ze haar hoofd, met tegenzin. 'Die hele nacht, kapot ben ik ervan. Ik heb geen oog dicht gedaan natuurlijk.'

'Natuurlijk.'

'Dat snap je toch zeker wel?'

'Ik snap het.'

Zonne pakte stoffer en blik, knielde aan haar voeten en begon daaromheen de chips bijeen te vegen die van het tafelblad waren gevallen.

'Jij moet niet zomaar denken dat ik wel geslapen heb. Dat ik beter lag omdat ik toevallig een matras had. Hoe had dat ook gekund? Ik? Hoe zou ik hebben kunnen slapen? Of dacht je dat ik op zo'n moment niet net zo goed verdriet heb?'

'Ik dacht helemaal niks.'

'Dat had je toch wel kunnen raden, hoe ik daar lag te malen, de hele tijd, machteloos, stijf van zorg om jullie. Uur in uur uit, elk kwartier slaan de torenklokken weer, de hele nacht heb ik horen verstrijken. En alles wat ik wilde, was maar één ding. Eén ding, de hele tijd: naar jullie toe! Wil je dat wel geloven? Een moeder en haar kinderen, er is niks hechter, niks heftiger.' Ze spuugde wat kruimels uit, die achter haar lippen waren aangekoekt. Met de nagel van haar ringvinger plukte ze wat taaie stukjes uit haar mond. 'Het had geen haar gescheeld of ik was er krankzinnig van geworden, zo graag wilde ik naar jullie toe!'

'Je bent niet gekomen.'

'Jij en Laura, Laura en jij, het lukte me maar niet om ergens anders aan te denken!'

'Wij hebben die klokken ook gehoord.' Zonne kwam overeind en schoof de opgeveegde kruimels in de afvalemmer. 'Ieder kwartier.'

De moeder boog zich weer over haar chips. Met een priemende vinger ging ze erdoorheen, behoedzaam en aandachtig alsof het puzzelstukjes waren waartussen zij met veel geduld op zoek was naar dat ene hoekje van een uitgestrekte blauwe hemel.

'De manier waarop hij het doet, daar ben ik het niet altijd mee eens, helemaal niet, maar je stiefvader doet ook maar wat hij kan. Soms weet hij het ook niet meer. Vind je het gek? Als je toch ziet hoe jullie doen. Alles wat die man wil, is hier in huis een beetje vrede brengen.'

'Dat is niet álles wat hij wil.'

'Ik begrijp het niet! Wat kun je daar nou toch op tegen hebben? Ik weet soms niet wat jullie mankeert. Ik herken jullie gewoon niet meer, jou en je zus. Mekaar zo aan te vliegen! Alsof het allemaal om jullie draait. Je zou ook eens om mij mogen denken. Denk je dat het mij niks doet om jullie zo te zien? Hou je wat gedeisd, probeer niet op te vallen, wees een beetje lief. Zoals vroeger. Vroeger hadden jullie nooit mot. Ja, Weijn, laat het weer worden zoals vroeger. Waarom niet? Weer wat aardigheid. Ik weet niet wat je daarop tegen hebt. Dat is wat Sijmen probeert, een beetje liefde in ons leven terug te brengen.'

'Dat is niet álles wat hij probeert.'

'En als je het niet voor hém wil doen, doe het tenminste dan voor mij.'

'Hij probeert echt nog heel wat meer.'

Met twee vuisten sloeg haar moeder op tafel. Had er een puzzel gelegen, dan had die opnieuw moeten worden gelegd.

'Heb je me nog niet genoeg verdriet gedaan?'

'Ik doe je toch geen verdriet. Hoe doe ik jou nou verdriet?'

'Omdat het míjn man is.' Ze begon te huilen. 'En ik heb niemand nodig om mij te vertellen dat hij mij niet meer ziet zitten. Al een hele tijd niet meer. Dat voel je als vrouw. En óf je dat voelt. Ik weet dat als geen ander. Ik ken dat. Ik heb het eerder gehad. Dat voel je hier. Hier voel je dat! Als een mes door je lijf. Dat hoeft niemand je te zeggen. En zeker niet je eigen kind.'

Een paar van de chips die ze had doen opstuiven, waren blijven steken in haar haren. Zonne plukte ze eruit.

'Ik heb niks gezegd, mam. Dat is het juist. Niemand zegt hier iets. Maar daarom gebeurt het wel.'

Onverwacht haalde haar moeder uit, greep haar keihard bij haar pols en trok die ruw naar zich toe om de rode striemen die de touwen daar vannacht op hadden achtergelaten, van dichtbij te bekijken.

'Au!'

Maar zelfs toen haar moeder de verwondingen uitgebreid gezien had, liet zij haar dochter niet vrij. De aanblik leek haar vooral te ergeren omdat het kind haar met het geschaafde vel te schande zette. Zij drukte de arm, alsof ze een partijtje worstelen wou winnen, tegen het tafelblad en hield hem daar.

'Wat hád ik moeten zeggen dan? Dat hij Laura neukt? Is dat wat je had willen horen? Dat die meid hem keer op keer verleidt en dat hij hem er liever bij haar in hangt dan bij mij. Is het niet genoeg dat het gebeurt, moeten we het met elkaar nog nabespreken ook?'

'Je doet me pijn,' zei Zonne, maar haar moeder liet niet los.

'Kijk nou maar niet zo bescheten ineens, vermoorde onschuld, je wou zelf toch zo graag dat iemand het eens hardop zei? Nou, zo klinkt dat. Eindelijk zegt iemand het eens. Hij neukt mijn oudste dochter vaker dan mij. Ik weet het. Jij weet het. Als we niet oppassen, komt Isa er ook achter. Moet ik daarmee te koop lopen? Moet jij me dat inwrijven? Is dat waarom je zo nodig wil dat ik dat hardop zeg, omdat het me nog meer pijn doet om het uit mijn eigen mond te horen?'

'Hij zegt dat jij wordt opgepakt als we er tegen iemand over praten.'

Nu liet haar moeder ineens los, verschrikt, en staarde voor zich uit alsof de poorten van de bajes tussen haar en het leven al dichtvielen.

'Dat is ook zo, schat. Daarom. Daarom. We mogen het er nooit meer over hebben. Hoor je me?' Ze huilde weer. 'Jij en ik, wij zijn de dupe. Mij sluiten ze op en jou..., Isa en jij... o God, je moet er niet aan denken. Daarom moeten wij samen blijven, jij en ik. Eén front vormen. Wij begrijpen mekaar. Jij bent jaloers op Laura, net als ik.'

'Ik jaloers op Laura?'

'Ik zie dat wel. Natuurlijk zie ik dat. Daarom. Ik zeg niet veel misschien, maar ondertussen zie ik alles.'

'Juist niet. Jij ziet helemaal niks.'

'Het is niet erg, lieverd. Wéés maar boos, natúúrlijk ben je boos, dat ben ik ook. Zeg het maar, bij mij kan je het kwijt. Alles kan je bij me kwijt. En ik bij jou. Toch? Ze komen niet tussen ons, hoor, wees maar niet bang. Dat laten wij niet gebeuren. Moeder en dochter dat is zoiets hechts. Jij en ik zitten nu eenmaal in hetzelfde parket en wij moeten één front vormen en volhouden.'

Ze hees zichzelf overeind en keek verbaasd, alsof ze

hem nog niet gemist had, waar haar ene slipper was gebleven.

'En ondertussen, probeer een beetje, voor de lieve vrede, probeer wat meer meegaand te zijn. Als je het op kan brengen. Niet zo recalcitrant. Laat je niet zo kennen. Sta erboven, alsjeblieft.' Ze draaide de slipper een kwartslag met haar tenen, liet hem op haar voorvoet even bungelen zodat de chips eruit vielen, schoot hem aan en slofte naar de bezemkast om de stofzuiger te pakken. 'God allemachtig wat een klerezooi. We kunnen maar beter snel wat opruimen voordat Sijmen thuiskomt. Doen we het samen, is het zo gebeurd.'

'Is Sijmen niet in de winkel?'

'We zijn dicht. Hij moest naar dat mens, die lerares, die zangjuf van je. Voor overleg.' Ze keek op de keukenklok, deed de stofzuiger aan en ging met stemverheffing verder: 'Met een minuut of tien verwacht ik hem. Dus, lieve schat, laten we de rust bewaren. Je kan het die man per slot nauwelijks kwalijk nemen. Wij zijn niet het gezin waarop hij had gehoopt. Niet het gezin waarvoor hij had gekozen, en de grootste teleurstelling ben ik. Als eerst de kalmte hier maar eens terugkeert, dan komt hij ook wel weer tot rust. Niet zo veel zenuwen, niet zo'n heisa de hele tijd, wil je me dat beloven? Jij en Laura, laat haar toch, die meid. Als de rust hier terugkeert, wordt alles weer als vroeger, begrijp je? Als we meer gewoon een beetje zijn zoals hij ons wil hebben.'

'Zoals hij ons wil hebben...' herhaalde Zonne. 'Zo heeft hij ons al lang, precíes zoals hij ons hebben wil.'

Maar door alle lawaai kon haar moeder haar al niet meer horen.

# 12

Als ze maar een jongen was geweest, zoals haar vader graag gewild had, dan was alle ellende haar bespaard gebleven.

Zo jong als ze was begreep Zonne dat een dergelijke gedachte onzin is. En toch dook die steeds weer op, regelmatig als de angst, onverzettelijk als de boosheid waar ze nergens mee heen kon, doortastender dan de wraak waarop ze kon zinnen, scherper dan de steken in haar onderlichaam waar zij 's nachts van wakker schoot.

Was zij geen meisje geweest, niet alleen had Sijmen zijn poten dan wel thuisgehouden, grote kans dat die griezel dan helemaal nooit in hun leven was gekomen. Misschien had haar eigen vader, als hij maar een zoon gekregen had, het wél de moeite waard gevonden bij zijn gezin te blijven.

Woedend kon Zonne hierom worden.

Niet op haar vader, op zichzelf.

Woedend dat zij zo'n gedachte kon hebben over de man naar wie zij zo verlangde. De enige die haar op een dag nog te hulp zou kunnen komen! Haar vader hield van haar, hij wel, zoveel was zeker. Hem was ze niet te min, hoe kon ze zoiets denken! Hij hield van al zijn meisjes evenveel. Op datzelfde moment dacht hij misschien wel aan hen, vast en zeker ja, hij dacht de hele tijd natuurlijk aan hen, zij kon dat gewoon voelen.

Soms, tussen slapen en waken, zou ze zweren dat hij even in haar kamer stond. Kwam hij kijken of zijn meisjes de lakens niet hadden losgewoeld. Of het nachtlampje wel aan was. Of Isa's pop wel rechtop naast het hoofdeind zat en Zonnes glaasje water binnen handbereik stond. De geur van zijn garen jasje dat nog nadroogt van zijn avondwandeling, het zachte leer van het etui waarin hij zijn pijptabak bewaart, met daaraan dat lipje van de rits dat rinkelt wanneer hij ermee aan komt lopen. Zo intens kon zij zijn aanwezigheid ervaren, alsof hij elk moment op de rand van haar bed kon komen zitten.

Wat moest ze doen wanneer dit op een dag ook echt zou gebeuren? Dat kon toch immers best, in films gebeurden wel gekkere dingen. Meteen alles eruit flappen wat tijdens zijn afwezigheid gebeurd was, zou hem afschrikken. Een zoon zou zoiets niet gauw doen. Zij zou hem om zijn nek vliegen natuurlijk. Zodra ze elkaar hadden teruggevonden. En hoe! Hij moest er niet op rekenen dat ze hem ooit nog los zou laten. Maar wat haar overkomen was, daarover zou ze zwijgen. Om hem geen pijn te doen. Hij zou zich maar verwijten maken. Voor zijn kop slaan zou hij zich, dat hij zo stom had kunnen zijn haar aan haar lot over te laten.

Bovendien, hoe leg je een vader zoiets uit? Ze kon moeilijk de woorden gebruiken die Sijmen ervoor had. De viezigheid die ze moest roepen wanneer hij met haar bezig was.

De dingen die ze doen moest.

De dingen die ze deed.

Zij was er inmiddels aan gewend geraakt ze onbenoemd te laten.

Dat zij zich had laten vangen in een spiegel, hoe leg je zoiets uit? En dat zij week in week uit, liefst als er klanten in de winkel waren en zij hen te woord stond, door Sijmen gedwongen werd via dat spiegelsysteem te zien hoe hij zich aftrok, onzichtbaar voor iedereen behalve voor haar. Wat ze allemaal met zich had laten uitspoken, moest je zoiets voor je eigen vader uittekenen? Ondenkbaar.

Nee, natuurlijk zou ze het verzwijgen.

Wanneer hij kwam.

Zolang haar vader nergens van wist, hoefde hij zich ook niet voor haar te schamen.

Zonne had altijd nog haar schoolagenda's. Daaraan had ze, geen enkel voorval uitgezonderd, toevertrouwd wat ze had moeten ondergaan. Ze bewaarde ze in een bananendoos onder haar bed, tussen oude rapporten, tekeningen en vlechtwerkjes die zij bij handenarbeid had gemaakt. Zodra ze er een opensloeg, was het alsof ze thuiskwam bij een vriendin die als enige alles van haar wist.

In gezelschap van de waarheid voelde zij zich ongemakkelijk, opgelaten, omdat er aan vastgelegde feiten geen ontkomen is, maar ook opgelucht omdat zij het onvoorstelbare tenminste zwart op wit had.

De pagina's waren bezaaid met kristallen.

Zij telde ze, wanneer zij erdoorheen bladerde, aandachtig met haar vinger langs de uren glijdend en de dagen. De weken en de maanden. Hoe verder een verdriet in het verleden ligt, hoe minder erg om aan jezelf toe te geven dat het van jou was.

Tussen de gymlessen en de overblijfuren, het huiswerk en de repetities voor de kerstrevue stonden twee-, driemaal in de week maar vaak ook vaker, ijsbloemen getekend.

Die waren haar taal geworden.

Hun vormen tekens voor het onnoembare.

Sinds zij op het schoolplein, terwijl Isa over haar schouder meekeek, de eerste had neergekrabbeld, was Zonne ze als symbool blijven gebruiken. Steeds geroutineerder, met heldere, korte lijnen turfde zij, zoals een veroordeelde zijn dagen. Alleen kent die zijn straf en kan hij aan de streepjes in zijn cel aflezen hoeveel tijd hij nog te gaan heeft.

Misschien zou zij haar agenda's wel aan haar vader durven laten zien. Op een dag. Dan hoefde zij verder niets te zeggen en niets uit te leggen, want alles wat hij moest weten stond er, en tegelijk stond het er niet. Op een zaterdagmiddag zou ze tegen hem aanschuiven op de bank, een bananendoos naast zich, en ze hem een voor een overhandigen. En dan, terwijl hij door de jaren bladerde die hij gemist had, het ene na het andere, zouden hem de geheime tekens opvallen. Misschien zou hij niet naar hun betekenis durven vragen. Dat hoefde ook niet. Als hij ze maar zag.

# 13

Zonne ervoer het duister als weldadig.

De deur van de doka had dan wel geen slot, maar zodra zij hem achter zich had dichtgetrokken, het tl-licht had uitgeschakeld en het zachte rode peertje boven de werktafel had aangedaan, floepte op de gang een lampje aan ter waarschuwing dat daarbinnen werd gewerkt met lichtgevoelig materiaal.

Dit signaal verschafte meer zekerheid dan een batterij grendels. Niemand zou het wagen om zomaar binnen te komen, minst van al Sijmen, die als geen ander wist hoeveel de film hem had gekost die daar gespoeld werd.

Dit laatste was tijdrovend werk. De onbelichte film, die en gros was ingekocht, werd aangeleverd op stalen spoelen en moest meter voor meter worden afgewikkeld en in delen opgeknipt, om vervolgens strak te worden gewonden op klosjes, klein genoeg om in fotocamera's te passen.

Het was een klus die geen van de anderen graag deed vanwege de benauwenis in die bedompte en benarde ruimte, die gebouwd was in de voormalige provisiekast onder de trap. Eenmaal binnen was het zaak om kalm te blijven ademhalen, want alle naden zaten potdicht, zodat je teerde op je eigen zuurstof. In een eenvoudig ventilatierooster, het minimale dat de wet zou hebben vereist zodra Sijmen betaald personeel in dienst zou hebben genomen, was niet voorzien. De dampen van de chemicaliën uit de geblutste jerrycans bleven tussen de balken hangen. De plaatselijke brandweerman en de regionale arbeidsinspecteur zouden deze situatie nooit door de vingers hebben gezien als Sijmen in zijn archief geen dossier had gehad met hun naam erop.

Het kon Zonne niet schelen. Hier werd zij niet gezien en kon zij tevoorschijn komen. Zonder het harnas van haar uiterlijk ervoer zij zichzelf zuiverder. Helderder. Licht werd zij in het donker. De situatie waarin zij zich bevond leek minder uitzichtloos, die paar kubieke meter onbegrensd. Daarbinnen leek zij ver van alles wat zich afspeelde in huis.

Sijmen wist precies hoeveel tijd het spoelen van een film kost. Hij begreep donders goed dat Zonne haar werkzaamheden rekte, en ook waarom. Hij kende de macht die uitging van dat eenvoudige lampje in de gang boven de deur, want hij maakte er zelf gebruik van wanneer hij een van hen daarbinnen snel even wilde naaien.

Vond hij dat Zonne te lang in haar eentje in de doka bleef, dan klopte hij aan, meestal omdat hij zin in haar had, en wilde weten hoe lang het nog ging duren. Beviel het antwoord niet, dan liep hij de trap een paar maal op en neer, telkens harder stampend op de treden, steeds driftiger zo vlak boven haar hoofd.

Dit machtsspel verhardde naarmate Zonnes lichaam voller werd, boven verwachting overdadig zelfs, alsof het ondanks haarzelf aan Sijmen probeerde tegemoet te komen. Op een dag, een van de eerste mooie dagen van het voorjaar – Laura was met haar moeder en vriendinnen aan het wandelen over de stadswallen om de bloesem te bewonderen – kreeg het een nieuwe inzet: Isa.

De echo's in het lege huis, de branderige lucht die sinds het middageten in de gangen hing van te hard, te bruin en drooggebakken spiegeleitjes, het tikken van

Isa's springtouw tegen de tegels op de binnenplaats, het gestage, drenzende ritme van haar sprongen.

Hij had als gewoonlijk op de deur van de doka geklopt, maar was, toen Zonne geen sjoege gaf, niet boos geworden.

'Goed,' had hij alleen maar gezegd, zelfgenoegzaam, hijgerig bij de gedachte aan een verse, nog onbepotelde prooi, 'dan ga ik eens bij Isa kijken.'

Zonne hoorde haar in de verte – *'In spin de bocht gaat in...'* – zich van geen gevaar bewust.

'Schei daarmee uit!' prevelde ze in haar eentje in de doka. 'Stop Isa, Isa, Isa, alsjeblieft, hou op met springen en ren, rennen, stoppen nu en maken dat je wegkomt!'

*'Uit spuit de bocht weer uit...'*

Omdat het lichtje boven de doka was blijven branden, had Sijmen het meisje geroepen: 'I-sa, o, I-sa!' Plagerig eerst, vol pret om zijn inval, riep hij met een quasi lokkend stemmetje dat hij een klusje voor haar had waarmee zij iets lekkers kon verdienen. Toen, ineens, leek het hem menens en beende hij vastberaden weg.

Zonne smeet de spoel waaraan ze bezig was half afgewonden in een hoek en stormde naar buiten, maar voordat ze bij de binnenplaats was, zat Isa al bij Sijmen op schoot.

Met zijn linkerhand hield hij een ijsco in de lucht. Als het meisje eraan wilde likken tilde hij hem iets verder op, net boven haar macht, zodat zij zich moest uitrekken en er met haar hele lichaam naar moest reiken. Zij moest haar hoofd in haar nek leggen en haar tong zo ver uitsteken als zij kon.

'Toe maar,' lachte hij, 'je bent er bijna,' en de vingers van zijn andere hand, die op haar benen lag, kriebelden over de blote huid. 'Kijk toch eens, wat lekker!'

De knie waarop hij haar liet rijden, bracht hij af en toe rustigjes omhoog om haar te helpen, leek het, maar dan, als zij bijna in de ijslolly kon bijten, hotste hij woest, alsof hij haar probeerde af te schudden, ineens weer alle kanten op. Dan pakte het kind hem, om zich vast te houden, waar zij hem maar pakken kon.

'Niet opgeven nou,' zei hij. 'Probeer het nog maar eens.' Hij leek het meisje vrolijk aan te sporen in het spel, maar ondertussen keek hij Zonne, die de binnenplaats op kwam gestormd, strak aan. 'Denk goed aan al dat heerlijks. Kijk eens, zomaar voor het grijpen!'

Zonne sprong tevoorschijn uit de schaduw.

Zij griste haar stiefvader het ijsje uit handen, zette haar tanden erin en werkte het in drie, vier happen naar binnen, waar de kou eerst even zeer deed bij het slikken en daarna naar boven leek te trekken, om zich als schele hoofdpijn achter haar ogen te nestelen.

'Zo.' Ze hield het lege stokje triomfantelijk omhoog. 'Die is op! Dat is dus dat. Niks meer te halen hier. En nou mee, jij.'

Isa begon te huilen toen haar zus haar bij de arm greep en meesleurde. Die begreep wel dat ze in haar zenuwen het kleintje pijn deed, maar ze wist zo snel geen andere manier om haar in veiligheid te brengen.

'Als de sodemieter naar je kamer! Wat haal jij je in je kop?' Zonne duwde het kind naar binnen. Zij had het zo graag willen vasthouden en sussen en alles uitleggen, maar hoorde zichzelf ondertussen krijsen: 'Alleen omdat het eens mooi weer is, moet je een ander dan zo aan zijn kop gaan zitten zeuren om een ijsje?'

Zodra ze de deur achter Isa had dichtgesmeten, keerde zij zich om naar Sijmen, die stond te glunderen alsof zij hem geen groter plezier had kunnen doen.

'Jij je zin,' beet ze hem toe. 'Daar gaat het toch om? Vooruit maar!' Ze begon de knoopjes van haar blouse los te knopen en toen dat niet snel genoeg ging, rukte zij ze open. 'Moet je weer zo nodig? Hier dan!'

# 14

De beelden kwamen volledig uit de lucht vallen, zomaar op een maandagochtend, tweede uur, toen Zonne met haar klas het biologielokaal inliep en er de gordijnen gesloten vond.

Mevrouw Cals, die normaal altijd met een plaid over haar knieën en een straalkacheltje aan haar voeten achter haar bureau zat, stond nu achter in het klaslokaal half verscholen achter een projector. Ze had niet aangekondigd dat ze die dag een film zou vertonen, bang dat iemand haar zou vragen waarover die zou gaan. Het tl-licht had zij vast uitgeschakeld en alles goed verduisterd, zodat de kinderen haar niet zouden zien blozen. Het was dat het verplichte lesstof was, maar anders...

'De duur is zeventien minuten,' zei Cals met brekende stem. 'Daarna gaan alle jongens, rustig, zonder opwinding en in rijen van twee, naar het overblijflokaal en alle meisjes ordentelijk naar de gymzaal,' waarop zij zonder verdere uitleg de spoelen in beweging zette.

Hierna liet de lerares nog maar twee keer van zich horen, eerst door even lichtjes te kreunen van ellende toen de twee hoofdrolspelers, een jongen en een meisje, die volgens de vertelstem heel erg veel van elkaar hielden, zonder enige plichtpleging hun tong in elkaars mond duwden, en amper een minuut later klonk nog een onderdrukt 'Nee toch, nee, nee, o nee', toen die twee zich voor elkaar volledig hadden uitgekleed, onderbroek en al, en de camera leerzaam langzaam over hun lichamen gleed.

Die laatste hartenkreet, waarna Cals de gang op was gevlucht, werd al overstemd door het gieren dat was losgebarsten zodra de jongen – *'Tederheid, gevoeligheid en intimiteit staan in de liefde alleszins voorop'* – boven op het meisje was gaan liggen.

Alleen Zonne zweeg.

Terwijl de jongen zijn geslacht, schematisch aangegeven in een pictogram, voorzichtig inbracht in het meisje, wat volgens de stem *'anders dan je wellicht denken zou zijn vriendin, wier lichaam voor hem klaarstaat, op generlei wijze hindert of zeer doet'*, zat Zonne daar als enige van haar klasgenoten verlamd naar te kijken.

De modellen, *'nu zij het ritme van hun wederzijdse genegenheid dan gezamenlijk hebben gevonden en daadwerkelijk op zoek gaan naar elkaar'*, rolden ineengestrengeld over een matras waarvan het onderlaken kreukte en de hoeken begonnen los te raken, waarna je voornamelijk nog strelende handen en verzaligde blikken zag, dit alles ondersteund door melodieën waarmee het winkelcentrum gewoonlijk klanten lokt.

Afgelopen weekend was er geen muziek aan te pas gekomen.

Zaterdagavond werd de verjaardag gevierd van een oude vriend van Sijmens familie die aan de oostelijke landsgrens woonde. Zonne was er mee naartoe gereisd en zou daar ook logeren. Zij had zelf aangeboden mee te komen, niet omdat het haar zo gezellig leek, zoals ze beweerde, enkel om vóór te zijn dat haar stiefvader, zoals hij had laten doorschemeren, Isa met zich mee zou nemen voor de overnachting.

Het grootste deel van de avond had zij aan de keukentafel doorgebracht met de gastvrouw, haar stieftantes en andere bezoeksters. De vrouwen roerden in hun bessen en hun advocaatjes, terwijl ze de mannen in de woonkamer steeds uitgelatener hoorden worden. Ze kwebbelden en lachten, maar hun schouders hingen en de levenslust leek met hun lijven ingezakt.

Ze kennen die mannen van ze, dacht Zonne, ze weten hoe die denken en hoe daarbinnen over hen gesproken wordt. Zouden ze nog altijd voor hun kerels poseren?

Een paar jaar geleden had Zonne een aantal van hen op de naaktfoto's gezien die de broers trots aan elkaar hadden getoond en aan hun oude vader die ze glunderend, ogen half toegeknepen tegen de rook van zijn sigaar, tussen zijn vingers had gehouden. Ook daarna was een enkeling nog wel eens op handen en voeten opgedoken in Sijmens archief, want ook van vrienden en familie hield hij – je weet het nooit – een eigen mapje bij. Zonne probeerde zich te herinneren wie zij in welke houding had gezien, maar geen van de vrouwen die ze nu zag, onzeker en timide, leek ook maar enigszins op de wonderlijke wezens waar zij toen zo van geschrokken was, glanzend gespannen hompen vlees, kronkelend, met kutten en monden als wijdopen wonden vuurrood vochtig.

Dit jaar hadden zij haar tussen zich in geplaatst.

Twee tantes stonden haar bij aankomst al op het erf op te wachten. Zodra Zonne uit de auto was gestapt, hadden zij, alsof het zo was afgesproken, haar ieder een arm gegeven, gezellig, en babbelend bij de mannen vandaan geleid, mee achterom naar de bijkeuken, waar de andere vrouwen al aan een moorkop zaten.

Als jongste aan tafel had zij zich opgelaten gevoeld, nog lang niet klaar om met de vrouwen mee te praten. In hun verjaardagsjurken schurkten zij bijeen en goten in de warmte van hetzelfde schuitje een scheut Schotse door hun koffie.

Er was iets joviaals in de manier waarop zij haar aanwezigheid onbenadrukt lieten. Zij hadden Zonne aanvaard als een van hen, een vanzelfsprekende, stilzwijgende herkenning, en haar in hun midden toegelaten, aangespoord door een verandering die zij eerder hadden bemerkt dan het meisje zelf.

Wanneer de worstenbroodjes uit de oven kwamen, of de bamischijven uit de frituur, liep Zonne met een schaaltje mee naar voren om die uit te delen. Naarmate de avond vorderde, werd het onthaal in de opkamer losser, het waarderende fluiten snerpender.

Zij kende de sfeer, ze was gewend aan de gesprekken. Ze pareerde de schuine toespelingen vol humor en ontweek de afdwalende handen behendig. Alleen van de bezorgdheid van haar tantes had zij niet terug.

Geen moment lieten die haar met de feestende mannen alleen. Zij deden hun best de aandacht af te leiden van het pubermeisje, dat rondging met een schaal kippenvleugeltjes. Ze bleven haar flankeren en tussen de grapjes, waarom zij uit gewoonte lachten, en de kneepjes, die hen plichtmatig deden kirren, bleven hun gezichten strak, hun blikken scherp.

'Wat een sierkippetjes, evenzogoed hè!' krolde de jarige, terwijl hij een van Zonnes tantes bij zich op de bank probeerde te trekken. Het vleugeltje dat hij net gepakt had, gleed uit zijn hand en liet twee donkere vetvlekken achter op de zitting. 'Wordt het voor jullie niet eens tijd om fijn op stok te gaan?'

'Ze scharrelen geloof ik liever samen!' zei een ander lachend.

'Vind ik ook niks niet erg om naar te kijken.'

'Ja, hoe gaat het eigenlijk daarachter met zijn allen in het hok?'

'Wij kunnen jullie hier helemaal horen kakelen van pret.'

'Da's geen gekakel, da's hun lokroep!'

'Des te beter, ik zeg: voor een extra kippetje is altijd plaats, zolang ze maar goed worden klaargemaakt.'

Een van de vrouwen legde haar arm om Zonnes schouder en duwde haar zachtjes in de richting van de gang.

'Terug naar de ren?'

'Kijk die eens lekker tegen mekaar aankruipen,' zei Sijmens vader grijnzend.

'Als pluimvee dat op het punt staat om geplukt te worden!'

In de gymzaal werden de meisjes na afloop van de voorlichtingsfilm die maandagochtend opgewacht door een nogal struise dame die sportschoenen droeg onder haar mantelpak. Zij had de stoelen in een intieme kring gezet en vertelde dat zij gestuurd was door de Vereniging voor Seksuele Vorming en nu graag met hen van gedachten wilde wisselen over hun lichaam, want, knipoogde zij, dat werd waarschijnlijk wel tijd.

Zonne voelde de blikken van haar vriendinnen op haar gericht.

Die verwachtten duidelijk iets van haar. Dit was het moment voor een goedgeplaatste grap, een van haar gekke bekken, een rake frase die de gêne van de rest zou relativeren, een brutale kwinkslag om de spanning te ontladen. De meisjes voelden zich opgelaten en gingen ervan uit dat de vrolijkste van het stel er wel raad mee zou weten. Niet omdat zij meenden dat Zonne meer van zulke zaken wist dan zij – ze hadden geen idee – maar omdat zij nu eenmaal in hun klas altijd het hoogste woord voerde.

'Wie van jullie heeft al eens gevoelens voor een jongen gehad?' wilde het mantelpak weten. 'Wat voelde je dan en waar precies? Kun je het aanwijzen? Was het een soort kriebel?'

De vrouw boog naar voren alsof zij beste vriendinnen waren die elkaar in vertrouwen namen. Ze fluisterde dat het niets was om je voor te schamen. Zelf had zij zoiets ook wel gevoeld, heel vaak zelfs, zij vond het iets bijzonder prettigs omdat het hoorde bij haar vrouw-zijn. Tot overmaat van ramp spreidde zij haar sportschoenen en wees met twee vingers de exacte plek aan waar zij dit gevoel dan doorgaans kreeg.

Hierna zette zij een schots geruite reistas op haar knieen, ritste die open, viste er twee rubberen demonstratiemodellen uit, een van de mannelijke en een van de vrouwelijke schaamdelen, en liet die rondgaan.

Alsof ze gloeiend waren gingen ze van hand tot hand.

Binnen een halve minuut waren ze terug bij het mantelpak, dat minzaam lachte. Ze stond op en liep naar het nog dichtgeklapte schoolbord.

Volgens haar had iedereen het ene dan wel het andere model onder zijn kleding en waren geslachtsdelen dus de normaalste zaak van de wereld. Daarom juist was het zo fijn dat zij de meisjes vandaag over hun ongemak heen kon helpen vóórdat zij een jongen zouden ontmoeten aan wie zij zich, zoals het meisje in de film, nu eens volledig wilden geven. Dankzij haar gastles van vandaag zouden ze daarvan straks namelijk meer plezier hebben.

'Is er misschien een van jullie die dit plezier bij zichzelf al eens ontdekt heeft?' vroeg ze, maar niemand stak zijn vinger op.

Gaf niks.

De vrouw beloofde plechtig dat zij ieder van de aanwezigen persoonlijk nog diezelfde middag met hun onderlijf vertrouwd zou maken, waarop zij de vleugels van het bord openzwaaide om het middenpaneel te onthullen, waarop van hoek tot hoek een uitvergroting van een vulva stond gekalkt.

In het huis van de jarige was het feest die zaterdagavond nog in volle gang geweest toen Zonne naar bed ging. Dit deed zij expres, zo vroeg naar boven gaan en zonder iemand iets te zeggen. Zij had geleerd haar slaap te pakken zolang de kust nog veilig was en Sijmen met zijn hoofd bij andere zaken zat.

Na een uur of anderhalf hoorde ze de traptreden kraken. Daar had je hem! Lompe passen, hij stommelde, ademde zwaar. Goede kans dat hij inmiddels te dronken was om haar nog lastig te vallen, dacht ze.

De deur werd langzaam geopend. Het ganglicht kierde binnen. De zolderplanken zongen onder het gewicht van de voetstappen.

Zij hield zich slapend, ook toen hij dichterbij kwam en het dekbed werd opengeslagen. Daarna even niets. Ze voelde de blikken over haar lichaam gaan. De adem door de neusgaten werd sneller, zwaarder, de uitgeblazen lucht streek langs haar haren.

Al had ze zich schrap gezet, toch rilde ze op het moment dat ze werd aangeraakt. Ze werd gestreeld. Niet op de plekken waar Sijmen gewoonlijk recht op afging, maar langs haar wang. Over haar voorhoofd. Hij deed dit nooit. En nog eens zachtjes langs haar wang en door haar haren naar haar hals. Ze gluurde door haar wimpers, maar zag niet veel omdat de lamp nog uit was.

Haar stiefvader liet de lamp nooit uit. Die wilde alles zien. Altijd. Die wilde kijken en bekeken worden.

Dit was hem dan ook niet.

Het wás Sijmen niet!

Zij slaakte een kreet. Sloeg de handen van zich af. Schoot rechtop in bed en trapte om zich heen om de kerel af te weren die haar schouders terug in de kussens drukte en zich nu over haar heen boog.

'Stil schatje, stil,' zei hij. 'Je houdt er toch zo van?'

Een van de feestgangers was het, maar welke? Zij zette haar handen in zijn borst, hield hem met twee gestrekte armen van zich af en probeerde zijn gezicht te zien.

'Dáárvoor ging jij zo snel naar boven, toch?' Het was de jarige zelf. Hij keek haar aan alsof zij zijn cadeau was.

Grote ogen, glanzend van verlangen, vrolijk van verwachting. 'Ik ga vast naar bed, dacht jij, maar toch niet om te slapen zeker? Dat maak je mij niet wijs. Wij hebben het allemaal gehoord hoor, dat jij er wel pap van lust. Mooie meid, toch! Hoe jij er nooit genoeg van krijgt, hoe erg jij ernaar kan verlangen! Feliciteer mij nou eens zoals het hoort. Of wou jij mij vertellen dat het feestje al voorbij was? Nee toch? Niet voor jou en mij. Voor jou en mij begint het pas. Goed zo, stil maar, schatje, het is toch ook het mooiste wat er is, ja, zie je wel, ja, dat is beter.'

In het schijnsel dat binnenviel vanuit de gang zag Zonne hoe hij zijn broek openritste, zijn geslacht tevoorschijn trok en lokkend in de rondte zwiepte alsof hij een hongerige hond nog even liet bedelen om zijn beloning.

'Dus mócht het er op een dag van komen,' besloot het mantelpak, 'en denk erom, er is geen haast bij, alles in eigen tempo en naar eigen zin', zij rolde het condoom van de banaan, legde er een knoop in en keek zoekend naar een prullenbak de gymzaal rond, 'maar áls het zover is, dan weten jullie nu tenminste hoe of wat. Je hoeft er dus niet tegen op te zien, je hoeft niet bang te zijn dat je het fout doet, een vrouw hóeft helemaal niks, onthoud dat goed. Je hoeft maar één ding en dat is: ervan genieten.'

Zij liet een stilte vallen alsof ze applaus verwachtte. Toen dat niet kwam, nam ze haar Schots geruite reistas weer op schoot en begon haar demonstratiematerialen in te pakken.

Met hun gêne op de hielen vluchtte een aantal meisjes meteen naar buiten, terwijl anderen eerst houvast zochten in de kring.

Het inpakken van alle delen kwam kennelijk nogal nauw, want zij bleef maar aan het passen en het meten. Wel drie keer kwamen de onderlijven weer uit de tas tevoorschijn voordat de vrouw ze eindelijk had waar zij ze wilde hebben en de rits dichtging.

Toen ze opkeek en Zonne nog als enige zag zitten, boog ze zich over haar gympen en bond een veter vast die in het vuur van haar voorlichting was losgeraakt.

'Niet iedereen is zo gelukkig, natuurlijk,' sprak ze zonder haar aan te kijken. 'Soms loopt een meisje haar eerste ervaring anders dan het zou moeten. Dat gebeurt. Vaker dan je denkt gebeurt dat. Dat wil niet zeggen dat alles is verloren, hoor.' Ze stond op, nam een wisser en begon de tekening van het schoolbord te vegen. 'Tijd heb je dan nodig. Veel tijd. En iemand die je kunt vertrouwen. Volledig. Een buitenstaander is daar heel geschikt voor. Die kun je rustig in vertrouwen nemen. Iemand die er verstand van heeft. Die zulke verhalen eerder heeft gehoord en je misschien kan helpen.' Ze klopte het krijt uit de wisser, blies de stofwolk uiteen en keek Zonne aan. 'Ik heb voor jou niets nieuws verteld, hè?'

Zonne zweeg.

'Wie was het, iemand van wie je houdt?'

Buiten dreven wolken voorbij. Het was een stormachtige dag,

'Wie dan? Een jongen uit je klas?'

Ze zei maar niks.

'Vaak doen jongens nu eenmaal beloftes die ze naderhand niet nakomen. Dat weet jij dus nu. Doe er je voordeel mee, de meeste vrouwen komen daar pas achter als ze veertig zijn.' Het mantelpak moest zichzelf even tot de orde roepen nu zij haar eigen teleurstellingen boven voelde komen. 'Die les heb jij tenminste maar alvast gehad. Of is er meer? Is het iets anders? Je kunt het rustig zeggen, echt. Ieder woord blijft tussen ons, dat beloof ik je. Wat jij mij ook vertelt, het blijft voor altijd tussen deze muren.'

Zonne schudde haar hoofd.

'Nee? Och kindje toch! Is het onlangs gebeurd? Al eerder dus. Wel dit jaar? Vorig jaar? Daarvoor? Je gaat me nu toch niet vertellen...?'

'Het is niks.' Zonne stond op. 'Echt, mevrouw, u maakt een enorme vergissing. Bedankt voor alle informatie.' En bij de deur draaide ze zich voor de zekerheid nog even om. 'Het is vast goed bedoeld, maar ik weet echt verder niet waar u het over heeft.'

De vrouw keek het meisje na. Ze peinsde wat, verzekerde zichzelf dat ze in elk geval haar best gedaan had, merkte dat ze honger had en pelde de banaan.

# 15

Het ene moment droomde Zonne nog, het volgende schrok ze wakker van de klap waarmee haar hoofd tegen het nachtkastje sloeg.

Met bed en al werd zij omvergegooid.

Ze graaide om zich heen, maar raakte verstrikt in de lakens. In haar val trok ze de leeslamp om en sleurde de wekker mee. Ze hoorde haar waterglas aan scherven slaan. Nergens vond ze steun en klapte tegen de plankenvloer van haar kamer, kon net op tijd de koperen knoppen van het kantelende hoofdeinde ontwijken en zag hoe haar kussens, de hele matras, bedbodem en ombouw werden omgekieperd en over haar heen vielen.

Lang bedolven bleef ze niet, want Sijmen greep een van haar polsen beet en sjorde haar onder de puinhopen vandaan.

Het was de dag voor de tv-opnamen. Zij had vrij van school gekregen, want dadelijk moest ze naar de studio om haar nummer te repeteren met het omroeporkest. Verbeet, die al dagenlang in rep en roer was, zou haar om tien uur komen ophalen.

Zingen was één ding, beweerde de juffrouw, maar zingen met een groot orkest was heel iets anders.

'Je hoort dan je eigen stem niet meer,' had ze gewaarschuwd. 'Ineens voer je niet langer de boventoon, maar ben je een van heel veel instrumenten. Verwarring! Chaos! Die stembanden denken dat ze gek worden! Ze maken overuren, maar je hoort geen resultaat. Je komt er niet bovenuit. Je raakt gedesoriënteerd. Voor je het weet drijf je af van de melodie – paniek! – en trek je naar de begeleiding, O god, o god, je zal het zien, je weet niet waar je bent, ergens in dat akkoord zit één noot die jouw melodielijn ondersteunt, maar welke van al die klanken is het? Je zoekt harmonie. Je zoekt houvast. Aan het eerste het beste instrument klamp je je vast. Je bent een drenkeling, je ziet een uitgestoken hand. De eerste de beste noot, daar wil je mee mee, maar wie zegt dat dat de juiste is? Dan moet je verdomd goed in je schoenen staan. Er zit namelijk maar één ding op: niet luisteren naar wat er wordt gespeeld, geen sjoege geven, nondeju, alleen vertrouwen op dat lied. Dat is van jou. Begrijp je dat?'

Om ervan af te zijn had Zonne geknikt, maar daar was de juffrouw niet in getrapt.

'Dat lijf dat is jouw instrument. Hier zit dat, dat lied, in elke vezel, in het merg van je botten, begrijp je? Dan hoef je nergens meer naar te luisteren, alleen nog naar jezelf. Laat ze maar spelen die lui, maar jíj bepaalt de verhoudingen. Diep daar ergens onder in je donder zit het, en als jij dat maar onthoudt, dan kan geen militaire blaaskapel jou ervan afbrengen, want dat lied, dat bén jij.'

Sijmen trok haar over de vloer, nijdig, zonder dat ze wist waarom.

Dit was niet de eerste keer dat hij haar bed omkieperde terwijl zij lag te slapen. Ook in alledaagse situaties, waar het vroeger bij druk en dreiging bleef, nam hij tegenwoordig steeds vaker zijn toevlucht tot geweld. Plezier had hij daar niet in, leek het. Hij móest. Hij werd gedreven. Uitbarstingen als deze kwamen vaker en heviger. Veel was daar niet voor nodig. Het ging hem op zulke momenten niet om seks. Niet in de eerste plaats. Er was geen oorzaak. Een echte noodzaak had hij niet. Het simpele feit dat hij zoiets als dit straffeloos kon doen, leek hem ertoe te drijven.

Hij rukte haar onder de matras vandaan. Het voeteneind, dat hem in de weg lag, trapte hij opzij. Over de planken trok hij Zonne naar het midden van de kamer en gooide haar om zodat ze op haar rug lag. Hij drukte haar polsen tegen de grond, plantte zijn knieën aan weerszijden en ging met zijn volle gewicht op haar onderbuik zitten.

'Wat ga jij zeggen?' schreeuwde hij.

'Wat?'

'Jij houdt je bek, jij zegt helemaal niks.'

'Hoezo?' Ze kreeg bijna geen adem. 'Tegen wie?'

'Als ze jou ergens naar vragen. Vandaag.'

'Wat gaan ze me vragen?'

'Wat dan ook. Dan zeg jij niks, begrepen?'

'Niks.' Haar darmen deden pijn.

'Of morgen. Niet vóór die uitzending en niks daarna. Geen woord.'

'Waarover dan?' vroeg Zonne alsof ze onnozel was, en ze ontving daarvoor meteen een mep.

'Eén woord van jou en we gaan er hier allemaal aan! Je moeder voorop.'

'Weet ik.'

'Die gaat de bak in, je weet het.'

'Weet ik toch.'

'En die kleine. Als we gaan, dan gaan we allemaal. Daar zal ik hoogstpersoonlijk voor zorgen. Die kleine, die gaat mee ten onder. Als eerste gaat die, die zie je nooit meer terug.'

Zonne staarde hem aan. Door de druk kon ze enkel kort en hoog nog adem krijgen, met kleine, korte stootjes van haar middenrif.

'Je weet toch, schatje...' Nu boog hij voorover, liet een

pols los en pakte haar kin, zachtaardiger, zijn manier van teder, en schudde haar gezicht even heen en weer, zoals je een baby bij zijn toet pakt. '...anderen begrijpen zoiets niet. Van jou en mij, wat wij hebben. Mensen zouden maar jaloers worden.'

Kleine, korte hapjes lucht kreeg zij maar steeds en ze begon licht in haar hoofd te worden. Helder.

'Het is te volmaakt,' fluisterde Sijmen. 'Te mooi, maar leg dat een ander maar eens uit.'

Telkens dat spannen en ontspannen van haar middenrif, zoals Verbeet dat haar liet oefenen om ademsteun te kweken, snelle trekking van de plexus. Kleine, korte stootjes als de slappe lach.

'Dus zeggen we liever niets, jij niet, ik niet, goed? Goed dan, goed zo, goed. Er zíjn toch ook geen woorden voor?' Hij kuste haar, liet los, kuste opnieuw, hief zijn lichaam en schoof wat achteruit, legde zijn hoofd tegen haar buik en bleef zo liggen. Luisterde, leek het, zoals een vader die op zoek is naar de hartslag van zijn ongeboren kind.

Dat is het dus, dacht Zonne, zo simpel is het! En op hetzelfde moment hoorde ze het lied. Het zong in haar. En ze begreep wat Verbeet daarmee bedoeld had. Het zong en overstemde alles: 'Hij is gewoonweg bang!'

En nóg schokte haar middenrif of weer opnieuw. Hij voelde het en meende dat zij om alles lachte, begon toen zelf, en zij, zij lachte mee en tweemaal rolden zij om en om in elkaars armen, en nog eens om, een vader en een dochter, alsof niets ernstigs was voorgevallen.

# 16

Ineens dook ze op.

'Laura!'

Uit het niets, midden op straat, recht voor hun auto.

Zonne gilde.

Juist op het moment dat Verbeet en zij, terug van de oefenstudio's, de straat in reden, moet haar zus in volle vaart het huis uit zijn komen stormen, losse haren, helemaal verhit en zonder op of om te kijken. Na drie, vier stappen voelde zij het gevaar wel, draaide zich om en zag het op zich afkomen, maar in plaats van weg te springen verstarde zij, moedeloos, machteloos, en keek haar zusje door de voorruit met grote, betraande ogen aan.

De juffrouw, helemaal nog in de wolken – zij kon er maar niet over uit hoe vlekkeloos de orkestrepetitie was verlopen, 'Zag je wel hoe ze zaten te kijken in de strijkerssectie, zo jong, zo'n strot, dat hebben ze niet eerder meegemaakt!' – zag daardoor niet meteen het gevaar. En toen zij eindelijk op de rem trapte, schoven de wielen piepend over de kasseien door, recht op Laura af, die haar handen nu vooruitstak alsof ze het gevaarte daarmee af kon weren.

Goddank maakte zij, voordat zij geraakt werd, een sprong, ontweek de bumper, belandde op de motorkap en reed ongedeerd de laatste meters mee.

Zonne en de juffrouw haastten zich de auto uit en schoten op Laura toe, maar die wilde op geen enkele manier geholpen worden, blikte alleen schichtig achterom naar Sijmen, die het hele tafereel vanuit de deuropening stond gade te slaan. Zij rukte zich uit hun bezorgde handen los en rende voor hem weg.

'Jammer,' riep hij haar na. 'Bijna had je ons in één klap heel wat ellende bespaard!'

'Helemaal alleen zit ik hier straks,' jammerde Zonnes moeder, die breeduit over de keukentafel lag, 'en wat dan? Zo meteen mag ík het aan iedereen uitleggen, hoe ze mij achter mijn rug verraden hebben, de een na de ander, en hoe ze me met z'n allen hebben laten stikken. Ga er maar aan staan, de vernedering! Ik ben geen krachtige vrouw, dat weet ik wel, ik ben niet mooi, ik kan niks, ik ben niks bijzonders, maar is dat een reden om een mens zo te vertrappen? Moet jij je eens indenken hoe dat is, als je aan je eigen vriendinnen mag gaan opbiechten dat je niemand hebt kunnen vinden, je eigen kinderen incluis, niemand die jou genoeg waard vindt om bij je te blijven. Al was het maar uit medelijden.'

Zonne hing haar jas weg en stak het fornuis aan. Ze wist niet wat er was voorgevallen, vroeg het zich niet eens meer af. De oorzaak van dergelijke uitbarstingen deed er in dit huishouden allang minder toe dan het vinden van de kracht om ze uit te zitten.

Ze vulde een ketel en zette water op voor thee, dankbaar dat het gelukt was de juffrouw af te wimpelen. Die had per se mee naar binnen gewild, niet alleen om excuses te maken voor haar aanslag op Laura's leven, maar vooral om uit te leggen dat de middelste van het stel, haar 'protegee', vanavond verder iedere opwinding diende te vermijden, na het gorgelen met een zoutoplossing vroeg onder de wol moest en – 'anders is alles voor niets geweest' – tot aan de opnamen absoluut geen citrusfruit meer mocht, geen koffie moest drinken en geen melkproducten meer mocht nuttigen, dus ook geen boter of kaas, omdat daarvan een slijmlaagje kan achterblijven op de stembanden.

'Het enige wat ik geprobeerd heb,' ging haar moeder met een klein stemmetje verder, 'is jullie drieën het best mogelijke leven bezorgen. En als dat een misdaad is, dan ben ik schuldig!'

Zonne zocht in de theeblikjes. Zij had de hele dag last gehouden van buikpijn. Alsof Sijmen er nog op drukte. Vast en zeker zenuwen, volgens de juffrouw, en als de spanning op je darmen sloeg, dan was kamille het beste. Volgens de verpakking had dit kruid inderdaad een kalmerende werking, dus zette Zonne voor haar moeder ook een kopje.

'Altijd heb ik aan jullie gedacht, altijd alleen maar aan jullie, wat moet een moeder anders? Daar komt het allemaal uit voort. Misschien dat ik het daarom te lang op zijn beloop heb gelaten, dingen heb laten gebeuren die niet hadden mogen gebeuren, die ik nooit had laten passeren als ik meer aan mezelf had gedacht, maar het was om jullie. Voor de lieve vrede heb ik mijn eigen gevoelens opzijgezet, uitgebannen. Doodgemaakt heb ik ze, mijn eigen gevoelens! Ik heb mijn eigenbelang opzijgezet om te zorgen – in godsnaam – dat hij blijven zou en voor ons zorgen zou. Dat jullie maar te eten zouden hebben. Geld om naar school te gaan! Mijn kinderen een toekomst geven, een kansje op geluk. Dat is wat het moederschap betekent, en als dat nu tegen me gebruikt wordt, dan moet dat maar.'

Zonne schonk hun beiden in, ging zitten en blies de stoom van het kopje. Haar moeder greep haar hand.

'Jíj hebt toch geen hekel aan me? Nee, jij niet. Jou heb ik tenminste nog! Godbewaarme als hij ooit een poot naar jou uitsteekt!'

Zonne keek haar moeder aan.

Ze meende het.

'Zíj, ja, zij heeft het allemaal uitgelokt. Laura is altijd jaloers op mij geweest, altijd al. Zo is ze. Vanaf het moment dat Sijmen hier over de drempel kwam, is ze bezig zijn aandacht te vangen. Die heeft het enkel aan d'r zelf te danken en nou heeft ze d'r bekomst! Maar jij...' Ze trok Zonnes hand met een ruk naar zich toe, drukte hem tegen haar wang en genoot met gesloten ogen van de aanraking. '...jij bent mijn oogappel. Altijd al geweest.' Ze kuste Zonnes vingers een voor een terwijl ze haar fel en vastbesloten aankeek. 'Laat hij het proberen! Laat hij de gore moed hebben en het eens proberen! Hij hoeft jou maar met één vinger aan te raken...'

'Wat zou je doen?'

'Als hij aan jou komt? Dan is het afgelopen! Ik flikker hem eruit.'

'Zou je dat durven?'

'Als ik dat zie? Laat hij het eens wagen, één vinger maar, dan zal hij me leren kennen.'

Vreemd iets, dacht Zonne, het vermogen van mensen om waar te nemen. Je kunt eindeloos worden bekeken zonder dat je zichtbaar wordt. Recht voor hun neus kan nog zo veel gebeuren, het wordt niet geregistreerd zolang ze het niet onder ogen willen zien.

Daarom zul je hun een handje moeten helpen en iets vertonen waar ze niet omheen kunnen.

Midden in de nacht werd ze wakker van een kus.

'Sorry,' zei Laura toen Zonne haar ogen opendeed, 'ik wilde je niet laten schrikken.'

'Ik moet morgen vroeg op.'

'Weet ik, ik wil je alleen even succes wensen.'

'Moet dat nú?' Zonne knipte het lampje bij haar bed aan en keek op de wekker. Het was kwart over drie. Haar zus deed het licht meteen weer uit, maar de flits was genoeg om te zien dat zij haar jas aanhad alsof ze uitging.

'Ik heb het er nooit zo over,' ging Laura verder, 'maar ik ben ontzettend trots op jou. Dat wou ik alleen een keer gezegd hebben. Jij wordt een sensatie morgen, dat kan niet anders.'

'Waar ga je heen?'

'Ga maar weer slapen nou, ik zie wel.'

'Wat ga je doen?'

'Iedereen is woedend op me. Jij ook. Het is beter zo. Wij hebben altijd ruzie. De laatste tijd tenminste. Jij en ik, de laatste twee jaar hebben wij alleen maar heibel. Nooit fijn meer, nooit als vroeger. Daar heb ik het naar gemaakt. Ik weet wel wat je van me denkt, maar je hebt het mis. Ik hoop dat je dat kan begrijpen. Misschien niet nu, maar later dan. Dat er een reden was waarom ik jou zo min mogelijk in zijn buurt wilde hebben. Waarom ik alle aandacht naar me toe trok. Sijmen naar me toe trok. Hem altijd geprobeerd heb in te palmen.'

'Waar gaat het om?' vroeg Zonne geërgerd. 'Ik moet zingen morgen. Wat wil je?'

'Dat je voorzichtig bent. Ik zie jou hetzelfde doen, nu, om hem maar bij Isa weg te houden. Toegeven, meegeven, aandacht afleiden van je kleine zusje. Hem tevreden houden in de hoop dat hij haar met rust laat.'

Zonne ging rechtop zitten.

'Jíj bent míjn kleine zusje,' fluisterde Laura. 'Begrijp je?'

'Wou je zeggen dat al die heibel bedoeld was om hem bij míj weg te houden?'

'Vaak wel. Meestal. Ook niet altijd misschien, dat durf ik niet te zeggen. Soms weet je het gewoon niet meer. Dan is het of je ziek bent en loopt alles door elkaar. Heb jij dat ook niet? Dat je de dingen niet helder krijgt. Omdat alles hier verziekt is. Het gevoel dat je bent aangetast door alle vuiligheid, dat je ermee besmet bent en bezig bent het door te geven. Omdat het de taal geworden is waarin we tegen elkaar spreken. Alsof je tegen wil en dank aan zijn kant bent beland. Dat je de ziekte die je probeert in te dammen juist aan het verspreiden bent. Dat is wat ons hier allemaal zo eenzaam maakt. En zo hetzelfde.'

Laura stond op, liep naar de deur en draaide zich om. Tegen het licht dat binnenviel vanaf de gang was alleen haar silhouet te zien. 'Dus: zing de sterren van de hemel morgen. Weet dat ik ondertussen ergens voor een of andere tv helemaal zit te gloeien van trots.'

'Waar dan?'

'Ik zie wel.' Laura haalde haar schouders op en pakte haar reistas van de grond. 'En wat ik alleen maar zeggen wou: kijk je verdomd goed uit? Ik wil niet dat jij in dezelfde val loopt.'

'Wat voor val?' vroeg Zonne, maar op datzelfde moment legde haar zus, instinctief, als was het ter bescherming, een hand tegen haar buik, en had ze het al begrepen.

'Heeft mamma dat niet verteld?'

'Nee.'

'Ik denk dat hij hierna wel even op zijn tellen past. Peuken schijt hij, zo bang is hij dat hierdoor alles aan het licht gaat komen. Dat een of andere instantie zo meteen wil weten wie de vader is. Nee, die bedenkt zich wel twee keer voordat hij zoiets nog eens laat gebeuren. Maar toch, je weet hoe het gaat, hoe je onder alle dwang verdoofd raakt. Lieverd, laat het hem bij jou niet flikken, hè. In godsnaam, beloof je het? Laat je niet in dezelfde positie schoppen als ik.'

# 17

'Ik snap er niks van,' zei Verbeet.

Toen ze het samen in de winkel hadden gepast zat dit jurkje Zonne als gegoten, nu knelde het. Aan de hals en bij de oksels keepte het boordsel in haar vlees. Ze sjorde het lijfje wat omhoog, maar de stof schuurde haar borsten.

'Dat zijn de zenuwen. Dan houd je vocht vast. Dat lichaam voelt dat het zo meteen een uitzonderlijke prestatie moet leveren, en bereidt zich voor.'

'Waarop, een tocht door de woestijn?'

'Zoiets. Het is een oerreactie. Och kind, je had mij moeten meemaken met mijn solo in het *Weihnachtsoratorium*, ik was zo opgezwollen, achter mij moest de hele sopraansectie naar één kant overhellen om nog iets van de dirigent te kunnen zien.'

Er werd aan de deur van Zonnes kleedkamer geklopt en het vriendelijke gezicht van de presentatrice verscheen om de hoek.

'Nerveus?'

'Gezonde spanning,' antwoordde juffrouw Verbeet, terwijl ze het beroemde gelaat aangaapte. Het was al in de make-up geweest en zag oranjebruin. Ze aarzelde of ze er een buiging voor zou maken of een reverence, en zakte uiteindelijk zo'n beetje half door haar knieën.

'Niet echt, hoor.' Zonne zat aan de kleedtafel, keek de vrouw aan via de spiegel en lachte.

'Heel goed. Is ook nergens voor nodig.'

'Ze heeft alleen een beetje buikpijn. Nietwaar, Zonne? Beetje misselijk is ze, meer niet.'

'Jouw repetitie is gisteren heel goed gegaan, heb ik gehoord,' ging de presentatrice verder. 'Iedereen heeft het erover. De orkestleider is helemaal vol van je stem. "Zoiets hebben wij hier in al die jaren nog niet gehad," zegt hij. Ik ben benieuwd, meid. Je ziet er prachtig uit. Toitoitoi, we zien elkaar in de uitzending, tot zo!'

'Toi, toi, toi...' De juffrouw herhaalde die woorden vol eerbied, alsof ze er haar hele leven op had gewacht. Een toverspreuk was het voor haar, die toegang verschafte tot een wereld die haar tot dan toe buiten had gesloten. 'Hoor je dat? Toitoitoi... zo professioneel!'

Het is waar, haar lichaam speelde op. Af en toe voer een pijnscheut door haar onderbuik, die wegtrok naar haar rug. Zonne was wat duizelig, dat wel, en als ze eten rook moest ze kokhalzen, maar zenuwachtig? Nee.

Alles was aan het verschuiven. Dit was de echte opwinding, zij ervoer het heel duidelijk. De buikpijn was daarvan hooguit een symptoom, een hulpmiddel van de natuur, een prikkel die haar alert hield op verandering, haar het idee gaf dat het einde van haar beproeving in zicht kwam.

Verder schonk ze geen aandacht aan dat ongemak. Zij had wel andere dingen om zich op te concentreren. Opgetogen was ze, opgeladen.

Zij was Sijmen aan het ontglippen. Hij had het ook gevoeld. Hij wist al lang dat dit moment een keer moest komen. Daarom nam het geweld de laatste tijd zo toe. Het ogenblik waarop zij hem de baas zou worden, hoe dichterbij het kwam, hoe steviger hij de druk moest opvoeren. Zelf werd ze dit pas onlangs gewaar. Zij had het gehoord aan de angst in Sijmens woorden. Wat er nu ook nog stond te gebeuren, voortaan zou zij die overal dwars doorheen horen, boven alles uit, als die ene noot uit het orkest die haar melodielijn ondersteunt. Laat maar spelen die lui! Ze wisten het nu allebei: de macht in huis was aan het verschuiven.

Opnieuw kreeg zij een pijnscheut, heviger dit keer.

Zij kromp ervan ineen en dacht ineens aan Isa. Die laatste troef hield haar stiefvader achter de hand, nog wel. Nog even. Even nog. Een laatste middel waarvoor zij misschien zou moeten zwichten, waarmee hij de druk, de druk!

De druk.

Die pijn.

De dingen die verschuiven.

Juffrouw Verbeet, die stond weg te dromen voor de monitor waarop de show te zien was die in de studio aan de overzijde van de gang net was begonnen, slaakte een gilletje toen zij opzij keek en Zonne zag.

'Had dat nou gewoon gezegd!' Verbeet klonk even bestraffend als bezorgd. 'Het is niet erg, kindlief, echt niet, we vinden er wat op. Iemand van productie is al voor je naar de kleding. Armen in de lucht!'

Zij ritste Zonnes jurkje weer los, tilde het op bij de zoom en trok het voorzichtig over haar hoofd om haar haren niet al te erg in de war te brengen.

'Jij krijgt gewoon een andere mooie jurk, een nieuwe, veel chiquer nog, een echte sterrenrobe, zal je zien.'

Ze hield het jurkje omhoog en schudde haar hoofd.

'En ik nog zeggen dat je wit moest nemen!'

Ze frommelde de stof bijeen, wierp het in de wasbak en liet de warme kraan lopen.

'Als ik nu maar geweten had dat het je tijd was. Dat is toch niet iets om je voor te schamen? Dan hadden we maatregelen kunnen nemen. Ik maar denken dat het van de zenuwen kwam, ik kan mezelf wel voor mijn kop slaan. Vandaar dat opgeblazene, ik heb er niet bij nagedacht, die buikpijn, geen wonder dat je borsten gevoelig zijn.'

'Mijn tijd?'

'Je weet wel,' zei Verbeet onhandig nu ze het moest spellen, maar tegelijk begreep ze dat Zonne net zo door het bloeden overvallen was als iedereen. 'Het is niet waar! Ben jij nooit eerder...? Je meent het niet, de eerste keer, hoe kien je het zo uit!'

'Drie minuten!' kwam de floormanager melden.

Zonne zei geen woord terwijl zij door zes trillende handen in een muffe jurk werd gehesen, die ergens te lang in een depot gehangen had, en nu door Verbeet en twee nerveuze kleedsters met veiligheidsspelden nog enigszins passend werd gemaakt.

'Kalmte kan je redden!' schreeuwde Verbeet, die half in tranen om haar heen huppelde. 'Het kan niet misgaan, het mag niet misgaan hoor, niet nu, niet na alles... de tijd die we erin gestoken hebben, de dingen die ik heb moeten verduren. Had ik een keus? Ik moest toch zeker wel! Wat ik heb moeten toestaan, verschrikkelijk, de tol die er betaald is, o god nee, de schaamte, de vernedering, je mag er niet aan denken. Rustig nou toch kind! De offers die ik voor jou heb gebracht!' Ze stak zich in de vingers en liet zich snikkend door haar knieën zakken.

Andermans drukte bereikte Zonne niet meer. De verandering die zich in haar lichaam had voltrokken, wist ze, was het zoveelste bewijs dat zij op het punt stond te ontsnappen.

Terwijl zij de gang op werd gewerkt en naar de studio werd geduwd, de dubbele deur van de geluidssluis door, achter het decor langs de coulissen binnen, waar zij ingefluisterd kreeg te wachten op het afgesproken teken en iemand van de make-up haar bijpoederde en nog even een borstel door haar haren haalde, kon zij niet omkijken en niet vooruitdenken en was zij alleen maar hier en nu en met zichzelf één. Voor het eerst sinds het volksfeest in de hoofdstad, jaren eerder, voelde Zonne zich weer samenvallen met het kind, dat zich in haar voor Sijmen had verborgen, alsof het daar op deze dag gewacht had.

Zij dacht aan Laura, die nu ergens voor de televisie zat.

En ze dacht, maar durfde nauwelijks te denken, aan haar vader, die inmiddels waarschijnlijk nieuwe kinderen had, met wie hij voor de buis zou kunnen zitten.

Van diverse kanten werden de lenzen nu op haar gericht. De presentatrice was in haar introductie al 'naar haar toe' aan het praten, zoals het meisje van productie dat noemde. Opgewonden was Zonne, vol van alles, maar niet nerveus. Alles waar ze bang voor moest zijn in het dagelijks leven, kon hier onmogelijk komen.

In de zaal stonden vijf hoge tribunes afgeladen met jonge mensen, wier blik als één man in haar richting ging, nu twee grote schijnwerpers alvast haar kant op zwenkten, zo veel toeschouwers en toch maar een fractie van de anderhalf miljoen kijkers die thuis zaten te wachten.

Ogen.

Ze zou er vanaf nu niet meer voor weglopen.

De stelligheid waarmee zij dit wist, verraste haar. Dit was geen voornemen, het was een ontdekking.

Te zien zijn was immers ook de uitweg.

Na zo veel jaar begluurd te zijn geweest en aangegluipt had zij het zich aangewend zich voor het eindeloos pieren af te sluiten. Zij had haar wezen – zelfs wanneer zij naakt lag uitgestrekt, juist dan, het meest intieme uitgelicht en open naar de lens – voor de loerogen altijd verstopt en weggeborgen. Als een capitulatie had ze dit ervaren, een zwaktebod. Tot nog toe had zij de macht overgedragen aan de toeschouwer, zich door hem terug laten dringen en haar ziel geloken, maar vandaag keerde zij de rollen om.

Te worden waargenomen!

En tegelijk nam zij zichzelf waar, daar tussen die coulissen, in een vreemde jurk die stonk en niet goed paste, in dat lichaam waaraan ze zo vaak een hekel had omdat haar stiefvader er zo van hield – de keren dat zij het had vervloekt omdat het haar had laten lijden, dat lijf, terwijl het haar toch zeker zelfs in haar donkerste uren nooit in de steek gelaten had, slaap gebracht had als zij huilde, kracht om alles te doorstaan, haar steeds opnieuw genezen had waar ze gescheurd geweest was, en verwond.

Vanaf nu zou ze het koesteren, dat vlees, liefhebben zoals het was, en zich het geloof en het plezier erin niet nog eens laten afnemen. Dat gunde ze die kerel niet, zij had nog een heel leven vóór zich, waarin zij ervan zou gaan genieten zoals iedereen.

De presentatrice noemde haar naam.

Het orkest zette in.

De opnameleider wenkte.

Dit was Zonnes cue.

Ogen konden haar niet meer deren. Zij zou er handlangers van maken. Zij stapte naar voren in het licht en verscheen op camera.

*Zonne vormt tegenwoordig haar eigen decor. Als het toneel haar haven is, dan vaart zij het binnen als een slagschip.*

*De uitzinnige creaties die zij in haar voorstellingen draagt, wegen soms meer dan zij kan torsen. Dan worden ze gestut door een ingenieus staketsel dat het gewicht verdeelt; vaak zijn ze bevestigd aan een steunkorset, rusten op een hoepelrok, hangen aan brede singels van haar schouders of leunen op haar heupen, soms ook rollen ze op verborgen wieltjes met haar mee.*

*Het is pure onzin en puur lijfsbehoud.*

*Niet zelden verbergen ze een mechaniek, dat radiografisch wordt bestuurd, waarmee zij als een pauw haar veren kan opzetten en laten uitwaaieren, haar mouwen kan uitslaan tot vleugels of lampjes kan doen flikkeren in haar hoofdtooi. Vaker dan door couturiers worden ze de laatste tijd door beeldend kunstenaars ontworpen. Twee jaar terug was er een tentoonstelling rond haar kostuums in het V&A in Londen en na de laatste voorstelling van iedere reeks gaat het gros van haar kleding naar het Hoofdstedelijk Centraal Museum.*

*Het exuberante vangt aandacht voor wat breekbaar is, beschermt het, verleent het kracht. Tegen de praal steekt de verstilling af. Teksten van serieuze nummers komen dieper binnen in contrast met het extreme, karigheid na overdaad zet aan tot overpeinzing. Door zich te verschansen onder pracht onthult zij het wezenlijke.*

*Het is verbijsterend hoeveel verschil vermomming maakt. Iedereen heeft het fenomeen weleens ervaren in een pashokje. Alleen al een nieuwe snit ontlokt een andere houding, zowel in geest als in lichaam. Zodra je een kostuum aantrekt vormt je ruggengraat zich naar het stoffen patroon. Schouders rechten zich, handen vinden zin, gebaren richting, alleen omdat een bepaald contour vraagt om die ene bepaalde invulling. Het lichaam verandert naargelang de uitdossing die je aantrekt, en neemt als vanzelf de vorm aan van het karakter dat je zoekt. Dit weet iedere vrouw die in een kledingzaak eens iets moois heeft aangetrokken. Bij deze of gene stand van bekken of schouders, gebogen hoofd, gedrongen hals hoort dit of dat gevoel, een aangenomen pose evoceert een levenshouding die om een andere instelling van geest vraagt.*

*Het is niet zo dat je je achter een vermomming kunt verstoppen. Integendeel, er komt juist van alles door tevoorschijn, karakters die je had kúnnen zijn als alles anders was gelopen, humeuren die je net zo goed had kunnen hebben, wezens die in jou schuilen maar niet eerder een vorm hebben kunnen vinden. De transformatie wekt ze. Het uiterlijk helpt het innerlijk. Zodra jouw buitenkant zich kan verschuilen, openen zich binnen in jou nieuwe mogelijkheden.*

*Opgetuigd als het prachtstuk dat zij is, komt zij de bühne opgezeild, haar eigen veilige haven, een burcht van aandacht, die paar vierkante meter waar niets ongezien blijft en toch geen mens haar iets kan maken, dat bastion van licht.*

# Moeders

*Niets zo hoopvol als die goedkoop ontwikkelde foto's uit de jaren zeventig, tweede afdruk gratis, waarop alles nu langzaam aan het oplossen is in een bleekbeige waas of rozerode mist.*

*Binnen het bestek van een paar jaar zijn ze gemaakt. De polaroid was net in opkomst en in elk van zijn vestigingen opende het worstenwarenhuis een balie waar je filmpjes goedkoop kon aanschaffen en wegbrengen. Kleine gespecialiseerde fotowinkels kwamen elk seizoen verder in het nauw. Uiteindelijk taaiden hun laatste klanten af naar een winkelketen die in elke hoofdstraat opdook, waar je twee afbeeldingen voor de prijs van één kreeg omdat het bedrijf alle negatieven tegen een spotloon in het Oostblok kon laten ontwikkelen in zielloze fabriekslaboratoria waar portretten van geliefden en dierbare vakantieherinneringen door murw geworden laboranten werden bewerkt met de goedkoopste chemicaliën.*

*Voor het lekenoog was het resultaat indertijd nog wel aanvaardbaar, maar vandaag de dag, elke keer wanneer wij nog eens een album uit die periode openslaan, blijkt ons leven verder vervaagd en wij lijken ons weer dieper te hebben teruggetrokken in de afbeelding. Een hele generatie is zo aan het verkleuren. Onvermijdelijk zien wij onszelf oplossen alsof wij te weken zijn gelegd in een bad van koffie met een scheutje te veel melk. Over twintig, dertig jaar zal er van onze mooiste momenten geen korrel meer te zien zijn. Nergens zullen we nog mee kunnen bewijzen hoe zacht de glimlach is geweest op het gezicht waarvan wij hielden.*

*Zo is het hele leven bedoeld, om te verschieten.*

*Daar gaat zo'n troost van uit, te weten dat het onbevattelijk vele wat van ons is gezien en vastgelegd, uiteindelijk niet blijft.*

# Zonne

Onverteerbaar vind ik het. Niet te verdragen dat een mens zo op een machine lijkt. Zelfs hier in deze zaal met het recht, het gelijk en ieder zinnig wezen aan mijn kant – zijn eigen advocaat durft mij amper aan te kijken wanneer hij met de moed der wanhoop een zogenaamd verzachtende omstandigheid aanvoert – omgeven door dikke rapporten van deskundigen die met nauwelijks verholen walging verslag doen van het onrecht dat mijn zusjes en mij is aangedaan, van de schade die daarmee bij ons is aangericht, van zijn verstoorde zelfbeeld, zijn onvermogen tot inzicht in zijn daden, zijn gebrek aan berouw daarover en het blijvend gevaar dat hij daardoor vormt voor de maatschappij, zelfs in deze omgeving waar hij mij niets meer kan maken, schiet ik automatisch in mijn oude rol.

Iemand zou eens moeten onderzoeken of daders misschien een bepaald feromoon verspreiden, dat hun slachtoffers in staat van paraatheid brengt? Alleen al door zijn aanwezigheid lijkt Sijmen een gif af te scheiden dat mij in paniek brengt en lam legt tegelijk. Natuurlijk, het helpt niet dat ik, hoe vanzelfsprekend ook, onder mijn doopnaam Weijnanda voor de rechtbank sta, en nog minder dat hij mij, ook wanneer een ander aan mij refereert als Zonne, expres en nadrukkelijk Weijn blijft noemen.

Elke keer is het of hij op een knopje drukt, dat een vergeten mechanisme in werking zet. Laag voor laag pelt hij me af, het is een kwestie van tijd tot ik alle bescherming die ik in jaren heb opgebouwd, zal hebben afgelegd en ik weer voor hem sta, even naakt als indertijd. Ik denk niet dat een ander hier iets van ziet, maar híj ziet het. Hij geniet ervan, zoals vroeger van het gluren. Hij kijkt mij voortdurend aan en bestudeert mijn reactie. Hij loert vandaag niet naar mijn lichaam, hij beloert mijn ziel.

Maar goed, hiermee had ik nog wel rekening gehouden, zoals ik alle scenario's de laatste weken in de ene slapeloze nacht na de andere heb doorgenomen. Alle smerigheid die vandaag naar boven zou kunnen komen, heb ik eerst zelf haarfijn in herinnering geroepen om er tijdens de zitting niet door te worden overvallen. Ik wist dat hij zijn bekende spelletjes zou spelen, zijn oude trucjes zou aanwenden en de rol van onbegrepen kindervriend zou aannemen. Met allerlei eventualiteiten heb ik rekening gehouden, zijn leugens en drogredeneringen, het fotomateriaal waarmee hij zou kunnen aankomen en de onzinnige verklaringen, opgesteld in zijn karikatuur van juridisch jargon en bekrachtigd met een kinderkrabbel, dat wij het allemaal zelf zo graag hebben gewild.

Hoe ik me ook schrap heb gezet voor de confrontatie van vandaag, geen moment ben ik erop bedacht geweest dat ik in die oude modus van machteloosheid zou schieten, vanzelf, zodra ik met hem in één ruimte kwam. Ik wist niet eens dat ik hem nog in me had, die timide toon van Weijntje, die ik mezelf nu hoor aanslaan zodra ik mijn mond opentrek. De trilling in mijn stem – alsof die nooit getraind is! – wanneer mij wordt gevraagd aandachtig te luisteren naar de lijst met handelingen, die de griffier zo meteen zal opsommen, en aan te geven of daarop ook praktijken staan waaraan ik wél vrijwillig heb deelgenomen of waartoe ik misschien zelf, zoals mijn stiefvader beweert, het initiatief genomen heb.

Ik druk haar weg, ik houd me goed, ik overschreeuw haar, maar ondertussen zie ik haar zitten, onveranderd, hoofd naar beneden afgewend van alle blikken, handen onder zich geklemd, dat kind dat liever zou toegeven dan het hele gevecht nog eens aan te gaan, wier eigenwaarde zo is aangevreten dat ze niet meer voor zichzelf durft op te komen.

Maar goed, ik zit hier vandaag ook niet om op te komen voor mezelf. Dan had ik dit allemaal niet aangehaald.

Gisteravond heb ik een tijd naar Lotte staan kijken terwijl zij op de bank voor de tv zat. Ik vind het moeilijk. Ik zie mezelf op die leeftijd.

Af en toe moest ze lachen om wat ze zag. Op zo'n moment lijkt het even alsof het vast en zeker is dat alles goed komt. Niet ophouden nou! zingt het dan in mijn hoofd, zo hoort het, schat, ja hoor, lach maar, doe maar, ik ben bij je! Dat heb ik haar ook beloofd, dat alles goed zal komen en dat ze nu bij ons mag blijven, maar zeker is het niet. Het is tenslotte niet mijn eigen kind, officieel nog niet, maar als zij daar zo zit, met een lach die langzaam wegebt, dan welt er iets wat van mijn onderbuik naar mijn schouders golft, me overspoelt en meesleept. Dan weet ik dat ik een moord zal kunnen begaan om ervoor te zorgen dat Lotte altijd vrolijk blijft. Ik zie mezelf in haar en ik word woedend, omdat ik weet wat er met meisjes van die leeftijd gebeurt zodra ze in handen van Sijmen komen.

En ik zie haar moeder.

Verbijsterend hoe ze op Laura lijkt. Zodra haar lach wegzakt, krijgt Lotte diezelfde stille, onverzettelijke droefheid van iemand die te jong te veel heeft meegemaakt. Een boosheid op het leven, nu al, die ik zo graag weg zou willen nemen.

Ook heeft ze trekken van haar vader. Haarinplant, kleur ogen, vorm van het gezicht – onmiskenbaar Sijmen.

De eerste keer dat iemand daarop wees – ze kon pas lopen – heb ik volgehouden dat het onzin was. Ik wilde het niet zien. Ik wilde niet dat anderen dat zagen.

Tegenwoordig zie ik het en ben er blij om. Alsof het iets goedmaakt, zulke onschuld juist in dat gelaat. Te weten dat het leven weer met een schone lei begint. Alsof mij met de kans haar lief te hebben een uitweg wordt geboden. Alsof het verleden alsnog toekomst krijgt. Ik zie het allemaal in haar en kan het liefhebben.

Maar zij heeft Laura's temperament, ons Lotje. Dat is er een, die laat zich door geen mens iets zeggen! Zelfs nu niet. Zij staat even koppig in het leven als mijn zuster. Die heb ik er vroeger om vervloekt, maar bij haar dochter ben ik er dankbaar voor. Zelfs na alles wat Lot heeft meegemaakt, weet ze heel goed wat ze wel wil en wat niet, wat dat betreft maak ik me geen zorgen. Als iemand op school het vandaag waagt het ochtendblad onder haar neus te duwen en iets te zeggen, bijt Lotte van zich af, zoveel is zeker.

Ik wil alleen niet dat het zo ver komt.

'Zij heeft genoeg meegemaakt, zij zou nooit meer moeten hoeven vechten,' antwoord ik als de verdediging vraagt waarom ik pas nu met mijn beschuldigingen kom. Waarom ik, als het allemaal zo erg is als ik beweer, mijn stiefvader indertijd nooit heb aangeklaagd, toen de vermeende handelingen volgens mijn bewering plaatsvonden, en waarom ik er pas mee op de proppen kom nu ik mijn nichtje probeer te adopteren.

'Omdat de maat vol is! Lotte hoeft niet meer te strijden. Niet alleen, niet in haar eentje, ik wil het niet, ik duld het niet, ik laat het niet gebeuren!'

Te emotioneel, deze verklaring, dat hoor ik wel, maar ik wind me op over die verwijtende toon de hele tijd, alsof ik hier voor mezelf zit.

'Nooit zal ik toestaan,' roep ik terwijl ik met mijn vuist op tafel sla, 'dat dat meisje nog een keer van zich hoeft af te bijten!'

Het blijft even stil.

Soms vergeet ik dat ik niet het Wintercircus hoef te vullen.

Iedereen kijkt naar elkaar om mijn blik te vermijden.

Uiteindelijk neemt mijn raadsman het woord.

Een dergelijke vastberadenheid alleen al, benadrukt hij, maakt mij toch zeker meer de moeder van het kind dan haar tante.

Het is diezelfde vastberadenheid waarmee ik Sander zo voor het blok gezet heb. Geen wonder, arme jongen, dat hij er niet mee uit de voeten kan. Ik ben zelf al geschrokken van de stelligheid waarmee ik hem gezegd heb dat Lotte, al zijn argumenten ten spijt, gewoon bij ons in huis komt. Ik schaam me er ook voor, na alles wat hij met mij en mijn geschiedenis te stellen heeft gehad, de angsten die hij weg heeft willen nemen, de zenuwen die hij van mij geduld heeft, alle begrip dat hij voor mijn onzekerheden en mijn mechanismen van verdediging heeft moeten opbrengen, mijn afstandelijkheid die hij heeft moeten overwinnen, de gespeelde passie die hij moest leren doorzien, de echte, stuurloos losgebroken, tomeloze passie die hij daarna heeft moeten indammen, de zachte hand waarmee hij, stap voor stap, woord na ingefluisterd woord, aanraking voor aanraking, maar meer nog juist door van mij af te blijven waar, wanneer en zolang dat ook maar nodig was, mijn vertrouwen in de mensen heeft hersteld, de kalme vastberadenheid waarmee hij mij opnieuw heeft leren liggen naast een lichaam, eerst niet meer dan dát, alleen maar stilliggen en ademen en het uiteindelijk liefhebben! Wie houdt er, na samen zo te hebben gevochten tegen vroeger, dan rekening mee dat je op een dag misschien zou moeten kiezen tussen die ene grote liefde en de toekomst van een ander?

Had het me een paar maanden geleden gevraagd en ik had niet gedacht dat iets of iemand tussen Sander en mij zou kunnen komen. En dan toch, plotseling, het verbijsterend besef dat ik, wanneer de keuze tussen haar en hem zou zijn, geen moment zou aarzelen.

'Maar dat is het juist,' zei hij toen het gisteravond uit de hand liep, 'het gaat jou niet in de eerste plaats om haar, het gaat jou om jezelf.'

Of ik iets kan vertellen over de omstandigheden van mijn zusters dood.

'Liever niet, edelachtbare,' zeg ik omdat ik het zwaar vind en bang ben dat ik me niet goed zal houden, maar dan begin ik toch. Erg coherent is mijn verhaal geloof ik niet, want ik spring voortdurend heen en weer tussen het moment waarop Laura, net zwanger, uit huis vluchtte, en de avond, jaren later, dat zij mij voor het laatst belde.

'Wij hadden elkaars nummer onder de snelkeuzetoets,' leg ik uit. 'Onder de één, waar een ander het alarmnummer heeft. Dit hadden we zo afgesproken, meteen toen zij zelfstandig ging wonen, háár idee, in geval van nood: één druk op de knop. Omdat ze vond dat ze mij en Isa in de steek gelaten had, begrijpt u? Achterliet met hem. Aan ons lot overliet. Terwijl zij zo vaak voor mij in de bres gesprongen was, zoals ik dat deed voor Isa, maar nu moest zij kiezen voor haar kind. Zíjn kind. Zij was bang dat mijn stiefvader zijn frustratie daarover op ons zou botvieren. Al was het maar om haar daarmee te raken. Vandaar onze "hotline", zoals zij het noemde. "Zoals tussen het Witte Huis en het Kremlin," zei ze. Voor als het een keer echt helemaal mis zou gaan: één keer intoetsen, da's alles en dan hadden wij elkaar aan de lijn. Dat was de afspraak. Al hebben wij dat nooit met zoveel woorden gezegd, wij hebben er altijd rekening mee gehouden, allebei, dat het een keer volledig mis zou gaan, dat er doden zouden kunnen vallen. Eigenaardig hoe je dingen waaraan je geen moment durft te denken tegelijk toch ook zo heel erg zeker weet. Het enige wat ik nooit gedacht heb, is dat zíj uiteindelijk degene zou zijn...'

'Ik raad u aan zich bij de feiten te houden,' onderbreekt Sijmens advocaat. 'Mijn cliënt is op geen enkele manier betrokken geweest bij het overlijden van uw oudste zuster en wordt daarvan geenszins verdacht. Dat moet u dus nu niet insinueren.'

'Ik insinueer niets, ik vertel welke afspraak wij hadden en waarom die nodig was.'

'Vindt u het moeilijk de feiten uit elkaar te houden?'

'Helemaal niet.'

'Wat relevant is voor de voogdijzaak en wat niet, is dat u voldoende duidelijk?'

'Ik denk het wel.'

'Neemt u mijn cliënt de dood van uw zuster kwalijk?'

'Ik neem hem haar *leven* kwalijk, de kansen die hij haar ontnomen heeft, het feit dat ze door hem geen normaal bestaan heeft kunnen leiden.'

'Dus u koestert wel degelijk wrok tegen uw stiefvader?'

'Wat denkt u zelf?'

'Dan is deze hele procedure waarvoor wij hier vandaag bijeen zijn dus alleen een wraakoefening?'

'Integendeel. Als je een jeugd gehad hebt zoals die van ons, mijnheer, is het hele leven een oefening om juist géén wraak te voelen.'

'U hebt geen gevoelens van wraak?'

'Zolang je daarmee rondloopt, houdt de dader je in zijn macht.' Ik kijk naar Sijmen, die alles ondergaat met dezelfde, idiote tevreden grijns. 'En dat gun ik hem niet.'

'Zoals u hem ook zijn eigen dochter niet gunt. Wat

gunt u hem eigenlijk wel? Het gaat u helemaal niet om het welzijn van uw nichtje, nietwaar, maar alleen om uw stiefvader te ontzetten uit zijn ouderlijke macht.'

'Omdat ik Lotte beter gun; ik gun het haar niet dezelfde vader te krijgen die ook al haar moeders zogenaamde vader was! De man die toen bewezen heeft dat hij die naam niet waard is!'

'Ik verzoek de griffier die laatste opmerking te verwijderen. U was indertijd zelf een kind, nog jonger dan uw zuster zelf, u was niet in een positie om de situatie goed in te schatten.'

'Ik niet? Elke keer dat hij mij op bed gooide, drie, vier, vijf keer in de week, was ik in een positie om de situatie donders goed in te schatten. Heel wat beter dan u!'

De bode is binnengeroepen. Hij zet wat water voor me neer, geeft me een tissue, raakt mijn arm even aan en knikt bemoedigend. Eerst begrijp ik niet waarom. Dan vraagt de rechter of ik misschien een paar minuten nodig heb om tot mezelf te komen. Ik schud mijn hoofd en haal mijn neus op.

'Goed,' zegt hij, 'zullen we dan teruggaan naar de noodlottige avond?'

Ik knik en zeg: 'Ze belde.'

'Ja?'

'Het was half een 's nachts. Ik lag in bed. Laura belde nooit zo laat.'

'U nam op. Wat zei ze?'

'Eerst niets. Er was lawaai, zwaar, bulderend, alsof het stormde, zoiets, en ik kon haar horen rennen. En Lotte hoorde ik. Zij gilde. Twee, drie keer en toen niet meer. Ik hoorde Lotte gillen.'

'Wat hebt u gedaan?'

'Wat we hadden afgesproken. Ik heb meteen de vaste telefoon gepakt en het alarmnummer gebeld.'

'En ondertussen bleef u met uw zuster aan de lijn.'

'Ik luisterde en raakte in paniek. Ik riep haar naam. Er was geen hoop. Ik wist meteen dat het volledig mis was. Ik kon haar horen hijgen. Ademhalen kostte haar veel moeite, toen al. Hijgen hoorde ik en dat aanzwellend kabaal. En er was het bonken met elke stap die ze nam, de trap op, denk ik. Dat dacht ik naderhand, toen ik wist dat ze met Lotte naar zolder was gevlucht. En met tussenpozen hoorde ik haar dingen zeggen, sussend leek het, maar ik kon het niet verstaan. Ze had het ook niet tegen mij. Zij had het tegen Lotte, bleek later. Die heeft mij dat verteld, hoe haar moeder de hele tijd maar bleef proberen haar op haar gemak te stellen. Terwijl zij wist... Lotte net zo goed, ze wisten het allebei.

Ik stond met één hand aan de telefoon en met de andere probeerde ik een jas aan te schieten. Ik wou erheen. Bespottelijk. Maar één ding, erheen! Alsof ik nog op tijd had kunnen komen. En ik maar roepen: "Laura! Laura!" Het duurde maar en duurde maar, omdat alles donker was natuurlijk. Ze moesten hun weg zoeken op de tast. Naar boven wilden ze, naar het dak, dat was het enige, twee verdiepingen en dan een vlizotrap. Vind dan je weg maar eens met alle lampen uit en overal die dikke rook!

Uiteindelijk hoorde ik een ruit breken. Dat moet het dakraam zijn geweest. Het ging maar half open, ze heeft het moeten ingooien om Lotte erdoorheen te kunnen tillen. Goddank dat de buren een plat dak hadden. Daar zette Laura haar neer. Ze zei tegen Lot dat zij daar moest blijven wachten tot er hulp kwam. Dat kon ik horen. En ik hoorde het kind roepen. Om haar moeder. Roepen. Dat die haar niet alleen mocht laten.

Maar dat is wat ze deed. Laura liet haar daar staan, viste de draagbare telefoon uit haar pyjama, borstzak, vestzak, ik weet niet wat ze aanhad. Die had daar de hele tijd gezeten, terwijl ik meeluisterde, daarom klonk alles zo vervormd. En eindelijk, eindelijk bracht ze hem naar haar mond en sprak ze tegen me. Tegen die tijd kon ik alleen maar huilen. Ik moest op mijn tong bijten om me stil te houden, om alles te bevatten, te begrijpen wat die vreselijke woorden betekenden, om me te concentreren, te kunnen horen wat ze zei.'

'Wat zei ze?'

'Dat er vlammen waren. Meer wist zij ook niet. "Het vuur is overal," schreeuwde ze, "overal!" Zij woonde met haar man en kinderen boven een shoarmazaak. Iemand was een gaspit vergeten. Een pan met vet had vlam gevat. Maar dat bleek later allemaal. Hoe het gegaan is. Veel later natuurlijk pas. Achteraf.'

De bode staat weer voor me.

Nog meer water.

Nog een tissue.

Ik bekijk het dunne papieren zakdoekje quasi afkeurend.

'Toe maar,' zeg ik, terwijl ik ermee wapper, 'kan het eraf? Breng me toch liever meteen de hele doos of moet justitie zó drastisch bezuinigen?'

Er gaat een lach door de zaal, een tel beschaamd, dan dankbaar dat ik de spanning heb durven doorbreken. Met tegenzin bijna valt iedereen weer stil.

'Behalve Lotte had uw zuster nóg twee kinderen, nietwaar?'

'Van haar echtgenoot, ja, van Evert, goddank dat ze zo iemand heeft gevonden. Een man die van haar hield. Twee jongetjes hebben ze nog gekregen, vier en vijf jaar oud. Dat is het juist. Zij wilde naar ze toe. Begrijp ik ook. Begrijp ik.'

Ik drink een beetje water.

Ik kijk opzij naar Sijmen. De grijns is van zijn gezicht en het is wit weggetrokken, maar verder zit hij er nog steeds bij als een scholier die bij het schoolhoofd is geroepen, schouders opgetrokken, stugge blik, licht verongelijkt en onder geen beding van plan een haarbreed toe te geven.

'"Laat hij haar niet in handen krijgen," heeft ze gezegd.'

'Dat waren haar exacte woorden?'

'"Zorg dat die vent haar niet in handen krijgt, Zon," zei ze, "beloof je dat?" Ik antwoordde dat ze zich geen zorgen moest maken. Achterlijk! Waarom zegt een mens zoiets stompzinnigs? Dat alles wel goed zou komen, bleef ik maar roepen. Je roept zoiets omdat al het andere te erg is. Ze reageerde niet. Ik hoorde haar ademhalen, een paar keer achter elkaar, heel diep. Om zo veel mogelijk buitenlucht binnen te krijgen voordat zij terugging, denk ik. "Dag schat," zei ze daarna alleen, "wees maar niet bang." Dat was tegen Lotte, neem ik aan, misschien ook tegen mij. Tegen ons allebei. Toen is ze teruggegaan. Ze is terug naar binnen geklommen, naar beneden gelopen om de anderen te redden.

Ze had de verbinding moeten verbreken. Echt, dat had ze moeten doen, had dat in godsnaam maar gedaan! Maar waarschijnlijk wilde ze zo bereikbaar blijven, of misschien dacht ze ook gewoon niet na. Hoe dan ook, ze liep terug. Binnen seconden stak die vreselijke storm weer op, steeds harder, razend kabaal als van een tropische orkaan. Verlamd stond ik. Ik kón niet ophangen. Zou u dat doen? Wie zou dat kunnen? Ik niet. Ik had het moeten doen, ik heb spijt dat ik het niet gedaan heb, maar ik kon toch onmogelijk ophangen? Dus stond ik zo de hele tijd met één arm in mijn regenjas. Uiteindelijk moet het toestel uit haar hand gevallen zijn. Op de overloop van de eerste verdieping is het gevonden. Niet ver van waar ze zelf lag. Ik wist dat niet. Hoe kon ik dat weten? Ik heb nog gewoon staan luisteren, minutenlang. Minutenlang. Het is nergens mee te vergelijken, dat sissen van de vlammen en het rukken van de wind. Echt, ze had hem beter kunnen verbreken, die verbinding.'

Dit is de eerste keer dat ik er woorden voor zoek.

Het ergste is beter af zonder.

Stilte springt voorzichtig met je om. Verzwegen is de waarheid bovendien nauwkeuriger.

Ik heb er niet eerder over verteld, over die laatste paar minuten. Aan niemand, ook aan Sander niet. Juist aan Sander niet. Ik merk ook dat ik opgelucht ben dat hij hier niet aanwezig is. Dan had ik dit niet gekund. Ik had het afgezwakt, eromheen gepraat, ik was teruggevallen op wat kwinkslagen terwijl het zaak is dat alles nu gehoord wordt zoals het is.

Dit is ook de reden waarom ik Sander gezegd heb mij hier vandaag alleen te laten, waarom ik hem naar Lottes school gestuurd heb om haar op te vangen in de pauze. Het ergste houd ik nu eenmaal liever bij hem weg.

Zijn kracht is oppervlakkigheid. Dat klinkt een heel stuk erger dan het is. Luchtigheid, bedoel ik, het gemak waarmee hij dingen opneemt. Dat zóek ik ook bij hem. Dan heb ik het meest aan die man van mij wanneer hij gewoon maar laconiek is, boven de beslommeringen staat, onnadenkend vrolijk.

Daar is weinig reden voor de laatste tijd, en dat verwart hem. Hij probeert er voor me te zijn, hij is er ook wanneer het moet, op zijn manier, maar raakt zichtbaar onthand zodra het ernst wordt. Aandoenlijk doet hij zo zijn best dat ik mij weer verplicht voel zijn last te verlichten.

Toch is dit waarom ik voor hem gevallen ben, omdat Sander mij zo veel minder serieus neemt dan ik mezelf. Omdat hij de onbevangenheid bezit die ik me nooit heb kunnen permitteren.

Zijn onbekendheid met het leven, alsof hij bij veel

problemen niet betrokken is, ervoer ik op dat moment als heilzaam. Wijs vond ik het, alsof zijn zorgeloosheid een bewuste levenshouding was, iets wat hij onder de knie had gekregen en waar ik van kon leren, een slim wapen dat ik zou kunnen leren hanteren als ik maar goed genoeg oplette hoe hij het inzette in kritieke situaties.

Toen wij precies een half jaar verkering hadden, amper een week nadat ik voor het eerst een tipje van de sluier van mijn jeugd voor hem had opgelicht, kwam hij mij bij wijze van verrassing 's middags ophalen met een huurauto, een picknickmand, een badtas en een fles witte wijn om mij naar zee te rijden. Het was de eerste mooie dag, midden in de week, niet erg druk, dus ik vroeg me af waarom hij van de parkeerplaats toch zo ver langs het strand bleef lopen, een heel eind nog voorbij de allerlaatste strandtent. Pas achter de vuurtoren, na de laatste ronding van de duinen, toen er eindelijk weer wat leven te bespeuren viel, zette hij alles in het zand, trok ons oranje badlaken tevoorschijn, rolde het voor mij uit, voilà, en gebaarde zwierig dat ik me erop neer kon vlijen. Hij gooide al zijn kleren uit, kuste me nog een keer heel vrolijk en rende uitgelaten in zijn blootje naar de branding om te zwemmen. Ik wilde hem nog lollig naroepen of hij soms niet iets vergeten was, toen ik rondkeek en merkte dat tot in de verre omtrek bij geen enkele badgast een draad textiel viel te bekennen.

Een woest woelen door de badtas leverde niet meer op dan het besef dat Sander ook voor mij geen zwemkleding had meegenomen.

Ik trok het laken om me heen alsof ik daar meteen voor iedereen al naakt te kijk zat, riep om hem, vervloekte hem om die enorme stommiteit, die onnadenkendheid van hem, en als een zottin begon ik om me heen te kijken alsof daar ergens nog iemand was die mij misschien te hulp kon komen, maar niemand keek of lette op de anderen, iedereen bekommerde zich enkel om zichzelf en lag languit stil en rustig op beschaafde afstand van een ander bloot te wezen. Eilanden van vlees in een poel van ontkenning.

Er waren geen spelende kinderen, geen stemmen zelfs, nergens drukte en geen radio's zoals eerder langs de boulevard. Langzaam begon de zeeruis mijn gedachten schoon te spoelen.

Mijn blik volgde Sander door de golven, zijn vlinderende armen, zijn rug en schouders die voortdurend opdoken uit de zilverschitterende oppervlakte. Af en toe kwam hij terecht in ondiep water, rees dan op uit het schuim, streek met twee handen zijn haar uit zijn gezicht en liep, tot aan zijn kuiten door de branding, onbekommerd een heel eind, totdat hij weer verzonk en verder zwemmen kon.

Het is een demonstratie van zorgeloosheid, zei ik tegen mezelf, hij doet het voor mij. Hij stelt een voorbeeld, meer niet. De tact van de hele onderneming ontroerde me ineens. Hij vroeg mij niet in zoveel woorden hem hierin te volgen, begreep ik, maar gunde mij alle rust om aan het idee te wennen. Hij wil mij alleen laten weten dat zoiets kán. Hoe weinig het kost, hoe weinig er voor nodig is. Hoe het, anders dan vroeger, voortaan alleen míjn beslissing hoefde te zijn of ik mijn lichaam wel of niet aan anderen laat zien. Ik sloot mijn ogen en met een zucht liet ik mij achterover zakken.

Natuurlijk, dit was zijn antwoord op de heftigheid van mijn verhaal de week daarvoor! Zo doet Sander de dingen. Niet met woorden, maar met daden wilde hij mij laten zien dat hij het verhaal van mijn jeugd begrepen had. Wat voelde ik me in de liefde een geluksvogel: was dit niet precies die combinatie van wijsheid en gevoeligheid die alle vrouwen zoeken in een man? En was het dan dus ook niet aan mij iets met die levensles van hem te doen?

Ik schopte mijn slippers uit en kwam half overeind, leunend op mijn ellebogen. Nog altijd leek geen mens geïnteresseerd in andermans verschijning. Al had ik in een nertsmantel gelegen.

Ik knoopte mijn bloesje open en deed het uit, haakte mijn bh los, ging weer languit achterover, schoof de bandjes van mijn schouders, trok het ding uit, vouwde het op en legde het naast me.

Zo bleef ik liggen staren naar de lucht. Er vlogen wat meeuwen over, er zoemden vliegen rond die afkwamen op het eten in de mand.

Ik ritste mijn rok los, tilde mijn bekken op, wurmde me eruit en trapte de stof opzij. Volgens mij was tot dan toe geen mens iets opgevallen. Ik keek maar niet – als ik nog een keer zou hebben rondgekeken, was ik teruggekrabbeld –, haalde diep adem en stroopte mijn slipje af, alles languit plat op de grond, want ik vond het nou ook weer niet nodig om daar midden op die vlakte als reclamezuil te staan.

Minutenlang bleef ik stilliggen. Ik weet niet wat ik had verwacht dat er gebeuren zou, maar de zee klonk eender, de vogels vlogen nog over en iedereen soesde rustig verder alsof de wereld niet veranderd was. De zon scheen op mijn huid, warmde me op, een zachte bries van zee streek langs me en ik ontspande.

Ik werd pas wakker van Sanders schaduw.

Hij stond over me heen gebogen, keek, knielde neer en kuste mijn buik. Drukte op iedere borst een kus, terug over mijn buik, kuste mijn benen.

Koude druppels dropen van zijn haren en zijn lichaam.

'Wat is er?' vroeg hij, toen ik hem wegduwde.

'Toch niet hier, gek!'

Hij keek rond alsof hij niet begreep wat ik bedoelde.

'Kom op, Zon.' Hij lachte. 'Je bent toch zeker prachtig

zo, het is de natuur, we hoeven ons toch niet te schamen?'

'Sander,' vroeg ik argwanend, 'waarom zijn we hier?'

'Omdat ik van je hou. Omdat wij elkaar een half jaar kennen! Omdat ik al zes maanden gelukkig ben.'

'Maar waarom híer?'

'Hou jij niet van de zee dan, wie houdt er nu niet van de zee?' vroeg hij beteuterd, waarna het langzaam tot hem doordrong dat ik nooit eerder voet op een naaktstrand had gezet. Hij kon het nauwelijks geloven. Zelf was hij niet anders gewend, vertelde hij. In zijn reiswieg hadden zijn ouders hem hier al mee naartoe genomen, elke zomer gooiden ze een tent in die oude Volkswagenbus van ze en reden ze met zijn allen naar Agde of een andere grote naturistencamping. Hij was juist nooit op een geklééd strand geweest en beklaagde die benepen stakkers daar met hun lam gelegde zinnen en hun burgerlijke gêne.

'Je begrijpt toch wel...' Ik aarzelde. 'In mijn geval... dat het nogal iets is.'

Maar hij had helemaal niets begrepen en nergens bij nagedacht en zodra het kwartje viel, werd hij vuurrood.

Ik heb verder niets gezegd.

Ik nam me voor nu niet teleurgesteld te raken.

Waarom zou ik?

Ik lag daar toch maar mooi. Dat had ik nou nooit achter me gezocht!

Later ben ik ook opgestaan, eerst een keer heel even snel, daarna nog eens, en uiteindelijk ben ik zelfs, handdoek zogenaamd nonchalant over mijn schouder, aan de hand van Sander naar de rand van het water gelopen, vlak langs een stelletje dat daar lag. Op de terugweg ging de man rechtop zitten en keek naar ons. Hij groette toen wij passeerden, en ik groette terug alsof ik op een galapremière liep in vol ornaat.

Dit was een enorme overwinning en, hoe je het ook wendt of keert, dat ik die op mezelf had behaald, had ik aan Sander te danken. Was dat alleen al niet reden genoeg om van hem te houden? Ook door andermans onnozelheid voor wijsheid aan te zien valt iets te leren.

'Dus,' zegt Sijmens advocaat, 'goedbeschouwd is de naam van mijn cliënt in uw laatste telefoongesprek met uw zuster niet één keer gevallen.' Streng klinkt hij, alsof ik met het verhaal over de brand zijn kostbare tijd verdaan heb. 'Niet één keer heeft zij hem daadwerkelijk genoemd. Voor de beweringen die u doet en de zaak waarvoor wij hier vandaag samenzijn draagt u met uw hele verhaal geen enkel feitelijk bewijs aan.'

'Ons laatste gesprek...' Ik haper. Het kost even om uit mijn herinnering terug te keren naar het koele tl-licht van de rechtszaal. Ik kan het niet uitstaan dat ik me uit mijn evenwicht laat brengen. 'In mijn laatste gesprek met haar, hoezo is zijn naam daar niet gevallen?'

'Niet zoals u het verhaal daarnet vertelde, evenmin in de verklaring die u hierover vooraf hebt afgelegd, en ook niet in de letterlijke transcriptie van het telefoonbedrijf, die ik hier heb.'

'Misschien niet,' hakkel ik en ik bekijk het document dat hij me voorhoudt. 'Nee. Niet létterlijk zijn naam. Niet met zoveel woorden. Maar dat was ook helemaal niet nodig. Wij hadden het zo vaak over hem, zij en ik. De zenuwen, de haast, stel je voor, de situatie...' Ik wijs een zin aan op het papier. 'Hier! Hier staat het: "Zorg dat die vent haar niet in handen krijgt!" Wat is daar niet duidelijk aan? Wat had ze dan moeten doen, hem helemaal voor me uittekenen? Ik wist precies wie zij bedoelde.'

'Over "tekenen" gesproken,' smaalt de advocaat en hij werpt een blik op Sijmen die zit te genieten, 'het valt me op dat er veel nogal afhankelijk blijkt te zijn van úw interpretatie. Van uw persoonlijke verbeelding.'

'Hoe bedoelt u dat?'

'Zoals ik het zeg: de manier waarop u dingen verbeeldt, laat op zijn zachtst gezegd nogal veel ruimte open voor een andere interpretatie.' Hij loopt naar de doos die ik op verzoek van de rechtbank aan de griffier gegeven had en haalt er een paar van mijn oude schoolagenda's uit. 'Neem deze agenda's. Naar eigen zeggen hebt u hierin bij elke datum waarop het vermeende misbruik bij u had plaatsgevonden daarvan een aantekening gemaakt.'

'Dat klopt.'

Hij overhandigt mij er een.

Het ding zit, zoals dat hoorde, onder de stickers en de ballpointkrassen. Het puilt uit van de plaatjes waarmee ik het indertijd heb volgeplakt, van honden en paarden, knipsels van film- en popsterren uit de televisiebode, zodat het middenkatern met binding en al losgeraakt is van de kaft. Nu is het een vod; toen was het een hele wereld waarin stond weerspiegeld wie je was.

'Is zo'n markering hierin bijvoorbeeld terug te vinden?'

'Natuurlijk.'

'Wilt u mij er dan eens een aanwijzen?'

Ik kijk om me heen en aarzel. Hoe is het verdomme mogelijk dat ik hier ineens degene ben die zich schuldig voelt? Boos trek ik de agenda open.

'Waar ik hem ook opsla,' zeg ik en ik duw hem de bladzijden zowat in zijn gezicht. 'Kies maar een week. Waar je ook kijkt, op elke pagina zijn ze te vinden. Hier en hier en hier!'

'Dank u.' De man neemt mij het ding uit handen en houdt het omhoog. '"Hier en hier en hier," zegt mevrouw. Dit is haar bewijs. En toch, dat moet u met mij eens zijn, is alles wat wij hier zien een aantal krabbels. Meer stelt het, voor ieder ander dan mevrouw zelf, niet voor. Priegelwerk. Krabbels van – wat zijn het – ijskristallen?'

# Weijntje

Er bestaat een videoband met de bewuste aflevering van *Voor de leeuwen*. Een paar maanden na de uitzending werd die onverwacht bezorgd. Hij zat tussen allerlei spullen die van haar vader waren geweest in een kartonnen doos die in vinnig rode viltstifthalen was geadresseerd aan zijn drie dochters.

Het was lastig om de beelden terug te zien en nog moeilijker om te begrijpen waar alle ophef om was geweest.

Een lawine aan reacties bij de omroep, maar ook thuis per post en aan de deur had geleid tot een serie optredens in andere shows en praatprogramma's op radio en televisie, foto's en stukken in de krant, gevolgd door aanvragen voor schnabbels hapsnap door het land en belegering door agenten, muziekuitgevers en impresario's die de ouders/verzorgers van de nieuwe kindster nauwelijks verbloemde wurgcontracten kwamen voorleggen, die voordat Sijmen zijn handtekening had kunnen zetten stuk voor stuk door juffrouw Verbeet werden verscheurd.

Na de eerste hausse had de juffrouw paal en perk gesteld. En public – 'Laat ze allemaal in verbijstering achter, smekend om meer!' – zou er, als het aan haar lag, een half jaar lang geen noot meer worden gezongen. Hoe verleidelijk ook om je te laten meevoeren op de succesgolf en alle aandacht te verzilveren, diende teneinde artistieke zelfmoord te voorkomen eerst te worden gewerkt aan stijlontwikkeling en repertoireopbouw, en tot ieders verbazing leek Sijmen het met de juffrouw eens.

Het moeilijkste aan het terugzien van haar optreden was dat zij van wat zij zich herinnerde juist níets terugzag. Het verschil tussen haar beleving en de registratie was te groot.

Later, toen ze eraan gewend was opnamen beroepsmatig terug te kijken, begreep ze dat die vervreemding een bekend fenomeen was. Een artiest moet ermee leren omgaan, maar iedereen heeft het in zekere mate wel ervaren bij het terughoren van zijn stem of het kijken naar zichzelf op een video: de voorstelling die je je maakt en de voorstelling die je geeft vallen nooit samen.

Van de kracht die zij zingend had ervaren, de vergetelheid op de momenten dat zij zich door de muziek had kunnen laten meevoeren, van alle moed die zij ontleend had aan het zijn van Zonne, zag zij niets. Zij niet. Alles wat haar opviel, was uitgerekend het enige wat ze daaronder had proberen te verstoppen: Weijntje.

Diezelfde avond haalde zij haar tekenblok uit haar schooltas en bleef tot ver na kinderbedtijd in de weer met het schetsen van kostuums. Grote, barokke fantasiecreaties, waar zij toevlucht toe zou kunnen nemen. Zoals zij haar vader vroeger aan zijn tekentafel had zien zitten, voorovergebogen, tong tussen zijn tanden, blik vastgekleefd aan zijn ontwerpen, bedacht zij er tientallen. Eerst leken ze nog op het soort jurken dat zij uit showfilms kende, maar al snel groeiden ze uit tot kathedralen van stof, in aanzet niet eens zo verschillend van welke die later haar handelsmerk zouden worden, vol vogelstruis, mouwen als vleugels, kragen als pauwenstaarten, hoepelrokken zo breed als de toneelvloer en wijd genoeg om een heel weeshuis onder te verbergen.

Over wezen gesproken.

Zij was er voortaan een. Of tenminste toch een halve.

De kartonnen doos met bezittingen van Solomon van Son, waartussen de videoband werd aangetroffen, arriveerde een week na zijn begrafenis.

Een van zijn zusters had het niet over haar hart kunnen verkrijgen om, zoals de weduwe wilde, alles wat met zijn vorige gezin te maken had bij het oudvuil te zetten. De tante had wat spullen achterovergedrukt en naar haar nichtjes gezonden met een rouwkaart – waarop de drie meisjes alsof hij hen nooit had voortgebracht, niet stonden vermeld – en een kort briefje, waarin ze uitlegde dat haar broer zijn kinderen nooit vergeten was en vaak met haar over hen gesproken had. 'Onder grote druk van derden' (deze woorden waren onderstreept) en voor 'hun eigen veiligheid' (eveneens onderstreept) had hij na het mislukken van zijn eerste poging moeten afzien van contact. En nu was het te laat. Als hij niet zo jong gestorven was, zou hij de meisjes het bijgaande materiaal op een dag vast zelf hebben willen laten zien als bewijs dat hij hen nooit was vergeten. Maar goed, hier was het dan – uit koude hand – alsnog. De zusjes leegden hun spaarpotten en legden het geld bijeen om een krans te kopen die zij de eerstvolgende zondagochtend op hun vaders graf waren gaan leggen. Nog diezelfde avond lag het gevaarte verfomfaaid en met het lint aan repen al weer op hun stoep.

Behalve de videoband bevatte de doos nog een amateurfilmpje, dat ze niet konden bekijken omdat Sijmen daarvoor het juiste type projector – 'een of ander afdankertje van zo'n Oost-Duits knutselmerk' – niet in huis zei te hebben, twee plakboeken met ieder artikel dat er na *Voor de leeuwen* over het fenomeen Zonne was verschenen, en losse foto's.

Die waren allemaal van vroeger, uit de tijd dat hij nog thuis bij zijn dochters woonde, genomen tijdens gezinsuitjes aan zee, in de speeltuin of het bos. Zij herinnerde zich veel van de plaatsen en situaties nog goed. Bepaalde plaatjes herkende ze omdat duplicaten daarvan in het familiealbum zaten.

Ook in de foto's die haar vader bewaard had, was de schaar gezet. Minder zorgvuldig dan haar moeder dat destijds gedaan had, waren her en der figuren weggeknipt, door zijn tweede vrouw waarschijnlijk, want van de eerste was werkelijk ieder spoor verdwenen. Die was grofweg met een papierschaar – je hoorde de lange ijzeren bladen gewoon met zwiepende halen door het karton snijden – uit de voorstellingen gehakt.

Met zijn dochters was zorgvuldiger omgesprongen. Die waren schijnbaar bij een andere gelegenheid in een minder vurige bui met fijne mesjes bedachtzaam weggesneden. Soms waren alleen de gezichten verwijderd, maar vaker was de hele gestalte met chirurgische precisie gefiguurzaagd. Alleen de vingers van een handje dat de vader omklemd gehouden had of wat uitgespreide lokken van een hoofd dat op zijn schouder gelegen had waren dan nog zichtbaar.

Je vraagt je af waarom de hele handel niet gewoon in één keer weggegooid? Kennelijk vond zijn vrouw al dat gefröbel de moeite waard en wilde ze duidelijk maken dat zijn verleden voorgoed uit beeld was. Van veel foto's was nauwelijks meer over dan een dunne strook waarop de vader in zijn eentje te kijk stond, omringd door de gaten in zijn geschiedenis.

En opnieuw was het effect, net als in het familiealbum, averechts. Ongezien waren de meisjes nu nadrukkelijker aanwezig dan voorheen. En toen zij zijn foto's met die van henzelf vergeleken, zagen de kinderen daaraan voor het eerst in al die jaren dat de leegte in hun vaders leven minstens drie keer groter moet zijn geweest dan die van hen.

Weijntje bracht alles bijeen en legde de fragmenten als een puzzel.

Aandachtig paste zij haar vaders gestalte in de ruimte die daarvoor in de familiefoto's speciaal leek te zijn uitgespaard. Waar mogelijk plakte zij zichzelf en haar zusjes tussen de rafelranden van zijn gemis.

De daadkracht van de dood spoort de levenden aan.

Zo veerde Weijntjes moeder na het nieuws over haar eerste echtgenoot op uit haar zelfbeklag en teerde wekenlang op een enorme woede. Alsof sterven een ultiem verraad is, richtte zij haar pijlen op de overledene, die op deze manier voor de tweede keer een lange neus naar haar getrokken had. Furieus was zij dat die kerel had weten te ontkomen aan haar voortdurende wrok en minachting – waar moest ze daar nu mee naartoe? – en helemaal omdat hij het daarbij gewaagd had haar kinderen tot wees te maken. Met een daadkracht die zij lang niet had vertoond, liet zij geen dag na te benadrukken hoe ernstig en onomstotelijk de slappeling daarmee gefaald had in het ouderschap.

Méér nog dan ikzelf, dacht zij heimelijk. Die overwinning sleep ik tenminste binnen. Een levende ouder is nu eenmaal met gemak de beste.

Ook wanneer Weijntje optrad als Zonne ervoer zij de energie, door het verdriet in gang gezet, als een impuls.

In haar stem was die te horen. Alsof zij, waar de klank soms nog wollig was geweest en zwabberde, ineens een kern gevonden had, een onverzettelijkheid, voor een getraind oor duidelijk merkbaar als een kracht onder het middenrif, waardoor zij ook in de hoge tonen volume terug kon nemen om juist daar klein en zacht te durven zijn.

'Hierop was nu het wachten,' zei Verbeet, die de verandering als eerste merkte, 'kindlief, je bent zover!' In stilte feliciteerde zij zichzelf omdat haar leerling zo veel sneller was gerijpt dan zij had durven dromen.

Terwijl zij samen met haar pupil, arm kind, op zoek ging naar repertoire dat eer deed aan de emotionele groei en dit nieuwe timbre, schoten de juffrouw met grote regelmaat de tranen in de ogen. Het zou niet moeten mogen dat een puber zulke verlatenheid kon navoelen en verklanken; het was beter geweest als zij zich met geen mogelijkheid had kunnen inleven in zo veel liefdeswoede en deceptie; het was haar een lief ding waard geweest als het meisje nog heel veel jaren ongevoelig was gebleven voor trieste waarheden en harde sentimenten, maar professioneel gezien – en zo Verbeet één ding was, dan was het wel dat – kon je Zonnes verlies niet anders zien dan als geschenk, een gebaar van Apollo ten gunste van de muzen. Hard misschien, dacht de juffrouw, maar zo is het vak. Nu bezat haar protegee niet alleen die strot, die haar op andere jonge artiesten zo'n voorsprong gaf, maar werd langzaam ook een droeve overlevingskracht, een onverzettelijke diepgang hoorbaar, die haar uniek maakte, een breed publiek zou intrigeren en haar liederen lading gaf. Na elke les verzekerde de juffrouw zichzelf dat het alle offers waard was. Ja, zij had goud in handen.

Zelf dacht Weijntje over haar stem even weinig na als een vogel over de werking van zijn vleugels. Hij was er en hij deed het en bracht haar waar ze heen wilde. Zij oefende hem omdat zij wist dat hij haar uiteindelijk naar de vrijheid zou voeren.

En Sijmen voelde dat ook. Al die aandacht voor zijn stiefdochter maakte hem nerveus en daar genoot zij van, al werd haar stiefvader, in het nauw gedreven, ook gevaarlijker. Alleen al de telefoontjes van journalisten die belden voor een vraaggesprek moest zij soms bekopen met een paar rake klappen. Hij vergreep zich, zoals ze gevreesd had nu Laura zwanger was en in de grote stad was gaan wonen, niet vaker aan haar dan vroeger, maar wel met meer geweld.

Naarmate zijn manipulaties hun effect op haar verloren, liet zij hem geen andere keuze. Het kleine werk liet hij tegenwoordig achterwege – het de hele dag door maar voortdurend met zijn vingers in haar willen, snel in de gang of achter haar de trap op: broekspijpje opzij, beetje spuug ertegen, even kriebelen en krauwen zoals je een vreemde hond onder de kin aait, en dan hup, met twee, drie tegelijk tot aan de knoken toe naar binnen. Soms maakte hij nog automatisch aanstalten, gewend als hij was om haar te bepotelen zodra ze binnen handbereik kwam, maar riep zichzelf dan tot de orde en trok zijn uitgestoken arm beteuterd terug. Met een spijtig gezicht schudde hij zijn hoofd alsof het hem alle moeite en kille blikken niet meer waard was. Alsof zijn goede bedoelingen niet werden begrepen. Hij begon er zelfs een keer over, verongelijkt, dat hij zijn handtastelijkheden voor straf achterwege liet omdat zij hem met haar onverschilligheid gekwetst had.

Zo werkte het in zijn hoofd. Zo heeft hij het al die jaren voor zichzelf verantwoord: door te denken dat hij het allemaal in de eerste plaats deed om een ander te plezieren, omdat vrouwen zoiets nu eenmaal zo lekker vonden, een voorrecht dat Weijntje met haar harteloze houding niet langer verdiende.

In plaats daarvan zou hij haar vooral nog neuken, ruwer, indringender, enkel en alleen nog beukend. Het moeilijkste hieraan waren niet de blauwe plekken of de nazeurende schuring, niet de gescheurde bloedvaten en de koppijn nadat hij, om dat verdomde nieuwe eigen willetje van haar te breken, haar hoofd ineens, gewoon terwijl hij in haar zat, eens een keer hard tegen de muur sloeg.

Het deed vooral pijn omdat het niet meer paste in het

beeld dat zij inmiddels van zichzelf had. Alle verzet dat zij in gedachten al pleegde, botste met het fysieke overwicht dat haar stiefvader nog altijd had. Hoe brutaal zij ook antwoordde, hoe ze terugvocht, hoe ze haar minachting ook toonde – laatst had ze hem in het bijzijn van haar moeder en Isa in zijn gezicht gespuugd – hij kon haar, wanneer hij dat maar wilde met zijn volle gewicht tegen de muur duwen, haar beide polsen met één hand op haar rug draaien, haar met de andere ontbloten en dan met één stoot als aan een dolk rijgen.

Op een dag, ze was op muizenjacht – dit verrekte huis was ook net gruyère met al die gaten, geen wonder dat die krengen zich er altijd zo toe aangetrokken voelden – werd zij op zolder opnieuw door haar stiefvader beslopen.

Misschien was het de woede waarmee ze al een half uur door het huis stoof omdat die rotbeesten na haar warme sloffen nu haar lievelingstrui hadden aangevreten en uitgeplozen, of eerder misschien kwam het door de hamer die zij uit het werkhok had gegrist om ze er mee achterna te zitten. Hoe dan ook, Weijntje was klaar voor het gevecht en zodra ze de traptreden onder zijn gewicht hoorde kraken, wist ze ineens dat ze het vandaag niet zou laten gebeuren.

Niet meer.

Niet nu.

Niet morgen.

Nooit meer.

Geen moment had ze getwijfeld. Zodra zij de planken van de overloop hoorde bewegen, had zij zich omgedraaid.

Dit werd het keerpunt!

Terwijl de deurklink openging, had zij twee voeten als een strijder stevig op de grond geplaatst, knieën licht gebogen, iedere vezel van haar lichaam klaar om te springen, de hamer half geheven in haar rechterhand.

De deur ging open. Tegen het licht van het naakte peertje achter hem was van de man alleen zijn silhouet te zien, maar zijn verbazing sprak voldoende uit zijn houding. Zo kende hij haar niet en ze had nog meer voor hem in petto!

Later wist Weijntje niet helemaal zeker of ze op dat moment ook een soort aanvalskreet geslaakt had, maar één, twee stappen in zijn richting had zij, zwaaiend met haar wapen, in elk geval gezet.

Eerst was hij daarvoor achteruitgeweken en was daarna een paar tellen roerloos blijven staan, onzeker, terwijl hij de situatie inschatte.

Ze had graag zijn gezicht gezien, maar de lamp op de overloop verblindde haar. Wel hoorde zij zijn adem, hij ongetwijfeld die van haar, hoog en hijgend snel. Uiteindelijk bewoog hij. Maar hoe? Wat was dat? Hij begon te schudden, zo leek het. Ze wist eerst niet precies wat hij daar uitspookte, zag alleen de schouders van de zwarte schim maar heen en weer bewegen en zij schermde haar ogen af tegen het licht.

Toen zag ze dat hij lachte.

Eerst slap en hinnikend, daarna, omdat zij vervaarlijk dichterbij kwam, luider, bulderend. Tegenover elkaar stonden ze, het woedende meisje en de vrolijke man, gevangen in hun wedijver, en jaren later nog, elke avond waarop zij als Zonne haar publiek liet gieren van plezier, zou zij zich altijd bewust blijven van de machtsverhouding in de uitgelaten zaal en van de noodzaak om hun lach de baas te blijven.

Voordat zij met de hamer naar hem uit kon halen, lag die al op de grond. Aan haar haren sleurde Sijmen haar de trap af, waarbij haar rug gevaarlijk over de treden bonkte. Hij trok haar de winkel door en trapte haar zijn kantoor binnen. Snikkend bleef ze liggen met haar handen om haar hoofd, terwijl hij de geheime laden van zijn bureau openmaakte en woedend doorzocht.

Het begon fotokarton te regenen.

'Hier!' Hij keilde de ene afbeelding na de andere zó in haar richting dat de punten haar zo gemeen mogelijk zouden raken. 'En hier en deze dan, wat zou je daarvan zeggen?'

Toen ze opkeek zag ze zich omringd door tientallen portretten van zichzelf. Sommige waren zonder haar medeweten genomen, voor de meeste had ze geposeerd, altijd na protest en onder dwang, maar uiteindelijk had ze zich, om erger te voorkomen, toch laten vastleggen. Hoe eerder je je verzet opgaf, hoe sneller de rust terugkeerde. Zij was erop te zien in diverse stadia van ontkleding, maar meestal volledig naakt. De houdingen die ze had moeten aannemen, de handelingen die ze moest verrichten – voor het eerst zag zij de oogst van al die jaren bij elkaar.

'Wat denk je, al die kerels en die wijven die zo nodig een interview willen omdat jij tegenwoordig zo "apart" bent, die willen daar toch vast wel een sappig plaatje bij? Moet je nagaan wat dat zou betekenen voor de verkoop van hun bladen. Ja, misschien moest ik ze gewoon maar eens rondsturen en een graantje van alle aandacht meepikken.'

Ze aarzelde geen moment, graaide met twee handen zo veel mogelijk foto's bijeen en begon ze te verscheuren.

'Flink. Heel flink, hoor, maar onnozel. Dacht je dat ik de negatieven niet meer had? Die liggen ergens heel veilig. Da's tenslotte mijn pensioen, nietwaar? Hoe bekender jij wordt, hoe meer ze waard worden. Verniel er zoveel je wilt, maar die foto's verdwijnen niet. Zolang jij leeft hangen die jou boven je hoofd.'

Hij knielde bij haar neer en trok haar, zoals mannen in

films elkaar bij hun revers grijpen, aan haar T-shirt naar zich toe tot hun neuzen elkaar raakten.

'Jij denkt dat je heel wat bent nu, hè?' Hij fluisterde. 'God, wat ben jij stoer met je nieuwe naam en je maniertjes, maar vergeet niet dat ik weet wie daaronder zit en wat jij allemaal voor goors hebt uitgevreten. Dit hier zijn de bewijzen en als jij mij nog één keer niet gehoorzaamt of een poot naar me uitsteekt, dan zorg ik dat iedereen te zien krijgt wat een hoer jij bent. Eén keer, probeer het één keer, en ik aarzel geen moment, dat weet je, hè?'

Ze knikte.

Hij liet los, zodat ze met een klap terugviel, keek voldaan nog even op haar neer, stapte over haar heen en liet haar op de vloer van zijn kantoortje achter.

De kracht was uit haar weggelopen, ze kon niet eens genoeg verzamelen om op te staan. Ze zuchtte diep en liet haar hoofd opzij zakken, alsof ze hier voorlopig nog wel even zo zou blijven liggen, hier of ergens anders, met een beetje moed of zonder, het leek allemaal geen zier meer uit te maken.

Op dat moment zag ze hem vanuit haar ooghoek voorbijschieten, een muis! Die dacht zeker dat met Sijmen alle gevaar geweken was.

Het beestje kroop onder de archiefkast en bleef daar even zitten in de schaduw. Hij keek haar aan – ze waren op gelijke hoogte – en aarzelde, maar omdat zij doodstil bleef liggen, spurtte hij uiteindelijk verder langs de plint, kroop over een lampensnoer omhoog en verdween in de koperen bak vol vergeten bonnetjes en oud papier die boven op de kast stond.

Voorzichtig veerde Weijntje overeind en sloop erop af.

Er was leven onder de papieren.

Het ritselde.

Nog zeker een minuut of twee duurde het voordat het mormel weer tevoorschijn durfde komen, neusje eerst, links en rechts snuffelend, waarna het zich weer terugtrok.

Zij tilde één been langzaam op, wurmde zich uit haar schoen, nam die in de hand met de hak naar voren en wachtte af.

Nu ging het snel. Het beest wrong zich onder een oude krant vandaan, piepte over de rand van de koperen bak, wilde langs dezelfde weg naar beneden, maar had buiten het ergste gerekend.

Haar eerste mep was mis en sloeg vlak voor zijn snoet een deuk in het behang. De tweede, bijna raak, versperde zijn terugweg, zodat er niets anders voor hem op zat dan een noodsprong maken, een vrije val naar de grond, maar Weijntje dook erachteraan en sloeg nog twee, drie putten in het hout voordat ze hem uiteindelijk raakte, voluit op zijn staart, wat het beest deed opspringen en hartverscheurend piepen, maar het niet belette in een kier tussen de plint en de planken weg te schieten, met achterlating van een dun rood bloedspoor.

Hij was haar dus te slim af! Ze dacht dat ze hem had, en nu was dat kreng alsnog de dans ontsprongen. Bijna was ze ervan af geweest en nu flikte hij dit. Trillend stond ze met de schoen in handen, voor gek, gewoon voor gek!

Op dat moment opnieuw geritsel.

Ze wendde haar hoofd. Dezelfde plek. Er zat een nest. Ze boog zich over de bak. Omzichtig verwijderde ze de papieren, een voor een, totdat ze de wurmpjes zag liggen.

Ze keek het jonge leven even aan, tilde toen de hele bak in een keer op en kieperde hem om. Het kleine grut kwakte tegen de grond en had tijd nodig om zich te herstellen. De diertjes waren nog kaal, zoals het nest dat ze een paar jaar geleden had gevonden, maar toch wat ouder, want de oogjes waren open en ze krabbelden over en door elkaar om op vier pootjes te komen en dan weg te kunnen kruipen.

Dat zou zij niet laten gebeuren, zoveel was zeker, niemand kwam hier ongeschonden weg, maar hoe moest ze het aanpakken? Ze greep de koperen bak, keerde hem om en liet die met de bodem een paar maal plat op het gekrioel neerkomen. Dat kermde, maar bewoog nog, en ook nadat ze de bak nog eens had neergedrukt en heen en weer bewogen, wrijvend alsof ze een peuk uitdrukte, zat er nog genoeg leven in om bij haar vandaan te kruipen, kreupel al, wanhopig, en er zat nu niets anders meer op dan ze domweg te pletten met haar voet.

Eerst zette ze de ene, geschoeide, voet er vol op maar, toen een van die bleke, roze griezels wilde wegkomen, ook de andere en ze voelde de botjes onder haar voetzool kraken.

'Niemand komt hier meer weg.' Ze huilde, want ze besefte wat ze deed. 'Geen mens, geen levend wezen, het is nu eens genoeg, smeerlappen. Nu is het mooi geweest!'

Met twee voeten tegelijk sprong ze op de lichaampjes. Ze had het allemaal lang genoeg laten gebeuren. Waarom moest zij altijd maar de enige zijn die nergens schuld aan had? En ze bleef springen en stampen, ook toen er al lang geen beweging meer in zat.

# Zonne

De zitting is geschorst tot na de lunch. Onze raadslieden gaan overleggen en de bode leidt mij, kordaat als was hij van de parketpolitie, de gang op en wijst me een ruimte waar ik me terug kan trekken.

Als dank voor het plezier dat zijn vrouw en hij aan mijn muziek hebben beleefd, fluistert hij, heeft hij een thermoskan koffie voor me neergezet en een schaal belegde broodjes. Hij wordt vuurrood. Omdat ze voorverpakt uit de kantine niet te vreten zijn, heeft hij ze hoogstpersoonlijk bij het zaakje aan de overkant gehaald. Voor hij me alleen laat pulkt hij er de huishoudfolie af.

'Neem hoor,' zegt hij, 'u bent wel even aan iets toe!'

Het eerste wat ik doe is Sander bellen om te horen hoe het met Lotte is. Tot mijn schrik neemt zij zelf op, klein stemmetje, gespannen. Ze wil weten of het al voorbij is. Of het nu zeker is dat ze gewoon bij mij kan blijven.

'Bijna, lieverd,' zeg ik. 'Heel even nog maar en dan is alles goed.'

Ik haat telefoneren.

Een stem zonder gezicht heeft geen deernis.

Ik klink zo geruststellend als ik kan, maar weet wel dat ze daar niet in trapt. Wie niets heeft meegemaakt laat zich door een vrolijke riedel inpakken, maar is een kind eenmaal bedacht op het ergste, dan pikt het elke trilling op.

Ik ben nergens als ik niet te zien ben. Op een moment als dit moet ik haar vóór me hebben, vast kunnen pakken. Met één mal gebaar, één spottend opgetrokken wenkbrauw zou ik alles draaglijk voor haar kunnen maken. En voor mijzelf.

'Nee, echt,' sus ik, 'nog even en we hebben er geen omkijken meer naar. En jullie dan, waar zitten jullie? Pannenkoeken, toe maar! Je hebt toch wel de lekkerste genomen, hè?'

Ondertussen loop ik naar het raam, trek twee lamellen van de luxaflex uiteen en gluur ertussendoor naar buiten.

Op de stoep van het gerechtsgebouw staan nog altijd journalisten, iets minder dan vanmorgen, lijkt het – er is toch, zou je denken, ook verdomd wel groter nieuws – maar de rest heeft zich verschanst en is niet van plan de jacht al op te geven.

'Zeg, Lottelief, is Sander daar? Ja, geef hem maar even...'

Hoe ik de zitting tot dan toe heb ervaren. Wat valt ervan te zeggen?

Dat het mijn woord zou worden tegen dat van mijn stiefvader, daar was ik op voorbereid. Dat de aantekeningen die ik in mijn agenda had gemaakt voor een ander geen betekenis hebben, komt niet als een verrassing.

Dit is de hele reden waarom wij dit traject volgen en niet eerst een strafzaak zijn begonnen – omdat het mijn woord blijft tegen het zijne. Eerst Lotte veiligstellen. Als dat gebeurd is, dan kan ik hem, zolang de feiten niet zijn verjaard, alsnog laten vervolgen, zonder dat de uitkomst nog effect kan hebben op de voogdijzaak.

Dat hij en zijn advocaat mij voor leugenaar zouden uitmaken, daar had ik me tegen schrap gezet, al kun je je van tevoren niet voorstellen wat het betekent dat je leven in twijfel wordt getrokken.

Alles wat ik doen kon was een opsomming geven van

de dingen die mij zijn overkomen. Zo kaal mogelijk, zei ik tegen mezelf, geen emoties nu, niet boos klinken, niet wraakzuchtig, ik zit hier vandaag tenslotte niet voor mezelf. Ik had het thuis geoefend en een spiekbriefje gemaakt, voor het geval ik toch van slag zou raken, maar ik bleef volledig kalm en heb alles zakelijk en helder opgesomd. Die afstand is nodig om erdoorheen te komen. Een voor een heb ik ze uitgesproken, de dingen waarvoor hij me gebruikt had, droog en technisch, zoals je bij de eerste lezing een theatertekst opzegt, zonder de gevoelens in te vullen, enkel om te horen hoe het bekt. Ik kwam op zeventien duidelijk te onderscheiden handelingen, waarna ik van ieder bij benadering probeerde aan te geven hoe vaak die hadden plaatsgevonden.

Het zwaarst viel het me wanneer Laura ter sprake kwam. Toch heb ik verteld hoe hij ons eens opdroeg in één bed te slapen en in de nacht dan met elkaar te spelen. We lagen als verlamd en deden niets, maar moesten 's ochtends wel verslag komen doen terwijl hij naar ons zat te kijken met zijn handen diep in zijn pyjamabroek. Háár ogen zie ik dan voor me, die blik als van een kleuter die zichzelf heeft bezeerd en niet begrijpt waarom iemand de pijn niet gewoon wegneemt.

'Goed hoor,' antwoord ik Sander. 'Hier is alles onder controle. Het gaat, het is nu even pauze. Dus vertel, jij hebt Lotte toch maar opgehaald van school? Wat heb je gezegd, was er commotie?'

Ondertussen schreeuwt er iets in mij, redeloos, dat ook ik wil worden opgehaald en weggevoerd van deze plek! Het is die blik van Laura die ik maar niet uit mijn kop kan krijgen. Dat kinderlijk verlangen naar iemand die het allemaal zou kunnen laten ophouden. Voor mij. Voor Lotte. Voor ons allemaal moet het toch ooit eens ophouden!

En het is niet eerlijk, maar ik neem het Sander kwalijk dat hij er op dit moment niet voor mij is. Terwijl ik hem nota bene zelf heb weggestuurd, neem ik hem kwalijk dat hij niet degene is die me te hulp komt en alles, alles goed kan maken.

'Welnee,' vervolg ik geruststellend, 'ik heb veel liever dat je bij háár blijft, ik red me hier wel. Houd Lot vanmiddag ook maar thuis, vind je niet? Misschien kunnen jullie een filmpje pikken of vraag maar waar ze zin in heeft, het is háár dag. Zeg dat maar.'

Komt natuurlijk ook door Sijmen, bedenk ik me ineens, dat ik niet kan telefoneren. Dat ik op zo'n moment niet zeg wat ik bedoel. Dat ik te goed hoor wat anderen bedoelen maar niet zeggen. Ik moest wel, zo heeft hij ons getraind. Hij kon bijvoorbeeld ineens opbellen en iets vragen, soms iets heel onschuldigs, soms juist smerigheid. Dan hield hij aan de andere kant van de lijn een dictafoon bij de hoorn en nam mijn antwoorden op. Maanden later werd ik daarmee dan plotseling geconfronteerd, wilde hij weten wat ik precies bedoeld had, of als het belastend klonk, dreigde hij het voor anderen te zullen afdraaien.

Daarom houd ik zo van theater. Daar kun je alles precies zeggen zoals je het bedoelt. Je kunt de woorden eerst thuis rustig formuleren, daarna is er nog alle tijd om hun lading en uitspraak in te studeren, gevolgd door een reeks try-outs om er zeker van te zijn dat ze bij een ander overkomen zoals ze zijn bedoeld. Daarna kun je ze avond aan avond herhalen in het bijzijn van een zaal vol getuigen, zodat geen mens er later ongestraft mee aan de haal kan gaan.

'Nog een uur of anderhalf,' antwoord ik Sander als hij vraagt hoe lang het nog gaat duren. 'Weet ik het? Het is voor mij ook de eerste keer. Op een gegeven moment hebben beide partijen alles wel gezegd, lijkt me. Ik bel je wel. Dat zou fijn zijn, ja. Ja, heel lief. Wat mij betreft een kleinigheid. Nee echt, het hoeft niet uitgebreid, we kunnen ook iets hálen.'

Ik geef hem ook geen kans om méér voor me te betekenen, en dat maakt me weer kwaad op mezelf: wanneer ik anderen verwijt mij niet te hulp te komen, verwijt ik dat natuurlijk in de eerste plaats mezelf. Ik heb Laura's pijn niet kunnen stoppen, ik heb die van mezelf niet eens kunnen wegnemen. Hoe zou ik dat dan van een ander kunnen vragen? Het enige wat ik kan doen, is proberen dergelijk verdriet bij Lotte te voorkomen.

Er wordt geklopt. De bode komt al weer binnen.

'Ik moet verder,' besluit ik het telefoongesprek. 'Da's goed ja. Doe ik. Doe ik, hoor ja, doe ik. Doe ik, dank je wel.' Ik hang op, haal een keer diep adem en zeg tegen de man: 'Is het zover?'

Hij kijkt me aan en schat me in.

'Nee,' zegt hij. 'Nee, zo kan ik u niet terug naar binnen laten gaan. U hebt de hele ochtend niks gehad. Ga nou eens zitten.' Hij loopt naar de broodjes, die ik niet heb aangeraakt. 'Even maar, ga even zitten. Krenten, kaas of pekelvlees, wat vindt u lekker?'

'Ik heb niet zo'n trek.'

'Trek, daar gaat het nu niet om.' Hij lacht. 'Dit is puur om te overleven.' Hij schuift een stoel voor me aan en schenkt een kopje koffie voor me in. 'Nou, wat zal het worden?'

'Doe dan maar kaas.'

'Zo mag ik het horen.' Hij legt een broodje op een plastic schoteltje en geeft het me met een servet. 'Even aandacht voor de innerlijke mens.' Hij legt zijn hand op mijn schouder. 'Echt, het is belangrijk, u moet nu eens een paar minuten om uzelf denken.'

Het is die aanraking, denk ik, die me te veel wordt. Die

tekst. Het feit dat hij iets voor me doet wat hij niet hóeft te doen. Ik weet niet of hij het aanvoelt, maar hij laat los en trekt zich terug zonder mij nog aan te kijken.

'Geen haast,' zegt hij voor hij de deur achter zich dichttrekt. 'Ik zeg gewoon dat hier nog wat tijd nodig is. Laat maar weten als u zover bent. We kijken niet op een kwartiertje.'

Zo lang duurt het niet, hooguit een minuut of vijf voordat ik mezelf weer bij elkaar heb. Met de punt van het servetje veeg ik de mascara weg waar die is uitgelopen, en werk hem bij. Mijn ogen zijn wat rood, verder ben ik toonbaar.

Ik trek de luxaflex iets omhoog, niet zo ver dat ik herkend kan worden, maar genoeg om het raam open te zetten om wat lucht te krijgen. Ik neem gauw ook nog een paar happen van het broodje om de bode niet teleur te stellen en kauw erop met mijn voorhoofd tegen het aluminium kozijn gedrukt om af te koelen.

Terwijl ik daar zo door de lamellen sta te turen, valt mijn oog op een vrouw die zich beneden door de wachtende journalisten heen probeert te dringen.

Zij draagt halflange handschoenen van wit juchtleder en een grote rode hoed met een opvallend brede rand die meewiegt met iedere beweging. Wie haar de weg verspert wordt op de schouder getikt en ferm ter zijde geschoven totdat zij de afzetting bereikt.

Met twee handen omklemt zij de barricade alsof zij die omver wil werpen, duwt ertegen, rukt eraan en schudt hem rammelend heen en weer, net zo lang tot twee bewakers komen toegesneld.

Wat er wordt gezegd kan ik niet horen, maar aan haar grootse, maaiende gebaren en de blik waarmee de breedgeschouderde suppoosten voor haar terugdeinzen, herken ik, eigenlijk al voordat zij speurend langs de façade van het gerechtsgebouw omhoogblikt en, resonerend in alle denkbare holtes tussen borst en schedeldak, met die onmiskenbare stem van haar mijn naam schalt, de juffrouw.

De opgevulde schouders van Verbeets scharlaken robe verraden dat hij uit een andere tijd stamt, een kwarteeuw eerder minstens, toen zij met het oog op haar aanstaande carrière alvast wat kleding had laten vervaardigen waarin zij later op de wereldpodia niet zou wegvallen. De corsage die zij heeft opgespeld, een overdadige toef camelia's van zachtroze zijde, komt ogenschijnlijk van diezelfde bestelling.

'Kindlief, wat een toestand, wat een beproeving!' Met uitgestoken handen doorkruist zij de entreehal en omhelst me. 'Maar geen zorg meer, hoor, nu komt alles goed, ik ben er!'

Eén blik op het ochtendblad en ze had al geweten dat ze niet anders kón dan ter zitting komen opdagen. Daarna echter had ze, naar eigen zeggen, nog enkele uren nodig gehad om moed te verzamelen.

'De opdracht die ik gekregen heb is niet licht, maar ik ben ertoe bereid!' verklaart ze plechtig terwijl ze rondkijkt. 'Laat mij maar begaan. Wijs mij de weg, waar moet ik zijn?'

'Waarvoor?'

'Waarvoor?' Ze kijkt me aan alsof mijn onnozelheid haar even uit het lood slaat. 'Voor mijn getuigenis, natuurlijk, waarvoor anders?'

Ze lijkt te zijn gekomen om een rol te spelen in een rechtbankdrama. Dit zou in elk geval haar kostumering verklaren, waaraan alleen een voile nog ontbreekt.

'Getuigenis?' probeer ik. 'Welke getuigenis, waarover?' Maar de juffrouw haast zich al bij me vandaan de gang in en dwaalt van deur naar deur als Tosca door de

Engelenburcht op zoek naar Scarpia's kamer.

'Waar is die vent, waar zit hij?'

Ik voer haar aan een arm mee naar de wachtkamer waar ik me zojuist bevond, leg uit dat het om een besloten zitting gaat waarvoor zij niet is uitgenodigd, en schenk haar als troost uit de thermoskan een kopje koffie in.

De kale ruimte met de kantoormeubels lijkt zo weinig op het decor dat zij zich thuis bij haar grote scène had voorgesteld dat haar opwinding onder het tl-licht wegebt, en langzaam openen haar ogen zich voor de realiteit. Zij strekt haar arm uit naar de broodjes en kiest er een met pekelvlees.

'Ik dacht gewoon: ik kom te hulp.'

'Dat is heel lief, maar niemand heeft u opgeroepen.'

'Ik heb me altijd voorgenomen op een dag de confrontatie met hem aan te gaan en dit leek mij hét moment.' Ze kauwt op de droge hap en gebaart dat, zodra zij die heeft weggeslikt, meer uitleg zal volgen. De rest van het broodje legt zij met een vies gezicht ter zijde, neemt een slok en spoelt. 'Ik heb namelijk een paar wederwaardigheden te verklaren, waardoor het alle leden van de jury in één klap duidelijk zal zijn met wat voor personage ze hier te maken hebben.'

'Dit is geen film,' zeg ik kortaf, 'er is geen jury.'

'Bij wijze van spreken, je begrijpt me best.' Ze trekt de schaal naar zich toe en onderzoekt de krentenbollen en de witte puntjes kaas. 'Hij zet mensen onder druk, weet je, duivels slim, hij manipuleert. Chanteert.'

'Ik weet het.'

'Immoreel. Door en door onbetrouwbaar, gewetenloos, meedogenloos. Volledig ongeschikt als opvoeder, zo iemand. Mij leek het voor de zaak waarvoor jij strijdt van groot belang om dit bekend te maken.'

'Het is aan de orde gekomen, geloof me, ik heb het de rechters proberen uit te leggen.'

'Zelf ken ik zeker drie vrouwen die slachtoffer van hem zijn geworden. Vier in totaal, het topje van de ijsberg, dunkt me. Ik dacht: misschien dat het gewicht in de schaal zou leggen als de verklaring van een van die ongelukkigen kon worden gehoord. *Donc me voilà!*'

'Een verklaring van u?'

'Niemand minder.'

'Uit de eerste hand?'

Ze kijkt me even aan en aarzelt, slaat dan haar ogen neer en pulkt met een pink iets weg tussen haar kiezen.

'Sukade, wie bedenkt zoiets, dat vind ik zoiets smerigs, sukade!' Ook de krentenbol heeft de smaaktest niet kunnen doorstaan. 'Verpest toch alles, moet je kijken, die goor gifgroene stukjes, het is ervan vergeven.'

Wat van het broodje rest, wordt met afkeurende blik terug op de schaal gelegd en ingeruild voor de laatste keuze, een wit puntje. De juffrouw bestudeert het aandachtig van alle kanten zonder veel fiducie.

'Ik wist waar ik aan begon,' gaat ze zonder op te kijken verder, 'begrijp me niet verkeerd. Wat dat betreft maak ik hem geen verwijten. Ik wilde iets van jouw stiefvader, hij iets van mij. Mijn doel was hoogverheven, het zijne laag-bij-de-gronds, maar vooruit, zo is de wereld, ik ben een nuchter mens, je kent me, rationeler dan ik bestaan ze niet. En bovendien, ik ben een vrouw en kon hem bieden wat hij zocht. In die zin ben ik zwak geweest, jawel. Dat wíst hij ook. Een vrouw alleen was ik, begrijp je, en misschien – ik zeg het nadrukkelijk – héél misschien niet meer zo tomeloos in trek als in mijn hoogtijdagen. Die wetenschap heeft hij misbruikt. Waar hij om vroeg, had ik geruime tijd aan niemand meer geschonken. Dit werkte, hoe zal ik het zeggen, in zijn voordeel. Hij had zijn voorwaarden, ik had zijn medewerking nodig, simpel.'

'Zijn medewerking?'

'Althans, in ruil was hij bereid zijn tegenwerking te staken. Zijn onwil aangaande jouw carrière.'

'Nee!'

'Toch wel. Hij zou jouw ontwikkeling niet langer in de weg staan, dat was onze afspraak'

'Zodat ik les mocht hebben?'

'Zodat ik les mocht géven.' Ze haalt het kapje van het brood, verwijdert twee van de drie plakken kaas, die ze op een servetje legt, neemt een hap, kauwt, proeft en is niet ontevreden. 'Zodat ik in alle rust aan jouw ontwikkeling kon werken. Ik móest, begrijp je?'

Geërgerd sta ik op. Wat moet ik met die informatie na al die jaren? De juffrouw dankbaar zijn? Me met terugwerkende kracht bezwaard voelen? Het spijt me wel, mijn hoofd zit vandaag vol met alle offers die wij zelf hebben gebracht, daar heb ik die van een ander niet ook nog eens bij nodig. Ik loop naar de gang en wenk de bode, die daar discreet op me staat te wachten.

'Het spijt me,' meld ik de juffrouw kortaf. 'Wij moeten verder.'

'Ik heb het niet voor jou gedaan, begrijp je dat? Jij bent mij niets verschuldigd. Ik deed het voor mezelf. Het was mijn kans om één keer in mijn leven iets te doen met al die kennis van me, jarenlange ervaring, mijn gave voor pedagogiek, die hele schatkist vol juwelen die niemand wilde dragen! Eindelijk zou ik de techniek die ik ontwikkeld had, kunnen doorgeven aan iemand die er werkelijk baat bij had. Het gaf mij zo'n hoop. Het was mijn opdracht. Jij gaf mijn leven zin, dus heb ik hem de zijne gegeven, meer had het niet om het lijf.'

De bode komt binnen, overziet het slagveld en begint de kruimels bijeen te vegen.

'Ik dacht dat het bij een enkele keer zou blijven,' zegt Verbeet terwijl zij opstaat, 'een tijdje lang hooguit, een korte affaire waarna hij zijn interesse zou verliezen – zo is mij dat altijd vergaan – maar jouw stiefvader! Als die iemand eenmaal in zijn greep heeft, laat hij niet meer los.'

'Had van tevoren even geïnformeerd, ik had u dat zo kunnen vertellen.'

'Hij bleek een lijst te hebben met al mijn koorleden. Toen ik onze... transactie wilde stoppen, dreigde hij dat hij hun ouders zou benaderen met, nou ja, bepaalde foto's die hij had genomen. Daarna was er geen ontkomen aan. Steeds gekkere dingen wilde hij, almaar extremer.' Ze zoekt in haar handtas en trekt een enveloppe tevoorschijn, die zij mij toestopt. 'Hierin zit bepaalde... correspondentie over deze zaak, uiterst onverkwikkelijk. Die zou belastend voor hem kunnen zijn.'

'Ik zal het doorgeven aan mijn advocaat,' zeg ik.

'En als u het niet erg vindt,' komt de bode mij te hulp, 'dan gaan wij nu naar binnen. Iedereen zit al.'

'Ja,' stamelt juffrouw Verbeet terwijl zij om zich heen kijkt, 'ja, ja natuurlijk.' De scène eindigt zo anders dan zij zich dat thuis, meezingend met Puccini, had voorgesteld, dat zij, nu de heldenrol haar is ontnomen, niet zo gauw een nieuwe houding weet te vinden. 'Jullie moeten door, ik ga, ik ga. Dan zit er dus niets anders voor mij op, lief kind...'

Ze probeert me te kussen, maar de rand van haar hoed flapt dubbel en ze kan mijn wangen niet bereiken. In plaats daarvan kijkt ze me aan. 'Dit wou ik alleen laten weten: in gedachten ben ik bij jou.'

Ze wil gaan, maar bedenkt zich, loopt nog even naar de tafel en buigt zich over de broodjes. 'Voortreffelijk hoor, die witte puntjes!' Ze kiest er een, steekt hem tussen haar gehandschoende vingers in de lucht, elleboog gracieus gebogen, en wandelt er zo elegant en onverstoorbaar als zij kan de gang mee op. 'De rest had voor mij nou niet gehoeven, maar die kaas waarmee deze belegd zijn – om de dooie dood niet slecht.'

# Weijntje

'Mooi.'

Weijntje hoorde het zichzelf zeggen. Ze zat op het voeteneinde van het bad, voorovergebogen, met in één hand een washandje en in de andere de handdouche. Buiten snerpten de banden van Sijmens auto die wegreed over het grint. Ze was haar onderlichaam aan het spoelen. Dit had ze zich aangewend, zo goed en zo kwaad als dat ging de sporen wegwassen met zeep en stromend water zodra Sijmen zijn hielen had gelicht. Eerst de plaatsen waar hij haar echt besmeurd had, dan aandachtig overal waar ze zich kon herinneren dat hij haar had aangeraakt en daarna nog eens helemaal onder de douche, van top tot teen, zo lang mogelijk.

'Mooi.' Ze legde haar hand tegen haar buik en zei het zacht. Daarna nog eens, zachter, toen ze haar blik liet rusten op haar bovenbeen.

'Mooi.'

Eigenaardig klonk dat, maar ook prettig. Ook een soort reiniging, leek het wel.

Ze stond op en deed een stap opzij om naar zichzelf te kijken in de spiegel, maar het glas was al beslagen. Ze wiste de mist eraf, eerst een voorzichtige lijn die enkel de contouren volgde, daarna met grote halen breeduit vegend totdat zij helemaal tevoorschijn was gekomen.

Er was al veel over dat lijf gezegd, alleen dit simpele nog nooit.

'Het is mooi.'

Haar lippen vormden de woorden, maar het belangrijkste was dat zij ze hoorde in haar hoofd. Voor de zekerheid herhaalde zij het nog een keer.

Ze wist wel dat het raar was, maar het was nodig. Dat lichaam had weleens iets liefs verdiend.

Opkomen is de kunst.

Uit de coulissen het licht in lopen.

Die ene stap waarmee je uit jezelf naar voren treedt is de grootste die een mens kan zetten. Hij is veel moeilijker dan alles wat je daarna voor het oog van iedereen nog doen moet, maar uiteindelijk makkelijker dan in de schaduw blijven.

Naarmate zij vaker werd gevraagd om als Zonne op te treden, ontdekte zij een patroon in de zenuwen die haar voor aanvang plaagden. Die begonnen een dag of twee tevoren, wee onder haar maag, bouwden langzaam op totdat zij haar zowat verdoofden tegen de tijd dat zij in de stoel zat bij de make-upjuffrouw. Het beleefde gebabbel in de kleedkamers en achter het toneel hoorde zij alsof alles verstopt zat, andermans gedachten gedempt door een deken van concentratie.

De laatste minuten voor een opkomst waren beslissend. Alles wat ze wilde was hard wegrennen. Het enige wat haar daarvan op zo'n moment weerhield, was doen alsof. Daar hing in het leven veel van af, steeds meer kwam zij daar achter. En laat dat nu iets zijn waarin zij toevallig goed getraind was.

Op de voorgrond treden bleek alleen een kwestie te zijn van doen alsof je durft en daar zelf in geloven. Moed is iets wat je jezelf aanpraat.

Wanneer zij op moest komen, hield zij zich voor dat zij het niet zelf was die daar stond, maar iemand anders wiens naam werd aangekondigd en van wie het intro klonk. De rest gebeurde in een roes. Zodra Zonne naar voren stapte, trad Weijntje terug.

Het warme water stond nog volop aan. De badkamerspiegel begon al weer dicht te trekken.

Zij streek een haarstreng uit haar gezicht, borg hem achter haar oor en liet de toppen van haar vingers hun weg vervolgen langs de kaaklijn, van de kin verder naar beneden langs haar hals.

Dit was dus de buit waar iedereen op uit was.

Sijmens dagen waren geteld.

Die zin had ze waarschijnlijk opgepikt uit een of andere maffiafilm, maar die woorden sprak ze tegenwoordig in gedachten elke keer dat zij hem zag. Zelfs als hij met zijn volle gewicht op haar lag, zodat ze geen kant op kon, en in haar tekeerging, bleef ze het in zichzelf herhalen: *een kwestie van tijd is het, smeerlap, meer niet – jouw dagen zijn geteld!*

Braaf kreunde zij, zoals hij haar dat al jaren geleden had geleerd en opgedragen, en speelde kirrend dat zij klaarkwam, precies zoals hij haar verteld had dat het hoorde.

Je kon het ook laten en stil zijn, maar dat gaf alleen maar meer ellende. Zodra hij tegenzin bespeurde, werd het een wedstrijd. Dan bleef hij maar doorgaan en wilde hij de hele tijd horen hoe en wanneer het voor jou dan wel lekker werd.

Dat het dat niet was en nooit zou worden, kon hij onmogelijk bevatten. In zijn hoofd was hij nu eenmaal een van God gezonden minnaar, op aarde om vrouwen de zevende hemel te laten ervaren. Vroeg hij of het weer een goede beurt was die hij had gegeven, dan verzuchtte zij dus: 'O ja, ja!', en als hij wilde weten of ze dacht dat er iemand lekkerder beffen kon dan hij, riep zij: 'Onmogelijk!' Want als je iets goed leerde in dat huis dan was het doen alsof.

En opnieuw veegde zij de spiegel droog. Met een handdoek dit keer. Grondig. Geen druppels, geen streepjes mochten achterblijven.

Het zag er niet erg schuldig uit, dat lijf.

Toch nam ze het al heel lang van alles kwalijk. Dat het gewild was, met name. Dat het zo in trek was en niet wist hoe het zich daartegen moest verweren. Dat het willoos leek onder alle geweld. Er werd veel mee gedaan, maar zelf deed het niets. Kon je het dat verwijten?

De kraan was uit, de damp neergeslagen.

Ze deed een stap terug en hernam de beweging van daarnet, diezelfde streling over de wang, de kaak, de hals, nu ook een borst.

Jezelf aanraken lijkt in niets op een aanraking door iemand anders. De huid hoeft niet te schrikken, er is geen spanning, geen verrassing, niets om op bedacht te zijn.

Eerst aaide zij met de linkerhand haar rechterzijde, daarna andersom. Toen beide kanten tegelijk, zodat haar handen elkaar kruisten voor haar keel. Daarna gleden haar vingers vanzelf verder tot ze elkaar in alle rust weer samen vonden voor haar schaamstreek.

Eigenlijk, dacht ze, zou je een slachtoffer maar één verwijt kunnen maken, en dat is dat het ervoor kiest om het te blijven.

Genot was iets van Sijmen. Het hoorde bij de dingen die hij deed en die hij opdrong. Hij had genot en riep altijd dat hij het haar wilde geven. Dit was nooit gelukt. Weijntje had zich er altijd tegen verzet. Zij wilde niets van hem, ook dit niet. Dit zeker niet.

Jaren achtereen was genot oorzaak en kern geweest van haar ellende. Genieten van haar lichaam was iets wat híj deed. Haar onderlijf was zijn domein. Hij genoot daarvan en wilde altijd kijken hoe enorm zij zou genieten wanneer zij er zelf mee speelde. Zij wist hoe dat moest. Hij had dat voorgedaan. Hij had haar foto's laten zien waarop anderen het deden. Dus speelde zij sinds jaar en dag dat ze genoot. Dit was alles wat genieten van je lichaam voor haar was: iets wat je veinsde om zo snel mogelijk van de ergste angst en schaamte af te zijn.

Nu, voor het eerst, bedacht zij dat genot ook een vorm van verzet zou kunnen zijn. En meteen bij de allereerste aanraking, voorzichtig beide handen, palmen tot een kom gekromd traag tastend, drukkend, wrijvend heen en weer over het schaambeen, daarna twee vingers, drie en meer, als vlinders die na lange tijd ontpoppen, steeds drukker krieuwelend op zoek naar vrijheid, begreep zij niet waarom ze er niet eerder op gekomen was.

Hoe was het mogelijk dat dezelfde handelingen die haar weerzin wekten wanneer Sijmen ze verrichtte, haar in haar eentje nu kalmeerden?

Zij bekeek zichzelf ondertussen zoals hij haar had bekeken. Niets werd er gespeeld dit keer. Zij plaatste één been op de badrand om te kunnen volgen hoe haar vingers in en uit bewogen, glimmend vochtig werden, dieper wilden, sneller gingen.

'Mooi zo, mooi!'

Maar wat daaraan echt fijn was, het meest bevrijdende, een genot dat haar doorzinderde, was dat haar stiefvader hieraan nu eens op geen enkele manier deel had. Het heerlijke beleefde zij uiteindelijk zonder hem. Zij genoot het allermeest van de wetenschap dat zij hem met deze daad van zijn plaats verdreef. Hoe vaak had hij haar niet proberen uit te leggen, aan te wijzen, voor te doen waar voor een vrouw het grootste plezier precies te vinden viel, zonder dat zij er in zijn bijzijn ook maar een zweempje van had meegekregen? En nu, meteen de eerste keer dat zij er zelf op afging, hoefde zij niet ver te zoeken.

Haar adem, vanzelf steeds zwaarder en dieper, traag en hortend nu, leek keer op keer te stokken, precies zoals zij dat zo vaak had moeten veinzen, haar dijen begonnen te trillen, haar knieën voelden week, zij leunde achterover en vond steun tegen de gladde, nog warme tegelmuur.

Door te slagen waar Sijmen keer op keer gefaald had, ondanks al zijn vingervlugheid, zijn ervaring en zijn trucjes, alle zogenaamde vaardigheden en souplesse van zijn tong waarop hij zich zo graag beroemde, zou zij hem vandaag en voortaan elke keer te slim af zijn.

Van alle wraak waarop zij tot dan toe had gezonnen, was dit toch zeker met gemak de zoetste: te kunnen genieten van haar eigen lichaam. 'Dat heeft hij mij dus mooi niet afgenomen!' jubelde zij tegen zichzelf en zij herhaalde het en liet het in zich rondzingen omdat het haar opwond. 'Dit ga ik me ondanks alles door hem niet laten afnemen!'

Haar ogen, die zij in extase gesloten had, sperde ze bewust weer open en zij dwong zichzelf – kijken, kijken nu, goed kijken! – om alles nauwgezet te volgen in de spiegel, terwijl zij wel voelde hoe haar onderlijf zich rond haar vingers samentrok, ontspande en weer samentrok, en zo versloeg zij hem ten slotte in zijn eigen spel, juist op dit terrein, haar lichaam, waarvan hij dacht dat hij er heer en meester was en dat zo lang hun slagveld was geweest, overwon zij hem nu simpelweg door klaar te komen.

De werkelijkheid leek zich weinig van haar overwinning aan te trekken. Nog voordat zij zich goed en wel had afgedroogd, hoorde zij haar stiefvader al weer thuiskomen en tieren omdat hij panne had. Zodra zij zich had aangekleed vluchtte zij als vanouds de doka in, waar zij, op straffe van geen eten, nog voor de avond drie spoelen diende te ontwikkelen die Sijmen de avond tevoren volgeschoten had op de Sint Miechelskermis.

Feestvierders, hossende kinderen, mannen met kleurige puntmutsen, vrouwen met rolfluitjes, je wist gewoon niet beter. Honderden joelende mensen per week kwamen er in het ontwikkelbad door het dolle heen bovendrijven, duizenden per jaar. Ballonnen en suikerspinnen hadden ze vast, slingers om hun nek en baby's op de arm, ze drukten elkaar tegen zich aan en knuffelden hun geliefden en de sierpoppen en de dolfijnen en de beren die ze net hadden gewonnen bij het ringgooien of in de schiettent.

Nog vrijwel dagelijks stond Weijntje over hen gebogen, terwijl zij het bewijs van hun plezier voor hen aan het ontwikkelen was.

Hun opengesperde ogen glimmend van lust en van de pret, monden altijd wagenwijd van het dollen en het lachen en het zingen, lippen steevast vaneen, overal blikkerden tanden schots en scheef of keurig recht, maar doorgaans in een brede grijns. Mannen, trots op hun bierbuik, tilden hun T-shirt omhoog, lamgezopen studentes duwden hun borsten samen zodat die uit hun mohair vestjes puilden. En dan waren er de gekke bekken, dronken dreigend uitgestoken tongen, lappen vlees grotesk verdraaid, breeduit likkend langs hun eigen kin of aan elkaar, terwijl ze met hun vingers hun neusgaten dierlijk wijd uiteentrokken, hun oogleden omhoogrolden, zodat hun ogen leken uit te puilen, wenkbrauwen hoog opgetrokken of juist verwrongen woest.

Wat moest zij met de wetenschap dat er altijd wel ergens in de buurt een plek was waar plezier gemaakt werd, de straten versierd waren met slingers van gloeipeertjes en waar je altijd prijs schoot?

In het begin had zij nog gefantaseerd wie die mensen

waren of wat voor werk ze deden en vooral hoe zij zouden reageren wanneer ze een dag later, eindelijk nuchter en weer keurig in de plooi van hun dagelijks leven, hun bestelling kwamen ophalen, het passe-partout uit de enveloppe trokken en voor het eerst zouden begrijpen hoe zij er eigenlijk uitzien wanneer zij vrij van zorg en zonder masker zijn, helemaal ontspannen en zichzelf.

Daar is geen mens op voorbereid. Niemand kan voorspellen hoe hij tevoorschijn komt op het moment dat de façade wegvalt.

Twcemaal per week had zij zangles bij de juffrouw, en als er een optreden zat aan te komen vaker. Dan waren er de uren met een repetitor om nieuw repertoire in te studeren, oefensessies in de hoofdstad, afspraken om kostuums door te passen en foto's te laten maken voor bij de interviews, waarvoor de verzoeken maar bleven binnenkomen.

Dit alles moest gebeuren buiten schooltijd en tussen het huiswerk maken door, want niet alleen was Weijntje nog simpelweg leerplichtig, zij blonk in bepaalde vakken ook opvallend uit, zoals in geschiedenis en alle talen, zodat sommige leraren zich dankbaar op de bolleboos stortten, zoals een boer met dorre akkers zich ontfermt over een groene scheut, en haar met extra taken overlaadden ter voorbereiding op een universitaire studie, die zij volgens hen aan haar intellect verplicht was.

Dat mocht vooral niet ten koste gaan van haar huishoudelijke taken, want zodra Sijmen, die zich bedreigd voelde door alles waar hij niet bij kon, lucht kreeg van haar intellectuele ambities zou hij ze in de kiem smoren. Haar moeder, die sinds de zwangerschap en het vertrek van Laura haar verdriet elke dag vroeger begon weg te drinken, steeds verder verschrompelend aan de keukentafel, kon haar hierin niet te hulp komen. Dus deed

Weijntje dagelijks de afwas, ging met een stofdoek door het hele huis en maakte de bedden op voor schooltijd of na zes uur, wanneer zij in de winkel niet meer nodig was.

Zij droeg voor dit alles de verantwoordelijkheid. Zij nam die op zich zonder dat zij precies begreep waarom. Zij wist dat dit niet allemaal tegelijk van haar gevraagd kon worden, en toch vond ze het heel belangrijk op geen enkel vlak te verzaken. Zij deed wat haar gevraagd werd, zoals een soldaat latrinedienst draait voor zijn regiment, omdat het nu eenmaal zijn lot is deel te zijn van het geheel. Zij kweet zich van de taken als de zoon die zij had horen te zijn, de jongen die het gezin misschien bijeen zou kunnen houden en de rol van de vader diende voort te zetten.

De doos met haar vaders plakboeken en foto's bewaarde zij in haar kamer onder handbereik. Voor het slapengaan ging zij er soms even doorheen. Op de bodem lag altijd nog dat kleurloos kartonnen doosje met een amateurfilmpje, merk Leizpig.

Op een dag besloot zij dat uit zijn verpakking te halen. Het was een smalle tinnen spoel met een goedkoop type celluloid dat nogal broos leek. Voorzichtig pakte zij het materiaal tussen duim en wijsvinger, hield het tegen het licht en liet het door haar vingers glijden.

Minder dan een halve meter had ze nodig om te begrijpen waar de opnamen moesten zijn gemaakt.

Ze liet alles uit handen vallen en rende de trap af naar de winkel, griste een sleutelbos weg uit het kantoor van Sijmen, die Isa naar haar klassenavond aan het brengen was.

Weijntje opende de hoge vitrine met de projectoren. Ze nam een stoel, ging plank voor plank langs de machines, en vond er, anders dan Sijmen beweerd had, wel degelijk een – ze had het kunnen weten! – waarop niet alleen de breedte van de in te leggen film verstelbaar was, maar eveneens de grootte van de tanden van het voer en de extractie, zodat het Oost-Duitse systeem daarop zou kunnen worden afgespeeld.

Ze nam het gevaarte mee naar haar kamer, hing het tinnen spoeltje in de toren, leidde de film door de poort en sloot die, waarna ze het licht in de kamer uitdeed en de lens op de muur boven haar bed richtte.

Daar verscheen Zonne.

Het was nogal bewogen allemaal, zonder geluid en korrelig, maar duidelijk genoeg om de locatie te herkennen: het podium voor de kerk aan de Schapenmarkt tijdens het Midzomernachtfeest, een van de eerste optredens die zij na haar doorbraak had gegeven.

Daar was hij dus bij geweest!

Zij probeerde zich voor de geest te halen hoe het publiek eruit had gezien, welk nummer zij gezongen had, te bedenken waar haar vader ongeveer moest hebben gestaan. Veraf. Had hij niet vooraan durven staan? Waarom niet, was zijn tweede vrouw er misschien bij? Waarom was hij na afloop niet naar achteren gekomen om haar te spreken, waarom had hij zich niet kenbaar gemaakt?

Maar goed, hij was daar! Hij was dus gekomen. Hij was daar geweest. Voor haar.

Het filmpje duurde amper twee minuten, bevatte drie shots van mensen uit het publiek, en verder alleen Zonne achter een microfoon. Bij het applaus zwenkte de camera nog even over de hoofden om op het moment dat zij een buiging maakte te eindigen op haar kruin. Na twee tellen zwart verscheen een zelfgeschreven briefje, gewoon een geruit blaadje dat uit een schoolschrift was gescheurd, waarop bij wijze van toelichting in viltstiftletters stond te lezen: 'MIJN DOCHTER LAAT VAN ZICH HOREN', gevolgd door de datum, waarna het filmpje van de spoel liep.

Zij legde het opnieuw in en bekeek de opnamen nog eens.

Twee minuten keek zij door haar vaders ogen naar zichzelf. Daarna verscheen die tekst weer, lachwekkend omdat de film stom was en zijn dochter, hoe hard die haar best ook had staan doen, geen enkele noot had laten horen.

Eigenlijk was het tijd om de projector terug te zetten, maar ze wilde alles nóg eens zien, nauwkeuriger, de details in zich opnemen. Zijn handen bijvoorbeeld, die kort in beeld kwamen op het moment dat hij iemand op de schouder tikte en vroeg wat ruimte vrij te houden voor zijn lens.

Ze spoelde dus weer terug, maar de film was nog niet opnieuw begonnen of de deur van haar kamer ging open.

Sijmen wierp één blik op het gestolen voorwerp, één op de projectie, smeet de deur achter zich dicht, greep Weijntje bij haar schouders, wierp haar op bed en trok zijn riem los.

'Sijmen?' riep haar moeder van beneden. 'Sijm, ben jij dat, ben je daar?'

Kennelijk was hij bij thuiskomst rechtstreeks naar kantoor gelopen, had de diefstal ontdekt en de dader blindelings geraden.

Ze kon nauwelijks denken, zo abrupt was Weijntje uit de beelden gerukt, maar schatte haar kansen in: wanneer hij haar nam om zijn woede te koelen en te laten zien wie hier de baas is, was hij op zijn gevaarlijkst. Tegenstribbelen deed hem dan alleen maar goed. Beter zou het zijn om mee te werken, van meet af aan, hem meteen het idee te geven dat zij wilde.

Doen alsof.

Ze lachte naar hem en knoopte haar bloesje open.

Deed alsof.

Toen hij aan haar rokje sjorde en het naar beneden wilde trekken, hielp ze hem en deed de rits zelf open, zodat die niet zou knappen.

En toen ineens begon het haar te dagen…

'Ja!' zei ze. 'Ja, nu wil ik het.'

Geen idee of hij het geloofde. Zij stak haar handen naar hem uit, wenkte verlangend, liet zich alvast achterovervallen. Langer durfde ze, bang om uit haar rol te vallen, niet naar hem te kijken, dus ze bleef liggen, staarde naar de beelden die nog bewogen boven haar bed.

Daar stond Zonne te zingen, woordeloos, af en toe onderbroken door het silhouet van haar stiefvader, die voor de lichtbundel heen en weer hinkte terwijl hij zijn schoenen uittrapte en zijn broek, want zijn zieden maakte langzaam plaats voor zin.

'Kom maar,' zei ze lachend, 'kom dan.'

Sijmen aarzelde omdat hij haar zo gretig niet kende. Zij tilde haar bekken op, schoof zelf haar slipje vast opzij en kon niet wachten. Terwijl hij op haar klom, riep ze: 'Ja, o ja!', zo hard dat Sijmen opkeek. Ze trok hem naar zich toe, legde van plezier haar hoofd al in haar nek en zag boven haar bed de woorden verschijnen, 'MIJN DOCHTER'…, waarna het filmpje van de spoel liep en de muur baadde in licht.

Sijmen wist niet hoe hij het had. Zo was Weijn nog nooit tekeergegaan, wat een wijf had hij van haar gemaakt! Het kirde en het gilde. Zijn stiefdochter spoorde hem aan en bleef maar kreten van bewondering slaken over zijn lijf en over zijn techniek, en riep eindelijk eens luidkeels dat ze er meer van wilde, en dieper en harder en nog meer!

Het was van alles wel wat veel.

Hij kuste haar, in de hoop haar daarmee een beetje stil te krijgen, maar dit maakte haar alleen maar gretiger. Alsof ze woest werd, greep ze de spijlen van het bed en bonkte ermee tegen de muur.

'Stil toch, schatje!' probeerde hij nog. 'Stil nou, even rustig, alsjeblieft.'Maar zij omklemde hem met haar benen, joeg hem op door met haar hakken in zijn billen te porren en hij was tenslotte ook de beroerdste niet.

Zodra hij zijn ritme gevonden had, gingen bij Weijntje pas alle remmen los, alsof zij haar bewustzijn aan het verliezen was van puur genot. Van links naar rechts sloeg haar lichaam als dat van een bezetene, en hoe hij haar ook tot kalmte maande, ze bleef maar uitschreeuwen hoe goed hij toch was en hoe graag ze had dat hij haar weer lang en lekker klaar zou laten komen als altijd.

In werkelijkheid genoot zij enkel van de minachting die zij voor hem voelde, de wraak die zij aan het voltrekken was, de voorpret bij het idee dat zij op ditzelfde moment beneden goed te horen was – waren dat niet al voetstappen die de trap op kwamen rennen? – en elk moment ontdekt kon worden. Aan de belofte van haar moeder, dacht zij, die na deze heterdaad niet anders doen kon dan de waarheid onder ogen zien en ook haar tweede man het huis uit zetten.

'Laat hij het eens wagen,' was dat niet wat ze had gezegd? 'Als ik ooit zie dat hij jou ook maar met een vinger aanraakt...'

Zo zweepte Weijntje zichzelf verder op, in afwachting van de deur die open werd gegooid, een kwestie van seconden nog hooguit, tellen die op de projector werden weggetikt door het uiteinde van de losgeschoten film, dat onophoudelijk tegen de draaiende spoel bleef petsen. En zij kon niet wáchten op de gil die zou worden geslaakt wanneer Sijmen zo meteen betrapt zou worden en met zijn billen pompend in de lichtbundel het bewijs zou leveren van haar gelijk.

Ik verdom het verder, dacht ze, om het slachtoffer te zijn van mijn verleden, vanaf vandaag word ik de dader van mijn toekomst.

Dus liet zij van zich horen, hijgde zij en kirde, smakte, snerpsnikte, zong en gierde zij het uit, en dit alles voltrok zich als vanzelf, want wat Sijmen ook dacht en waar dit ook op lijken mocht, in feite was zij niet meer of minder dan gewoon een kind dat heel hard lag te roepen om haar moeder.

# Zonne

Of ik de hoofduitgang wil nemen, vraagt de bode, of liever vertrek via de parkeergarage.

Het is half vijf, het zit erop.

Hij gebaart me even uit het raam te kijken.

De meute buiten heeft er lucht van gekregen dat de zitting is gesloten. De schrijfblokken worden in de aanslag gehouden, op de camera's zijn de kleine schijnwerpers vast aangedaan, de reporter van het roddelnieuws morrelt de schuimrubberen plopkop met het logo van zijn programma zo over zijn microfoon dat het vanavond recht in beeld zal zijn.

Als ik hun nu te woord sta, ben ik er voor vandaag waarschijnlijk van af, maar neem ik de achteruitgang, dan staan ze binnen het uur thuis voor de deur en willen ze een shot van Lotte.

Terwijl ik sta te aarzelen, komt Sijmen de gang op. Zijn advocaat neemt hem bij de arm en wil hem meevoeren naar beneden, maar hij maakt zich los.

'Tevreden?' wil hij weten.

'Waarom zou ik? De beslissing is nog niet gevallen.'

De bode wil tussenbeide komen, maar ik zeg dat dat niet nodig is. Sijmen durft zijn agressie enkel onder vier ogen te uiten, zolang er iemand in de buurt is, speelt hij zwak en zielig.

'Nee, vreselijk is dat,' zegt hij met gebroken stem. 'Dat wachten. Vind je niet? Nog een week! Het wachten is het ergste. De onzekerheid.'

'Doe me een lol, zeg, bespaar me die opvoering of wou je ons op nog meer tranen trakteren?' Ik hoor hoe hard dat klinkt. Onuitstaanbaar dat ik me daartoe laat verleiden. 'Vier keer maar liefst heb je daarbinnen zitten snotteren!' voeg ik eraan toe bij wijze van verdediging.

'O, ik denk zelfs nog wel vaker,' zegt hij stilletjes. 'En jij amper één keer, hè?'

Met grote ogen blikt hij opzij om te zien of de anderen wel horen hoe harteloos ik ben.

'Ik houd mijn verdriet binnen,' zeg ik. 'Dat heb ik altijd gedaan. Dat leer je wel bij jou in huis.'

'Ik begrijp het wel,' gaat hij verder, 'voor jou ligt de zaak natuurlijk ook heel anders. Míj gaat het om mijn eigen vlees en bloed.'

De bode wandelt met de advocaat een eindje bij ons vandaan, buiten gehoorsafstand.

'Je hebt in elk geval je zin,' bijt Sijmen me toe. 'Het ging erom mij zwart te maken. Nou, dat is gelukt.'

'Denk wat je wilt. Jij interesseert me niet. Mij gaat het alleen om Lotte.'

'Maak dat een ander wijs. De heilige onschuld spelen en alles op een ander afschuiven, dat is wat jij wilt. Het gaat jou er niet eens echt om mij kapot te maken. Jou gaat het alleen maar om jezelf. Om er zelf beter uit te komen, je handen in onschuld te wassen. Om je geweten te sussen, om te kunnen denken dat het allemaal maar van één kant kwam. Dat zou jou goed uitkomen, nietwaar, als jou niks viel te verwijten. Dan had jij nergens schuld aan. Dat is het enige wat jij probeert te bewijzen, dat jij van de prins geen kwaad wist. En wie je daarbij meesleurt in alle vuiligheid, hoeveel levens jij verwoest, maakt jou niet uit.'

'Ik weet niet hoe je het doet,' zeg ik, 'jezelf altijd maar als slachtoffer te zien.'

'Dan kunnen we mekaar de hand schudden.'

'Heb je vandaag eigenlijk wel geluisterd naar alles wat er gezegd is?'

'Ik heb het allemaal gehoord. Jouw versie. Die is mooi voor anderen misschien, maar je vergeet geloof ik wie je voor je hebt. Jij en ik zijn één, Weijn. Altijd geweest. Dit verhaal is van ons samen. Van meet af aan. Onze geschiedenis. Ik ken die. Jij en ik en verder niemand. Ik weet hoe het is gegaan, ik was erbij.'

Er is niet doorheen te komen. Ik heb geen zin het verder aan te horen, maar voordat ik een stap heb kunnen zetten, neemt hij mijn bovenarm in een ijzeren greep en trekt me tegen zich aan.

'Het maakt niet uit, weet je,' fluistert hij. 'Hoe het ook uitpakt, Lotte is en blijft mijn kind. Als jij haar krijgt, blijven wij net zo goed familie. Méér nog. Stel je voor hoe dat zal zijn, wanneer zij elke dag bij jou in huis is als levende herinnering aan mij.'

Ik ruk me los.

De afdruk van zijn nagels blijft achter in mijn vlees.

'Of Laura haar nou had opgevoed of jij,' zegt hij spottend, 'dat blijft toch één pot nat. Of ik nou een dochter bij haar heb of bij jou, mij is het hetzelfde, ik heb jullie allebei geneukt.'

Dan de spitsroeden van het journaille er meteen ook maar achteraan, denk ik, dan hebben we het allemaal gehad. Zodra ik de hal binnenkom verdringen ze zich buiten op de trap, hun gezichten lichten op. Nog voordat ik door de draaideur ben, beginnen ze volop te flitsen.

'En?' De stagiair van het ochtendblad klinkt spottend. 'Mogen we u feliciteren?'

'Zolang jullie maar met een mooi boeket aankomen,' pareer ik lollig, 'en met bonbons!'

Ondanks hun chagrijn schieten sommigen toch in de lach. Ze hebben hier de hele dag gestaan en willen onderhand eens bloed zien. Zo gaat het altijd wanneer ze lang hebben moeten wachten. Jagers die het wild kwalijk nemen dat het niet op hen afrent. Niemand heeft hen uitgenodigd en als ze dan niet welkom zijn, doen ze verongelijkt. In zulke situaties zit er maar één ding op: een beknopt statement, je voor de rest op de vlakte houden en iedere vraag neutraliseren met een grap.

'Dus is het gelukt,' vraagt een ander, 'wordt u binnenkort moeder?'

'Ik?' zeg ik met een pruilgezicht alsof ik in de revue sta. Een korte sketch om alle aandacht af te leiden: ik keer me naar de fotografen, zodat die ook meteen hun plaatje voor morgenochtend hebben. 'Niet dat ik weet.' Ik zet mijn buik uit, ondersteun hem met twee handen alsof ik op alle dagen loop en kijk beteuterd in de camera's. 'Of is dit soms uw manier om me te zeggen dat ik op mijn figuur moet letten?'

De taxi is al op de snelweg als ik me bedenk.

Ik ben er niet aan toe om Lotte meteen onder ogen te komen. Eerst wil ik meer afstand. Aansterken. Weten waar ik sta. Bedenken wat ik zeg. Het is als naar huis rijden na een voorstelling met als enige zekerheid dat je voorlopig niet kunt slapen. Als je dan direct gaat liggen, gaat het mis. Een drankje helpt, iets uit de koelkast, een aanraking. Eerst moet alles wat in je is omgewoeld en losgekomen neerslaan en bezinken. Er moeten dingen worden afgerond. Gedachten afgeleid. Wat is uitgedeeld, moet worden aangevuld. Er is een overgang. Kom je uit het felle licht, dan moeten je ogen wennen aan het donker.

De chauffeur neemt op mijn verzoek de eerste afslag en rijdt de polder in. Als hij daarna vraagt waarheen precies, geef ik het adres op van mijn moeder.

Het ochtendblad ligt nog bij haar op tafel. Nou mag ík eens zeggen hoe ze dat morgen gaat verklaren als ze moet bridgen in het buurthuis. Daar heb ik zeker niet bij nagedacht. Niet dat ze gaat. Niet naar bridgen, niet naar wat dan ook. Die tijd ligt achter haar. Zij gaat nergens meer heen. Nooit meer. Ze is niet van plan ooit de deur nog uit te gaan. Hoe zou ze kunnen? Dat heb ik met dat hele circus voorgoed onmogelijk gemaakt. Of ik een idee heb wat dat met iemand doet, je hele hebben en houwen met koeienletters op de voorpagina. De telefoon staat al de hele dag roodgloeiend. Geen idee wie het allemaal zijn, ze neemt niet op. Om zich te laten uitkafferen zeker? Ze kan haar abonnement nu net zo goed opzeggen, want ze wil toch nooit meer iemand spreken. Dat was nog haar enige verbinding met de wereld, die telefoon, maar dat is allemaal voorbij. Door alle publiciteit heb ik haar haar leven afgenomen. Niemand zal meer iets met haar te maken willen hebben. Ja, om haar verwijten naar haar hoofd te slingeren en na te wijzen, maar verder niet. Zij kan zich voortaan nergens meer vertonen, maar daar houdt geen mens rekening mee. Zo gaat dat al haar hele leven, niemand heeft ooit rekening met haar gehouden. Iedereen denkt altijd alleen maar aan zichzelf. Was ze maar eens voor zichzelf opgekomen. Dat had ze moeten doen, al was het maar één keer. Eén keer! Maar nu is het genoeg, het roer gaat om, voortaan gaat ze om zichzelf denken. Er zit niks anders op, ze zal moeten verhuizen. Een andere uitweg is er niet. Liefst ver weg. Dan is ze ook niemand meer tot last. Ergens naartoe waar geen mens haar kent, en daar opnieuw beginnen. Met niks en niemand. In d'r eentje. Helemaal van nul af aan. Op haar leeftijd.

'Ja,' zeg ik als ze is uitgeraasd, 'het was een zware dag.'

Mijn moeder kijkt me aan en zucht. Ze staat op om koffie te zetten. Ze draagt een duster.

'Wás hij er?'
'Natuurlijk.'
'En?'
'En wat?'
'Hoe zag hij eruit?'
'Adembenemend!'
'Je weet best wat ik bedoel.'
'Wat denk je, hoe zou hij er nou uitzien? Als een griezel natuurlijk.'
'Vroeger niet, niet in het begin, echt niet, het was een mooie man.'
'Helaas werd er vandaag niet om een schoonheidsprijs gestreden.'
'Ik ben niet gek. Hij wás knap, dat zeiden anderen ook. Dat was juist zo verraderlijk.'
'Wat wil je liever horen, dat hij goed geconserveerd gebleven is of helemaal verlopen?'
'Ik wil horen dat hij met zijn poten van mijn kleinkind afblijft.'
'O, dat dus wel.'
'Wat betekent dat nou weer?'
'Daar is het om begonnen. Dat "hele circus" van me. Om Lotte te besparen wat ons niet bespaard gebleven is. Je had de krant moeten lezen, het stond op de voorpagina.'
'En?'
'Je had erbij moeten zijn.'
'Vertel.'
'Nee letterlijk, mam, *jij* had er moeten zijn.'
'Dat kan ik niet, dat weet je.'
'Het had een enorm verschil gemaakt als jij daar gewoon gezeten had en je verhaal had gedaan.'
'Met hem daarbij? Dat mag je niet van me vragen.'
'Ook niet nu het om je kleinkind gaat?'
'Ik heb het je toch uitgelegd? Dat gaat niet. Hij heeft foto's.'

'Hij heeft foto's van iedereen. En filmpjes. En briefjes, die neemt niemand serieus.'

'Foto's van mij...' Ze breekt. 'Bepaalde foto's. Ach kind, hij heeft me dingen laten doen...'

'Je méént het,' zeg ik kil.

'Jullie ook, ik weet het, het is erg genoeg, ik weet het, wrijf het maar in. En ik heb niet ingegrepen. Maar ik wist het ook niet. Niet totdat ik jou die dag met hem betrapt heb.'

'Mij met hem? Je hebt hém met míj betrapt, niet andersom.'

'En tot die tijd heb ik van niets geweten. Waarom wil niemand dat geloven? Het meeste wist ik niet. En waar ik bang voor was, heb ik niet kunnen voorkomen. Dat is de pijn die ik moet dragen. Het heeft mijn leven lam gelegd, alles verwoest waaraan ik hechtte, kapotgemaakt wat ik liefheb: jullie! Jullie zijn kapotgemaakt, dat is de schuld waarmee ik leven moet. Ik heb het allemaal niet kunnen stoppen, maar dat was juist hierom, om die foto's, dat probeer ik uit te leggen. Die dingen die ik doen moest, dat was niet alleen met hem. Begrijp je? Ook met anderen. Dat wond hem op, beweerde hij. Als ik... op straat... Hij wou dat ik de straat op ging. Hij heeft foto's waarop je ziet dat ik daar sta en aangesproken word. Snap je? Laat het me niet allemaal hoeven zeggen. Dan stond hij aan de overkant en legde dat vast. Alsof ik een van die meisjes was. Het wond hem helemaal niet op. Integendeel, hij stond zich te verbijten. Het ging hem enkel om die foto's. Om bewijs. Materiaal om mij mee onder druk te kunnen zetten. Zodra hij het in handen had, heeft hij me in elkaar geslagen. Finaal. Gek was hij van jaloezie, terwijl ik het deed voor hém. Ik hield van hem. En wat hij met jullie deed wist ik toen niet, dat moet je geloven. Niet alles. Niet van jou. En meteen toen ik daar achter kwam...'

'Alleen omdat ik ons door jou líet betrappen. Dat was de enige manier. Ik wilde dat je het zou zien. Met eigen ogen. Zodat je er niet meer onderuit kon. Dat je het niet langer kon ontkennen.'

'Diezelfde avond nog heb ik moed verzameld. Hoe ik het gedaan heb weet ik niet, doodsangsten stond ik uit, maar ik heb ze overwonnen en ik heb het gedurfd: ik heb hem eruit gezet, of niet soms?'

'Dus het kón wel.'

'Omdat het nu om jóu ging. Het is verschrikkelijk, het is niet goed, maar ik heb van hem gehouden. Wat kun je daaraan doen? Hij heeft altijd gedreigd met die foto's naar de politie te stappen. Altijd. Nog steeds. Hij zei dat ik zou worden opgepakt. Dat hij alles naar buiten zou brengen en mij aan de schandpaal zou nagelen. Dat mij mijn kinderen zouden worden afgenomen, dat ik naar de gevangenis zou gaan en dat jullie uit elkaar zouden worden gehaald en in pleeggezinnen gestopt.'

'Dat was zijn vaste praatje. Daar dreigde hij ons ook mee.'

'Zie je wel!'

'Dat was zijn troef, dat wij door anderen zouden worden opgevoed. Wat ik niet begrijp, is dat ons dat erg leek.'

'Dat wat erg leek?'

'Ergens anders te worden opgevoed. Iedere plek was beter geweest.'

'Niet zeggen!'

'Dat is de gekte en het gevaar van het gezin, dat het bij elkaar wil blijven. Zelfs wij.'

'Niet zeggen nou.'

'Wat zou ons allemaal bespaard gebleven zijn als op een dag de kinderbescherming eens was langsgekomen?'

'Ik dacht dat ik jullie zelf kon beschermen. Door hem naar de mond te blijven praten, door te sussen en niet dwars te zitten, door hem altijd maar te geven wat hij vroeg. Het heeft niet geholpen. Denk maar van me wat je wil. Dat doet iedereen, maar ík weet hoe het in elkaar zit. Wat ik gedaan heb, deed ik voor jullie. Om jullie bij me te mogen houden.'

'En uitgerekend daardoor...'

'Elke dag neem ik dat mijzelf kwalijk. Elke dag. Dat weet jij niet, daar heeft niemand ook een boodschap aan. Waarom zouden ze? Ik ben laf, dat weet ik wel. Ik ben niemand, dat heeft altijd zo gevoeld, een nul, iemand van niks, waar dat vandaan komt weet ik niet. Ik heb het van kleins af aan geweten. Eerst voelde het zo en toen ben ik me daarnaar gaan gedragen. Daardoor werd ik het en dat je vader een ander nam, was voor mij het bewijs. En toen kwam Sijmen. Die voelde dat feilloos aan. Die is zo gehaaid. Ik had er iets aan kunnen doen, maar dat wist ik niet. Ik wist niet hoe. Als ik had ingegrepen, meteen, als ik voor mezelf was opgekomen, als ik opgekomen was voor jullie, dan had ik misschien nog iemand kunnen worden. Ik heb het niet gedaan. Ik heb het niet gedurfd. Te bang voor de pijn die het me zou doen. De schande die het met zich mee zou brengen. De schaamte die ik voelen zou. Ik wist niet wat ik nu weet: dat het veel meer pijn doet om het maar te laten voortduren. Dat door niets doen en hopen dat het over gaat alles alleen maar erger wordt en groter, de schaamte, de schande, de schade. Als ik ingegrepen had, als ik dat gedurfd had, was de pijn hevig geweest, maar kort. Ik heb het niet gedaan. Omdat ik jullie wilde houden. En uitgerekend daardoor...'

'Uitgerekend daardoor.'

'...ben ik jullie kwijt.'

Ze zegt het allemaal met droge ogen.

Ze zegt nooit iets met droge ogen.

De koffie is op.

Ik loop de erker in en schuif een van de glasgordijnen opzij om te zien of de taxi er nog staat. De chauffeur, die ik gevraagd heb te wachten, leunt tegen zijn wagen en rookt een sigaret. Ik trek zijn aandacht en gebaar dat ik eraan kom.

'Volgende week weten we meer,' zeg ik en ik trek mijn jas aan.

'Het is wel veel voor jou allemaal.' Mijn moeder loopt mee naar de deur. 'Zo zwaar. Als je Lotte nou eens een dagje onder de pannen wilt hebben, dan kun je haar rustig hier brengen, hoor, dat weet je, hè?'

'Ik zie wel.'

'Graag. Ik pas met liefde op. Alles wat ik wil is oma zijn.'

Ik loop al op het tuinpad. Bijna was ik zonder brokken weggekomen.

'Dat is toch niet te veel gevraagd? Gewoon gezellig en meer niet, een oma zoals andere oma's.'

'Ik weet niet, mam,' antwoord ik. 'Voordat een vrouw oma kan worden, moet ze eerst een tijdje moeder zijn geweest.'

Naar huis dan maar, het wordt al donker. Ik had even moeten bellen waar ik bleef. Sander is vast al met het eten in de weer.

We zullen moeten praten, hij en ik, zoveel is zeker, al heb ik geen idee wat ik ga zeggen. Misschien het best meteen vanavond nog, als Lotte naar bed is. Nu heb ik alles voor mezelf tenminste helder.

Begrijpen zal hij het niet, dat kan ook niet na alles wat hij voor mij heeft betekend, maar ik hoop dat ik het hem toch enigszins kan uitleggen. Dat ik nu eenmaal wéét wat het met je doet wanneer een ouder er niet onvoorwaardelijk voor je is. Dat ik Lotte daarvoor wil beschermen.

Gek genoeg denk ik ineens aan Sanders ouders. Zo vol als die waren van het idee aan een kleinkind dat ze zomaar in de schoot geworpen zouden krijgen en van plan waren te overladen met hun grenzeloze liefde en vrije idealen. Een tweede kans, zoals alle grootouders die krijgen, een mogelijkheid, die ik hun nu ontneem, om eens te zien wat er geleerd is van de fouten van de eerste.

Sander zelf zal het volledig overvallen. Hij zal overstuur zijn omdat hij dit niet verdiend heeft. Hij zal tegenstribbelen en zeggen dat hij mij toch steunt. Dat hij me altijd heeft gesteund in alles, en dat is ook zo. Dat hij mij ook hierin steunen wil. Hij zal zich verdedigen en zeggen dat ik hem verschrikkelijk onderschat en dat hij het wél kan, een kind opvoeden. Dat denkt hij ook. Dat hij een vader voor haar zal kunnen zijn.

Hij is bereid daar grote offers voor te brengen.

Hij is nooit bereid ergens een groot offer voor te brengen.

Dat hij blijven wil, bij mij, bij haar, en die verantwoordelijkheid ook aandurft. Dat hij zijn plannen best wil uitstellen, dat hij zijn dromen gerust opzij wil zetten. Dat het waar is dat hij zijn leven zo nooit voor zich had gezien, zal hij toegeven, maar dat hij van avonturen houdt en dat het vaderschap per slot toch ook een avontuur is. Hij durft, hij wil het aangaan. Hij zal me bezweren dat hij het in elk geval voor mij graag wil proberen.

Maar voor míj is niet goed genoeg.

Als ik binnenkom staat Sander in de keuken. Hij wil me omhelzen, maar zijn handen zijn vet, dus houd ik het te goed en ik loop door naar de huiskamer, waar Lotte in haar uppie voor de tv zit.

Ik moet vechten tegen de neiging om naast haar neer te vallen en haar op schoot te trekken. Liefst zat ik elke avond met ons drieën breeduit op de bank, alsof we al heel lang en heel vanzelfsprekend een gezin zijn, maar dat is iets waar Lotte zelf naar toe moet groeien.

Of ze niet liever snel nog even zwemmen wil, vraag ik, want ik wil haar bij die televisie weg hebben. Zo meteen begint *Sterrennieuws* en God weet wat die voor verhaal over ons hebben gebakken.

Het verlichte zwembad ligt stralend in de schemering. Ik sta aan de rand, mijn tenen er al overheen, te kijken naar de wolkjes die van het verwarmde water slaan. Uiteindelijk voel ik Lotte. Ze komt bij me staan en pakt mijn hand, schuifelt twee pasjes dichterbij, schouder en heup tegen me aangedrukt. Ze brengt haar voetjes naar voren tot ze gelijk zijn aan de mijne, tenen precies zo gekromd.

De flonkering lokt, dat schitterende blauw, maar het halfduister houdt ons nog even in zijn greep. Ik weet niet wat de aarzeling nog is, maar zo staan we samen alleen maar even wat te staan, alsof het wachten is op iemand die ons een zet komt geven. Zo zou ik altijd kunnen blijven staan, denk ik. Dan voel ik haar rillen in de avondlucht, we kijken elkaar aan, tellen af en trekken elkaar mee.

Na een paar baantjes komt ze naar me toe gezwommen. Ze draait op haar rug, zodat ze de eerste sterren zien kan. Ik leg een hand onder haar hoofd, met de ander ondersteun ik haar billen, zodat ze zonder iets te hoeven doen blijft drijven, en ik beweeg haar zachtjes kriskras door het warme bad alsof ze zweeft.

Of ik al iets weet, vraagt ze.

Wat ga ik zeggen?

Dat het goed komt natuurlijk, en dat komt het ook.

Haar haren waaieren uit over de waterspiegel. Haar lichaam steekt scherp af tegen de verlichte zilverblauwe bodem. Waar het de lucht raakt, slaat de damp eraf.

*Zodra wij met ontwikkelen klaar zijn kunnen de beelden worden gefixeerd, afgespoeld en te drogen gehangen. Er bestaat nu geen gevaar meer voor overbelichting. Nadat wij ons ervan hebben verzekerd dat alle gevoelige materialen, alsmede zuren en andere agressieve stoffen zorgvuldig zijn afgesloten en veilig weggeborgen, kan de beschermende kleding worden afgelegd. (Vergeet niet het waarschuwingslichtje uit te schakelen!) Hierna kunnen wij de deur van de donkere kamer met een gerust hart openen.*

(uit: *Objectief bekeken, zelf ontwikkelen en vergroten in kleur.*)

Boeken van Arthur Japin
bij De Arbeiderspers:

*Magonische verhalen* (1996)
*De zwarte met het witte hart* (roman, 1997)
*De vierde wand* (verhalen, 1998)
*Magonia* (verhalen en filmscenario, 2001)
*De droom van de leeuw* (roman, 2002)
*De vrouwen van Lemnos* (2002)
*Een schitterend gebrek* (roman, 2003)
*Alle verhalen* (2005)
*De klank van sneeuw* (twee novellen, 2006)
*De grote wereld* (Boekenweekgeschenk, 2006)
*De overgave* (roman, 2007)
*Zoals dat gaat met wonderen.*
*Dagboeken 2000-2007* (2008)
*Vaslav* (roman, 2010)
*Kussenboek* (citaten, 2011)
*Maar buiten is het feest* (roman, 2012)

Luisterboeken van Arthur Japin
bij Uitgeverij Rubinstein:

*Een schitterend gebrek*
*Vol verlangen – liedjes van Arthur Japin*
*De klank van sneeuw*
*De grote wereld*
*De overgave*
*Zoals dat gaat met wonderen*
*De zwarte met het witte hart*
*Vaslav*
*Maar buiten is het feest*

Bezoek ook de website www.arthurjapin.nl

*Een schitterend gebrek*

Lucia en Casanova leren elkaar kennen op een feest nabij Venetië, worden verliefd en beloven elkaar eeuwige trouw. Maar kort daarna verdwijnt Lucia plotseling uit Casanova's leven. Vele jaren later ontmoeten ze elkaar in een Amsterdamse schouwburg bij toeval opnieuw. Hij heeft er geen weet van dat zij het is omdat ze haar gezicht onder een sluier verbergt, en hij probeert haar te veroveren op de van hem bekende wijze.

Voor Lucia is de schokkende confrontatie aanleiding tot een reconstructie: haar jeugd in de Veneto, haar kortstondige maar heftige liefde voor Casanova, de verwoestende ziekte die haar trof, haar vlucht naar Amsterdam en haar werk als hoer. Langzaam wordt duidelijk dat haar verdwijning geen verraad was, maar een daad van liefde.

* Een roman [...] waarin alles klopt, die gaaf is als een klassiek gedicht en eenzelfde aangrijpend inzicht biedt. [...] Neerlands enige echte tijdloze schrijver met internationale allure. – *De Groene Amsterdammer*
* Een rijk complex van thema's en motieven [...] die met meesterhand aaneen worden gevlochten en zo de uiteindelijke moraal van het boek ondersteunen. [...] Een superieur literair machtsvertoon. – NRC *Handelsblad*

*De overgave*

Texas 1836 – een groep jonge Comanche-indianen overvalt het fort van de pioniersfamilie Parker. Granny, de moeder van het gezin, moet toezien hoe haar kinderen en kleinkinderen worden ontvoerd. Moeder Granny is de enige overlevende die achterblijft.

Veertig jaar later krijgt de dan hoogbejaarde Granny bezoek van Quanah, de aanvoerder van de door haar zo gehate Comanche. Hij is op weg om zich over te geven en zijn verslagen volk voor altijd in het reservaat te leiden. Hiermee wordt, na bijna vierhonderd jaar, de onderwerping van de oorspronkelijke bewoners van Amerika een feit.

*De overgave* vertelt het aangrijpende en onvoorstelbare leven van een vrouw die in het gevecht om haar kinderen en kleinkinderen uiteindelijk het machtigste wapen moet leren hanteren: vergeving.

Winnaar NS Publieksprijs 2008

* Verdorie, wat schrijft die man een sprankelend, vloeiend proza. Japins zinnen zijn ritmisch, zijn beeldspraak onopdringerig en onverwacht, zijn compositie smetteloos. Bovendien heeft hij het talent een personage te doen leven. – *De Standaard*
* Arthur Japin heeft het met *De overgave* weer geflikt: een roman schrijven die groots en meeslepend is, pijnlijk en onvoorspelbaar als het leven zelf. – *De Telegraaf*
* Een spectaculaire, ambitieuze roman. – *Trouw*
* Het indringende verhaal, Japins melodieuze stijl en overtuigende vertelkracht maken van *De overgave* een prachtig boek dat je met spijt dichtslaat. – *JAN*

*Vaslav*

Op het hoogtepunt van zijn roem staakt de legendarische balletdanser Vaslav Nijinski zijn optreden, richt zich tot zijn publiek en zegt: 'Nu is het kleine paardje moe.' De rest van zijn leven, nog 31 jaren, brengt hij door zonder te dansen en zonder te spreken. Hoe komt iemand tot zo'n beslissing en wat betekent dit voor de mensen om hem heen, zijn voormalige geliefde, zijn vrouw en dochtertje, en hun bedienden?

Arthur Japin schreef een wervelende historische roman over passie, roem, oorlog en nietsontziende liefde.

* Japins kracht is dat hij de lezer een verhaal in kan zuigen. – *Het Parool*
* *Vaslav* is een verhaal dat recht je hart in danst. – *Vrij Nederland*
* De radertjes van deze roman grijpen fraai in elkaar. – *De Morgen*
* Het leest geweldig, het is prachtig geschreven. Er zit een diepe boodschap in. Een echte Japin. – Mieke van der Weij in NCRV-*gids*